Diogenes Taschenbuch 22876

de
te
be

Celia Fremlin

Das Tudorschloß

Roman

Aus dem Englischen
von Otto Bayer

Diogenes

Titel der 1993 bei
Severn House Publishers, London,
erschienenen Originalausgabe: ›Echoing Stones‹

Umschlagillustration:
Claude Monet,
›Dame dans un jardin. Sainte-Adresse‹,
1867 (Ausschnitt)
Foto:
© Photographie Giraudon

Deutsche Erstausgabe

150/96/43/1
ISBN 3 257 22876 7

I

Gentleman, 61 Jahre, Pensionär, haßt Theater, Urlaub, Reisen...«

Nicht unbedingt die richtigen Worte, um sie in Scharen anzulocken, überlegte Arnold verdrießlich, während er das Geschriebene noch einmal durchlas. Er kaute kurz an seinem Bleistift – das hatte er schon in der Grundschule immer getan, wenn er unter Druck stand, und sich nie wieder ganz abgewöhnt – und schrieb dann weiter:

»Liebenswürdig, anpassungsfähig, sucht Witwe oder entsprech...«

Wie formulierte man das nun? Was er suchte, war eine Frau jenseits der Jugendblüte (was konnte er auch sonst erwarten?), die eine gewisse Erfahrung im Auf und Ab des Ehelebens (oder Zusammenlebens oder wie auch immer) mitbrachte und deshalb von dem Mann an ihrer Seite keine Wunder erwarten würde. Arnold war kein Wundermann, war nie einer gewesen und wollte auch keiner mehr werden. Es wäre ihm viel zu anstrengend.

Und wie stand es mit diesem ›anpassungsfähig‹? Zögernd strich er das Wort durch, überlegte es sich wieder anders und schrieb es von neuem hin. Schwierig, schwierig. Es kam nämlich vor allem darauf an, daß *sie* anpassungsfähig war. Gerade weil Mildred sich nicht hatte anpassen können, war ihre Ehe wenige Monate nach seiner Pensionierung so gehörig in die Brüche gegangen. »Das ist nicht fair!« hatte sie geschluchzt und dabei die Kaffeekanne so hart auf den Tisch geknallt, daß der Kaffee über das ganze Tischtuch gespritzt war, bis in die Marmelade. »Zuerst gehst du vorzeitig in Pension – ich habe dir *gesagt,* das ist verrückt –, und jetzt willst du mich in dieses gottverlassene Nest irgendwo hinter dem Mond verschleppen, wo es von frühmorgens bis spätabends nur Arbeit, Arbeit, Arbeit heißt! Schöner Ruhestand! Sklaverei wäre zutreffender. Auf den Plantagen hatten die Leute wenigstens noch ein bißchen Spaß! *Old Man River* und so. Liedersingen…«

Arnold seufzte bei dieser Erinnerung. Dann sah er von dem Blatt Papier mit den vielen durchgestrichenen Wörtern auf und blickte durch das Sprossenfenster hinaus auf die herrlichen Rasen- und Parkanlagen; ein bißchen verdorrt jetzt unter der Spätsommersonne, aber immer noch schön. Etwas weiter rechts, wohin er von seinem jetzigen Platz aus nicht sehen konnte, begannen die Gärten. Vor seinem inneren Auge sah er sie in all ihrer Pracht: die leuchtendroten Geranien, furchtlos der Hitze trotzend und von der langen Dürre unbesiegt. Dazu die Dahlien mit ihrem herrlichen Bunt neben dem Blau des Rittersporns, das goldene Feuer der Tigerlilien…

Schön! Und alles sein!

Gewissermaßen. Genaugenommen war er ja nur Verwalter und nebenamtlicher Museumsführer – so war die Stelle ausgeschrieben gewesen –, und dennoch, wie sehr erfüllte ihn diese Rolle mit Besitzerstolz! ›Verwalter‹ – einer, der waltet; und ist nicht derjenige, der einer Sache waltet, im tieferen Sinne ihr wahrer Besitzer? Die Kommission für die Erhaltung historischer Bauwerke als die eigentliche Besitzerin erschien so fern wie ein Traum. *Die* setzten nie einen Fuß auf das Gelände – seit Arnold hier war, jedenfalls nicht. Konnte man denn etwas, woran man kein Interesse, keine Freude hatte, in irgendeinem Sinne wirklich besitzen?

Gewiß, sie gaben das Geld. Und nach vierzigjähriger Tätigkeit im Rechnungsamt der Stadtverwaltung, wo er fast immer nur mit Geld zu tun gehabt hatte, auch wenn es anderer Leute Geld war, achtete Arnold diesen Stoff keineswegs gering, aber dennoch...

Lächelnd erhob sich Arnold und trat ans Fenster, um einen größeren Ausschnitt seiner Domäne überblicken zu können. Obwohl die Außenanlagen offiziell nicht zu seinem Aufgabenbereich gehörten – seine Tätigkeit war ausschließlich Innendienst –, hatte er gern ein Auge auf alles, was draußen geschah – oder öfter eben nicht geschah. Sollten nicht jetzt, nachdem das Bewässerungsverbot aufgehoben war, die Sprinkler laufen und den verdorrten Rasen wiederbeleben? Rasen und Gärten in Ordnung zu halten war Norris' Aufgabe, und Arnold hatte sehr frühzeitig die Erfahrung gemacht, daß schon der kleinste Rat von ihm, und wäre es nur die zaghafteste Andeutung, bei Hugh Norris als unverschämte Einmischung und unerträgliche Anmaßung anzukommen pflegte.

Wie die Sache mit den Ohrenkriechern. Arnold hatte nur ganz beiläufig erwähnt, daß er immer mehr von diesen Biestern in den Dahlien herumkrabbeln sehe, und sofort war Hugh Norris' Gesicht, bis hinauf in den schütteren Kranz seiner einstmals rötlichen Haare, blutrot angelaufen vor Wut. Richtig herumgebrüllt hatte er, und das in Hörweite der Touristen, die am See Picknick machten, worauf Arnold sich gebührend entschuldigt und den Rückzug angetreten hatte. Keine Ohrenkriecher sehen, nicht an Ohrenkriecher denken, kein Wort über Ohrenkriecher verlieren. Bitte sehr. Er wollte schließlich nicht, daß Norris sich bei *denen* über ihn beschwerte, oder? Es könnte ihn seine Stellung kosten.

Ein furchtbarer Gedanke. Daß man ihn überhaupt für diesen Posten genommen hatte, erschien ihm auch nach all diesen Monaten noch fast wie ein Wunder. In seinem Alter und ohne jegliche Qualifikation, außer daß er sich sein Leben lang für englische Geschichte interessiert und eifrig die Biographien der verschiedenen schillernden Gestalten aus den Jahrhunderten gelesen hatte, war er darauf gefaßt gewesen, sich in aussichtsloser Konkurrenz zu jüngeren und klügeren Kandidaten mit den richtigen Qualifikationen zu befinden, Leuten mit abgeschlossenem Geschichtsstudium, zwei Fremdsprachen und einer Intourist-Ausbildung. Aber da hatte er, wie ihm nun klargeworden war, das Gehalt nicht einkalkuliert, das minimal war. Mildred hatte es »lächerlich« genannt, als er sich endlich ein Herz gefaßt und ihr davon berichtet hatte. Lächerlich hatte sie überhaupt das ganze Vorhaben gefunden, und er konnte sich an Augenblicke erinnern, in denen er sich beklommen gefragt hatte, ob sie nicht recht haben könnte.

Das heißt, *nachdem* man ihn für die Stelle genommen hatte. Vorher hatte er, getragen von der uneingestandenen Gewißheit, daß er sie nie bekommen würde, in dieser Aussicht geschwelgt wie in einem ekstatischen Traum. Und es hatte ja auch etwas von einem Traum gehabt, wie das Ganze zustande gekommen war – diese Kette glücklicher und höchst merkwürdiger Zufälle, die dazu geführt hatte.

Wenn es denn Zufälle waren. Oder konnte es nicht eher so gewesen sein, daß etwas in seinem tiefsten Inneren nach einer ebensolchen Chance auf der Lauer gelegen und so manchen Tag die Stellenanzeigen in der Abendzeitung studiert hatte, nicht gedankenlos, wie er glaubte, oder weil er nichts Besseres zu lesen hatte, wenn er eingezwängt zwischen den anderen Pendlern in der U-Bahn stand, sondern zielstrebig und insgeheim mit ganzer Seele bereit, sich auf alles – egal, was – zu stürzen, was sich als *raus* buchstabieren ließ?

Zufall war es aller Wahrscheinlichkeit nach aber doch gewesen, daß in der *Stately-Home*-Annonce ausgerechnet ein Verwalter für Emmerton Hall gesucht wurde, ein Tudorschlößchen, das keine fünf Kilometer von dem Dorf entfernt stand, in dem Arnold aufgewachsen war. Er kannte es gut. Damals hatte es sich in Privatbesitz befunden und war wegen Geldmangels ziemlich heruntergekommen. Der überwucherte Kräutergarten war ein Mekka für die kleinen Jungen aus der Nachbarschaft gewesen. Die hohe alte Ziegelmauer, so warm und rauh an den Knien, wenn man drüberstieg – es kam ihm alles wieder in den Sinn, wie er da in der rhythmisch schaukelnden U-Bahn nach Wembley Park stand: die dicken rosa Pfirsiche, die es zwischen den Ackerwinden immer noch bis zur Reife schafften; die aufgeplatzten violetten Pflaumen auf dem Boden; das Wespengesumm; und immer waren es die besten und süßesten Früchte, auf denen die meisten Wespen saßen. Oh, wie sie schmeckten! Ihr warmer, süßer Duft, und wie einem der Saft am Kinn herunterlief!

Bis er nach Hause kam, war sein ganzes Sein von einer geradezu irren Freude durchglüht, wie er sie seit Jahren nicht mehr gekannt hatte. Eigentlich überhaupt noch nie.

»Wie ist es dir heute ergangen, Lieber?«

»Danke, Liebes. Nicht schlecht.«

Da dies gewöhnlich das Fazit ihres Begrüßungsgesprächs war, wenn er von der Arbeit nach Hause kam, war es kein Wunder, daß Mildred nichts Besonderes an ihm bemerkte; daß sie nicht ahnte, *wie* gut es ihm heute ergangen war, und sich nicht weiter wunderte, als er, sowie er seinen Mantel weggehängt hatte, sofort an seinen Schreibtisch eilte, um einen Brief zu schreiben, statt den Fernseher einzuschalten.

In diesem Stadium bestand noch kein Anlaß, Mildred etwas zu erzählen. Warum sich mit ihr streiten, wenn sowieso nichts daraus würde?

Aber es wurde doch etwas daraus; und von da an mußte er schnell und viel entscheiden. Und als sich dann die Frage des vorzeitigen Ausscheidens aus seinem bisherigen Beruf stellte, trat die Sache in ihre entscheidende Phase. Die neue Arbeit in Emmerton Hall sollte im April anfangen, rechtzeitig vor Beginn der Touristensaison. Seine alte Stelle im Rechnungsamt der Stadtverwaltung, die er normalerweise noch vier Jahre behalten hätte, mußte er jetzt mit geradezu unanständiger Hast loswerden – ohne goldenen Händedruck, und sicherlich mit sehr gekürzter Pension. Mildred mußte jetzt ins Bild gesetzt werden, und zwar schnell. Es war nicht mehr als recht und billig.

»Hör mal, Liebes«, erklärte er. »Natürlich bedeutet das weniger Geld, aber bei freier Unterkunft und eigenem Gemüsegarten...«

Zuerst schien sie gar nichts zu begreifen.

»Ich weiß nicht, wovon du sprichst«, sagte sie. »Du wirst doch erst in vier Jahren pensioniert...«

Er seufzte und begann noch einmal von vorn. Und diesmal kam es nach einer Weile auch richtig an.

»Du meinst, du willst dich pensionieren lassen?« kreischte sie. »Jetzt?« – und er sah das blanke Grauen in ihrem Blick. Jenes wohlbekannte Grauen, das eine solche Ankündigung auch bei der zufriedensten Ehefrau auslösen muß. Mittags zu Hause. Zu Hause zum Tee. Zu Hause beim vormittäglichen Kaffee. Den ganzen Tag im Weg, gelangweilt, zappelig, wütend auf jede Freundin, die mal für ein Schwätzchen vorbeikam.

Er beeilte sich, diese Urangst zu beschwichtigen, so gut er konnte.

»Ich werde furchtbar viel zu tun haben«, versicherte er ihr, »den ganzen Tag. Ich muß mich um so vieles kümmern – die Exponate, das Haus ... und vermutlich gibt es auch einigen Papierkram. Solche Arbeit ist immer mit viel Papierkram verbunden. Außerdem werde ich Besucher durch die Ausstellung führen müssen und was noch alles. Und das wird auch deine Arbeit sein, Mildred, nicht nur meine; wir machen das alles gemeinsam. Man suchte ausdrücklich ein Ehepaar ...«

»Das heißt, ich soll für die Teestube zuständig sein, unbezahlt!« heulte Mildred; und da es das wirklich hieß, war Arnold im Moment um eine Antwort verlegen. Er versuchte es andersherum. Die vielen interessanten Leute, mit denen sie es zu tun haben würden! Ein Tudorschlößchen – klein wie alle diese Häuser, aber ausnehmend gut erhalten; ein Schmuckstück. Allerlei Prominenz werde sich dort einfinden, aus aller Welt. Womöglich käme sogar Prinz Charles. Und Prinzessin Di. Und sie würden Mildreds Gebäck verzehren und ihr sagen, wie gut es schmecke ...

Sie wurde ein ganz klein wenig zugänglicher. Arnold nutzte die Gunst des Augenblicks. Er legte ihr eine Hand auf die Schulter – und das wollte schon etwas heißen bei einem Ehepaar, das selten Gefühle demonstrierte – und begann auf sie einzureden.

»Sieh mal, Liebes, ich habe mir so etwas doch schon immer gewünscht«, begann er, und im selben Moment, als er es sagte, wurde es wahr. Er hatte sich so etwas schon immer gewünscht, nur war er bis zu jener Sekunde in der U-Bahn nie auf die Idee gekommen, über seine Wünsche nachzudenken. Die tägliche Arbeit, auch wenn sie nicht besonders interessant war, stellte hohe Anforderungen und hatte für Wünsche nie Raum gelassen.

Er bekam sie tatsächlich herum – Prinz Charles und Prinzessin Di hatten das Ihre dazu getan. Als es März wurde, stand ihr Haus zum Verkauf, und die Umzugsvorbereitungen liefen auf vollen Touren. Bis Ende März war alles erledigt, und sie hatten die kleine Wohnung im Westflügel bezogen, die mit der Stelle einherging. Ringsum blühten die Narzissen; das Haus war noch nicht für Publikum geöffnet, und wenn Mildred über den Luftzug klagte, der durch die alten steinernen Korridore pfiff, konnte er darauf verweisen, daß der Sommer im Anzug sei. In dieser Hinsicht ist der März ein praktischer Monat. Was im März auch alles schiefgeht, immer kann man wahrheitsgemäß behaupten, daß der Sommer naht.

2

Der Sommer war natürlich gekommen, und nun war er schon bald wieder fort, und Mildred mit ihm.

Arnold seufzte. Er ging an den kleinen Schreibtisch aus Rosenholz zurück, eines der wenigen Möbelstücke hier, an denen Mildred wirklich Gefallen gefunden hatte, nahm den unfertigen Entwurf seiner Heiratsanzeige, knüllte ihn zusammen und warf ihn in den Papierkorb. Wer würde denn einen so halbherzigen, glanzlosen Bewerber überhaupt kennenlernen wollen? Es wäre hinausgeworfenes Geld – viel Geld sogar, denn er hatte gehört, daß sie für jedes Inserat dreißig Pfund verlangten. Und wenn eine Frau sich als so anspruchslos erwies, daß sie sich mit Arnold begnügen würde (warum war sie so anspruchslos, was stimmte mit ihr nicht, daß sie sich so niedrige Ziele setzte?) – kaum hätte er ihre Bekanntschaft gemacht, würden sogleich noch andere Unzulänglichkeiten an den Tag kommen. Nicht nur, daß er schon einundsechzig war, unterdurchschnittlich groß und eingestandenermaßen all jenen Aktivitäten – Theater, Reisen und so weiter – abgeneigt, an denen partnersuchende Menschen gerade die größte Freude zu haben schienen, nein, er war nicht einmal gut im Bett. Nicht gleich ein hoffnungsloser Fall, aber eben nicht besonders gut. Schwacher Sexualtrieb – so etwas Ähnliches. Im stillen fand er, daß Mildred da auch nicht sehr gut war, aber er hatte ihr das natürlich nie gesagt. Warum die Dinge noch komplizierter machen, wenn man sie ebensoleicht – sehr viel leichter sogar – einfach lassen konnte, wie sie waren? Man sollte meinen, daß eine so verträgliche gemeinsame Schwäche es ihnen ermöglicht hätte, besonders gut miteinander auszukommen; und in jedem anderen Zeitalter wäre das auch der Fall gewesen. Nicht aber heutzutage. Wer würde es heute wagen, sich zu einem schwachen Sexualtrieb zu bekennen, erst recht ihn seinem Partner vorzuwerfen? In einer Zeit, da jede Illustrierte, die man in die Hand nahm, jede Ratgeberspalte in der Zeitung das allerhöchste Lustniveau zur menschlichen Norm erklärte und ihre Leser nur vor den Schäden warnte, die eine Unterdrückung dieser allesverzehrenden und unerschöpflichen Leidenschaft der Seele zufügte? Was machten solche Artikel aus Leuten wie Arnold, den Triebversagern, deren Leidenschaften so tief unter den Mindestwerten lagen, daß sie einer Unterdrückung gar nicht bedurften?

Und vielleicht war das ja noch schlimmer für Mildred, denn sie las solche Zeitschriften sogar, statt sie nur durchzublättern. Vielleicht glaubte sie alles, was man ihr da über die Gipfel der Lust erzählte, die sie für sich beanspruchen könne und vielleicht auch erreichen würde, wenn, wenn, wenn ... kurz gesagt, wenn sie nicht Arnold gehabt hätte.

Ach ja. Vielleicht war es doch gar nicht so schlecht gewesen. Nicht schlechter als bei vielen anderen Ehepaaren, die über ihre heimlichen Unzulänglichkeiten auch nicht redeten. Und immerhin hatten sie Flora in die Welt gesetzt, die ihnen beiden ein großer, ein unbeschreiblicher Quell der Freude gewesen war – regelrecht eine Offenbarung der Freude an sich.

In den ersten sechs Jahren hatte sie ihnen mit ihren flachsblonden Locken, diesem bezaubernden Lächeln und ihrer kessen Art auch wirklich nichts als Freude gemacht. Sogar später noch, vielleicht bis zum zehnten oder elften Jahr, hatte die Freude immer noch die Sorgen überwogen – mehr oder weniger. Erst als sie zum Teenager heranwuchs, war das Verhältnis von Sorgen zu Freuden so fatal in die falsche Richtung gekippt; und nun, in ihrem zwanzigsten Elternjahr, war die Freude endgültig von den Sorgen ausgelöscht – fortgesetzten, ununterbrochenen, ungeschmälerten Sorgen. Floras ganzer Lebensstil – immer unsteter, immer unerfreulicher – war zu einem immer dunkleren Schatten auf dem Leben ihrer Eltern geworden, einer ständigen Bedrohung für ihren Seelenfrieden, als zöge ein großer, schwarzer Raubvogel fortwährend seine Kreise über ihnen. Jede Nachricht vom Treiben ihrer Tochter in dieser gräßlichen Wohngemeinschaft Nähe Fulham Road war ein neuer Grund zum Fürchten. Und noch mehr zum Fürchten waren ihre gelegentlichen Besuche zu Hause.

Nein, weder er noch Mildred hatten diese Angst je zugegeben, nicht einmal voreinander – schon gar nicht voreinander. Im Gegenteil, jede Kunde von einem bevorstehenden Besuch ihrer Tochter wurde mit tapfer gespielter Freude aufgenommen.

»Wie schön, Flora kommt am Wochenende«, strahlte dann er, während er schreckensbleich den Hörer wieder auflegte; und »Ach, wie schön«, antwortete sie, während sie sich an ihrer Angst fast verschluckte. Denn es tat einfach zu weh, ihre einst so wunderbare Tochter wiederzusehen, abgemagert von irgendeiner Diät – oder waren es Drogen? –, arbeitslos und obendrein in Geldnot. Wenn sie dann wenigstens die Hand, die sie fütterte, nicht auch noch gebissen hätte! Denn natürlich gab Arnold ihr stets die erforderliche Summe – für Mietrückstände oder weiß der Himmel was –, und sowie der Scheck mit kaum einem »Dankeschön« in ihrer Schultertasche verschwunden war, ging die Litanei der Klagen über ihr Elternhaus weiter: Sie beschwerte sich über die mütterlichen Kochkünste, die Scheibengardinen, den Teppichboden im Bad, die entsetzlichen Tapeten, den protzigen Zierat, die scheußlichen Möbel und – vor allem – die schreckliche Monotonie und Langeweile im Leben ihrer Eltern.

Nun hätte man denken können, gerade letztere Klage wäre ob der Nachricht von dem neuen, durchaus ungewöhnlichen und gewiß doch mutigen Vorhaben ihres Vaters verstummt: seinen sicheren und langweiligen Posten einfach aufzugeben und sich in seinem Alter noch ins Unbekannte zu stürzen! »Gratuliere, Dad!« hätte sie vielleicht sagen können, zumindest erstaunt, zumindest mit einem Funken widerstrebender Bewunderung.

Aber nichts da.

»Du mußt verrückt sein! Das ist wohl schon Alzheimer!« lautete ihr erster Kommentar, und gleich darauf: »Und was wird aus mir?«

Ja, was wurde denn aus ihr? Die Frage machte Arnold sprachlos – und Mildred sicher auch, aber sie zog wie immer den Kopf ein. Drei Jahre lebte ihre Tochter nun schon außer Haus und ließ keinen Zweifel daran, daß jede Sekunde, die sie hin und wieder unter dem elterlichen Dach verbrachte, ihr höchst zuwider war. Was konnte es ihr schon bedeuten, wenn dieses geschmähte, verhaßte Zuhause aus den Fugen geriet?

»Natürlich bedeutet es mir etwas!« kreischte sie. »Es ist doch mein Zuhause, mein Gott ...!« Und so unglaublich es schien, sie war sogar in Tränen ausgebrochen. Echte Tränen. Daß sie nicht aufgesetzt waren, hätte Arnold beschwören können.

»Das gehört sich nicht!« schluchzte sie – und es klang

für eine Sekunde so sehr nach der sechsjährigen Flora, daß Arnold im ersten Moment das Herz schmolz und er sie am liebsten in die Arme genommen und getröstet hätte. Nein, nicht sie, nicht dieses fremdartige, feindselige junge Frauenzimmer, sondern die andere, die liebevolle, reizende kleine Flora, die für immer dahin war.

»Es gehört sich nicht!« wiederholte sie, wobei ihr Ton sich erneut zu einem Kreischen steigerte. »Ihr hättet mich fragen sollen!«

Lächerlich! Die Forderung entbehrte jeglicher Vernunft, und doch versuchte Arnold seine Tochter bei ihrer Vernunft zu packen, sie zur Einsicht zu bewegen. Hatte sie denn ihre Eltern gefragt, mit ihnen besprochen, was sie mit ihrem Leben anstellte? Als sie von der Kunstschule abging und in diese gräßliche, abstoßende WG voll ungespülter Milchflaschen zog, wo lauter so merkwürdige Figuren in Jeans und Sonnenbrillen herumschlichen, ohne ein Wort zur Tür hereinkamen und unablässig in diesem unbeleuchteten, teppichlosen Treppenhaus herumtrampelten?

Aber da hatte Flora nur noch lauter geschluchzt.

»Das ist etwas anderes!« jaulte sie; was es natürlich auch war. Daß Eltern sich in das Leben ihrer erwachsenen Kinder einmischten, war ja heutzutage ein absolutes Tabu; für die Einmischung erwachsener Kinder in das Leben ihrer Eltern gab es hingegen keine Regeln.

»Das gehört sich nicht!« hätte Arnold nun am liebsten seinerseits protestiert; aber er tat es natürlich nicht. Selbst dieser Satz stand nur Kindern zu, Eltern nicht.

Ach ja, aber das war jetzt alles überstanden. Das Haus war verkauft, der Umzug erledigt, und Flora hockte wieder in ihrer WG in Fulham und litt keine bittere Not – das heißt, vermutlich nicht, denn er hatte seit Wochen nichts mehr von ihr gehört, und das war ja immer ein gutes Zeichen.

Und Mildred – nun, Mildred hatte sich davongemacht und ihn sitzenlassen. Vor drei Wochen war sie ausgezogen, hatte von ihren Sachen nur das Allernötigste mitgenommen und ihm mit einer Stimme, die noch ganz heiser war von einer langen Nacht der Tränen und Vorwürfe, zum Abschied erklärt, daß er unmöglich war.

Schön, da mochte sie recht haben. Aber in einem war Arnold sich ganz sicher: Nicht er mit allen seinen Unzulänglichkeiten, nicht er persönlich hatte sie vertrieben. Das hatte vielmehr die Teestube getan.

Und auf eine Weise konnte er es Mildred nicht einmal verdenken. Er fragte sich jetzt, ob er dieses Problem nicht doch etwas taktvoller hätte angehen können – oder war ›liebevoller‹ das richtige Wort? Denn versucht hatte sie es, wirklich versucht, und in den ersten Wochen war auch alles erstaunlich gutgegangen. Arnold hatte keinen Augenblick vergessen, daß er es gewesen war, der sie in dieses Abenteuer hineingezogen hatte: Er hatte sie beschwatzt und geplagt und angefleht, bis sie endlich nachgegeben und widerstrebend in seine Pläne eingewilligt hatte, wahrscheinlich aus purer Erschöpfung. Vor diesem Hintergrund kam es schon fast einem Wunder gleich, daß sie sich anfangs so gut eingelebt hatte. Mildred hatte sich sogar, nachdem die Würfel gefallen waren und ihr spießiges Vorstadthäuschen einen Käufer gefunden hatte, mit lobenswertem Eifer in die Umzugsvorbereitungen gestürzt. Es schien ihr Spaß zu machen, ihre eigenen Lieblingsmöbel zwischen dem spärlichen, aber vornehmen Mobiliar unterzubringen, das zur Wohnung gehörte. Die Wohnung selbst befand sich im neueren Teil des Westflügels im Erdgeschoß und war wirklich sehr geschickt modernisiert worden. Es waren noch die alten Mauern, auch die tief hinunterreichenden Fenster zum Park hin, doch man hatte eine Zentralheizung und moderne Installationen eingebaut, sogar einen Teppichboden verlegt. Kein Wunder, daß Mildred, die sich so etwas wie ein mittelalterliches Verlies mit tropfenden Wänden und einem einzigen vergitterten Fenster ganz hoch oben vorgestellt hatte, angenehm überrascht war. Sie hatte mit ungespielter Freude die neuen Vorhänge aufgehängt und eine dazu passende Tagesdecke über das altmodische Messingbett gebreitet. Sie würden darin nicht etwa schlafen – jedenfalls nicht beide zusammen –, aber Mildred fand es stilvoll und freute sich, daß die geblümte Tagesdecke zu den Vorhängen paßte. Sie hatte schon immer am liebsten alles Ton in Ton gehabt – und das war eines der Dinge, gegen die Flora in ihrem alten Haus am erbittertsten gewütet hatte.

Fast einen Monat hatten sie Zeit gehabt, sich in ihrem neuen Heim einzurichten, bevor das Schloß fürs Publikum geöffnet wurde. Dann kamen die ersten Besucher, und die Organisation der Teestube wurde zum Mittelpunkt in Mildreds Tagesprogramm.

Anfangs war es gar nicht so schlimm gewesen. Der April war in diesem Jahr kühl und regnerisch, und nicht allzu vielen Leuten stand der Sinn nach so einem Ausflug. Es machte Mildred richtig Spaß, allmorgendlich genug Scones für das runde Dutzend Besucher zu backen, die wahrscheinlich kommen würden. Mit Marmelade und echter Butter waren sie eine Köstlichkeit, und Mildred erntete viel Lob dafür, was sie auch sehr genoß. Es war für sie eine neue Erfahrung, für ihre Kochkünste so über den grünen Klee gelobt zu werden, denn Arnold war (wie er jetzt einsah) während ihrer langen gemeinsamen Jahre immer schmählich sparsam mit Komplimenten gewesen. Es machte ihr auch Freude, abends den bescheidenen Gewinn auszurechnen, den ihre Arbeit abwarf, denn ein Prozentsatz davon stand ihnen zu. Mitte Mai sprach Mildred sogar schon großspurig von einer eventuellen Erweiterung ihres Angebots auf Cream-Tea. Doch ach, dann kam der große Schicksalsschlag.

Nun hätten die meisten Leute hier wohl kaum von einem Schicksalsschlag gesprochen, handelte es sich doch um einen plötzlichen Ausbruch herrlichen Wetters. Fast über Nacht sproß frisches Laub an allen Bäumen; weiße Apfelblüten leuchteten vor einem heißen blauen Himmel; Tulpen strahlten goldgelb und scharlachrot auf dem großen runden Beet, das die ganze Gartenanlage beherrschte; und der Rasen mit seinem jungen, frischgemähten Grün lag weich und einladend unter der auferstandenen Sonne. Alles kam gleichzeitig heraus, natürlich auch die Touristen. Aus den üblichen zwölf bis fünfzehn Leuten, die sonst im Laufe eines Nachmittags die Teestube beehrten, wurden auf einmal neunzig – hundert – hundertdreißig. Und statt für ihre köstlichen Scones gelobt zu werden, dröhnten Mildred die Ohren von den Beschwerden der Gäste, während sie hektisch von Tisch zu Tisch eilte und schon ganz erhitzt war. »Wir sind jetzt schon fünfundzwanzig Minuten hier!« hieß es, und: »Das nennen Sie Bedienung?« Und um dem allen die Krone aufzusetzen, ließ sich am heißesten und geschäftigsten Samstag, den sie überhaupt hatten, eines der beiden Mädchen aus dem Dorf, die nachmittags aushelfen sollten, wieder einmal nicht blicken.

»Sie fühlt sich nicht wohl«, erklärte die restliche Hälfte

des netten Pärchens mit leicht blasiertem Unterton, als wäre es ein ganz besonderes Verdienst, sich nicht wohl zu fühlen; und dann fügte sie zu allem Überfluß auch noch hinzu: »Nächsten Mittwoch kann *ich* nicht kommen, da muß ich für meine Spritzen ins Krankenhaus.«

Spritzen wofür oder wogegen? Da Mildred anderes im Kopf hatte, kam sie nicht dazu, die Frage zu stellen, und wieso sollte sie das auch? Was war nur los mit diesen Mädchen, daß sie sich dauernd krank meldeten? Wenn es nicht Heuschnupfen war, dann Migräne, oder eine Sehnenentzündung machte sich wichtig. Ständig krank zu sein stand doch höchstens den Alten zu, nicht diesen jungen Dingern, die kaum zwanzig waren!

Und so ging es weiter. Herrliches Sommerwetter und immer größere Horden von Touristen, immer mehr und immer durstiger, je höher das Thermometer stieg. Es ist eine Sache, für ein gutes Dutzend Gäste Scones zu backen, eine andere, wenn es hundert werden, und obwohl Arnold auszuhelfen versuchte, indem er ins Dorf fuhr und Gebäck und Scones in der Packung kaufte (was grotesk unwirtschaftlich war), zeitweise sogar selbst in der Teestube mitbediente, allein konnte er die Katastrophe doch nicht aufhalten. Von allem anderen abgesehen, hatte er auch seine eigenen Aufgaben als nebenamtlicher Touristenführer und Hauptverantwortlicher für das Benehmen der Besucher im Haus. Man konnte wirklich nur staunen, auf was die Leute alles kamen: kletterten über die Absperrseile, gingen unbekümmert an den Schildern vorbei, auf denen KEIN ZUTRITT stand, versuchten sogar kichernd auf das Himmelbett zu steigen, in dem Königin Elisabeth einmal geschlafen haben soll.

Mildred war völlig aufgelöst. Sie schaffte es nicht mehr,

und es war kein Wunder, daß sie auf Arnold losging, der schließlich an allem schuld war. *Er* hatte sie in dieses gottverlassene Loch verschleppt, schindete sie zu Tode und behandelte sie schlechter als einen Sklaven: machte sie zur Teemaschine, benutzte sie...

Und Arnold hatte den Kopf hängenlassen und nichts zu erwidern gewußt. Es stimmte ja.

Arnold rappelte sich hoch und sah auf die Uhr. Bald zwei; Öffnungszeit. Er bückte sich, fischte die weggeworfene Annonce aus dem Papierkorb, strich sie glatt und las sie noch einmal.

Es war ja nicht nur so, daß er eine Niete war – obwohl daran kein Zweifel bestand; und es war auch nicht nur so, daß keine Frau mit gesundem Verstand so einen Mann würde haben wollen – obwohl es auch daran keinen Zweifel gab. Nein, das Entscheidende war, daß er *sie* nicht haben wollte, wer sie auch sein mochte. Mildred hatte völlig recht; er wollte keine Frau aus Fleisch und Blut um sich, er wollte eine Teemaschine, einen Servierautomaten.

Erneut knüllte er das unselige Papier zusammen, diesmal endgültig, und beförderte es in den Papierkorb, diesmal für immer.

Es wurde Zeit. Er hatte noch einiges in den Ausstellungsräumen zu erledigen, bevor man das Publikum einlassen konnte. Und vorher mußte er noch dieses Schild an den Eingang zur Teestube hängen: WEGEN REPARATUREN GESCHLOSSEN.

3

Natürlich gab es in der Teestube nichts zu reparieren, aber was sollte er machen? Pauline und Tracy hatten wieder einmal abgesagt (diesmal hatte es mit dem Babysitter von irgend jemandes Schwester zu tun), und Arnold würde den ganzen Nachmittag auf sich allein gestellt sein. Er konnte neben seiner normalen Arbeit in den Ausstellungsräumen unmöglich auch noch Tee servieren, und WEGEN REPARATUREN GESCHLOSSEN sah besser aus als einfach GESCHLOSSEN. Es war nicht das erste Mal, daß er sich zu dieser Ausflucht genötigt sah. Erst letzte Woche hatten die Mädchen ihn im Stich gelassen, am Dienstag und dann noch einmal am Samstag. Dieser Samstag war überhaupt der Gipfel gewesen: der arbeitsreichste Tag der Woche, und sie hatten erst im letzten Moment angerufen, als sie eigentlich schon hätten dasein sollen. Nein, nicht wegen Krankheit, diesmal nicht, aber im Grunde kam es auf das gleiche heraus: diesmal sei das Auto kaputt, die Werkstatt werde nicht vor fünf Uhr damit fertig, also...

Das Auto? Im Geiste hatte Arnold die Mädchen immer zu Fuß vom Dorf herkommen, fröhlich in ihren Sommerkleidchen über die Felder hüpfen sehen. Aber so verhielt es sich offenbar ganz und gar nicht.

»Zu Fuß?« hatte Tracy so fassungslos gerufen, daß ihre Stimme sich fast überschlug. »Aber Mr. Walters!«

Keine Zeit zum Diskutieren, darauf hinzuweisen, daß es selbst über die Straße höchstens drei Kilometer waren. Arnold hatte den Hörer hingeknallt, und nun mußte er, nach nicht einmal einer Woche, schon wieder dieses verlogene Schild hinhängen. Und wieder müßte er sich dem erzürnten Volk stellen, das von ihm zu wissen begehrte: »Was für Reparaturen?«

»Trockenfäule«, hatte er sich rasch aus den Fingern gesogen, nur weil ihm auf die Schnelle keine andere Gebäudekrankheit einfiel, deren Symptome man mit bloßem Auge nicht sah. Trockenfäule ist das architektonische Äquivalent für Kopfweh: Niemand kann behaupten, man habe keines, wenn man sagt, man habe welches.

Aber er konnte natürlich nicht hoffen, damit auf Dauer durchzukommen, oder auch nur noch einmal. Schon jetzt überspannte er den Bogen. Früher oder später würde ein beleidigter Zeitgenosse einen Beschwerdebrief an *die* schreiben; und *die* würden dann an irgendeinem rabenschwarzen Nachmittag herkommen und herumschnüffeln und an die Zentrale berichten. Die Zentrale würde in ihren Akten oder Computerdateien oder sonstwo nachsehen und sehr schnell feststellen, daß keinerlei Reparaturen in der Teestube genehmigt worden waren. Und dann säße Arnold erst recht in der Tinte. Es war ja nicht so, daß sein wahrer Grund unzureichend gewesen wäre – jeder mußte einsehen, daß er nicht zwei aufreibende Tätigkeiten an zwei verschiedenen Orten gleichzeitig ausüben konnte. Die Sache war nur die, daß er als Ehepaar eingestellt worden war, und nun war er kein Ehepaar mehr. Wie stand er dann da, juristisch gesehen? Jedenfalls würde er achtkantig rausfliegen, das stand so gut wie fest, ob es unbillig wäre oder nicht.

Draußen auf der sonnigen, halbkreisförmigen Terrasse vor der Teestube trat Arnold einen Schritt zurück, um sein Werk zu begutachten. Er hatte das Schild jetzt viel größer und schwärzer gemacht und die Buchstaben mit Filzstift ausgemalt, damit das hungrige Publikum schon aus einiger Entfernung gewarnt wurde. Das würde die allgemeine Enttäuschung und Empörung ein wenig dämpfen. Letztes Mal hatte es, wie er inzwischen einsah, die Leute ganz besonders aufgebracht und ihre Wut in Fieberhitze getrieben, daß sie sich lechzend schon bis vor die Tür der Teestube bemüht hatten, ehe ein kleines, mit Bleistift geschriebenes Kärtchen sie dort davon in Kenntnis setzte, daß sie sich zu früh gefreut hatten.

Aber jetzt hatte er ein richtig schönes Schild geschrieben. Es fiel sofort ins Auge, wenn man von der Hauptallee abbog. Diesmal hatte er es auch auf eine Hartfaserplatte gemalt, damit es sich selbst bei Regen nicht auflöste. Falls es regnete. Das Barometer zeigte schon seit Tagen Schönwetter an, aber man konnte nie wissen…

Bald war Öffnungszeit. Joyce, die zum Glück schon etwas reifer an Jahren war, so daß sie es mit ihrem Privatleben vereinbaren konnte, die Arbeit, für die sie bezahlt wurde, auch wirklich zu tun, befand sich schon in ihrem Kiosk am Eingang, wo sie gerade ihre Broschüren und Faltblätter und kleinen Geländeskizzen auslegte.

Trotz Druck und Hetze – denn zu allem Überfluß war für heute nachmittag auch noch eine Schulklasse für eine Sonderführung angemeldet – gestattete Arnold sich den Luxus, noch ein paar Sekunden in der Sonne stehenzubleiben und den Augenblick zu genießen. Dies war immer ein Moment der Verzauberung, diese goldene Oase der Stille ringsum, die leeren, wartenden Rasenflächen, kurz bevor die Besucher darüber hereinbrachen. Es war der Moment, da er ganz sicher wußte, daß er glücklich war, daß trotz – oder wegen? – aller Mühen und Sorgen dies der Ort war, an den er gehörte. Es war genau das Leben, das er sich wünschte und dem er sich fast so geweiht hatte wie ein Novize dem Dienst an Gott. Das Rosa und Purpurrot der Dahlien, das Strahlen der Goldruten, das Blau des Himmels, die gesprenkelten Schatten unter den herrlichen Bäumen – es war alles sein, und diese Augenblicke der Freude bestätigten ihm immer wieder aufs neue sein Anrecht darauf.

Die Schülergruppe war, wie sich zeigte, eine reine Mädchenklasse – einerseits ein Segen, obwohl Arnold sich bei ihrem schrillen Geschnatter und noch schrilleren Gekicher, das von den alten Mauern widerhallte, kaum Gehör verschaffen konnte. Sie alberten aber wenigstens nicht so schrecklich herum wie die meisten gemischten Klassen, die auf den Sachen herumstiegen, sich gegenseitig schubsten und knufften und einander dauernd zu übertrumpfen versuchten, so daß man sie keine Sekunde aus den Augen lassen durfte. Arnold war inzwischen zu der Ansicht gekommen, daß die zwei Geschlechter einen verderblichen Einfluß aufeinander hatten, allerdings hatte er diesen Gedanken noch nicht bis zu seinen bestürzenden Konsequenzen für die Welt als Ganzes weiterverfolgt. Für den Augenblick genügte ja auch die Konsequenz für den Umgang mit Schulklassen, weshalb er die heutige Invasionsarmee mit vorsichtiger Genugtuung besichtigte. Sechzehn bis zwanzig Mädchen, nach seiner Schätzung etwa vierzehn oder fünfzehn Jahre alt, begleitet von drei Lehrerinnen, die kaum älter aussahen als ihre Schützlinge.

Drei. Arnold seufzte. Je mehr Lehrer dabei waren, desto lascher und lückenhafter die Aufsicht – so seine bisherige Erfahrung. Und heute kam noch erschwerend hinzu, daß diese drei sich die ganze Zeit als unzertrennliche

Kleingruppe hinter ihren Schützlingen aufhielten und mit gedämpften Stimmen das unmögliche Verhalten einer abwesenden Kollegin in Sachen Pausenaufsicht durchhecheln. Hin und wieder gaben sie Arnolds sorgfältigen Ausführungen insoweit die Ehre, als sie ihre Privatdiskussion gerade lange genug unterbrachen, um die Mädchen mit einem mahnenden »Pst!« oder »Weitergehen!« zur Raison zu bringen; doch während die Gruppe weiterlatschte, zeigte sich mehr und mehr, daß der Handschriftensaal, der Keramiksaal und die Rüstkammer – obwohl dort eine Rüstung aus dem sechzehnten Jahrhundert kurzzeitiges Interesse weckte – sie mindestens ebenso langweilten wie ihre Schülerinnen.

»Guckt euch mal diesen Schrumpfritter an!« quietschte eines der Mädchen. »Der muß ja ein Zwerg gewesen sein, wenn er da reinpaßte!«

Arnold, den schon dieses bißchen Aufmerksamkeit für seine Exponate freute, widmete sich sogleich der interessanten Frage, warum die Menschen seit vierhundert Jahren anscheinend immer größer wurden, doch weitere sachbezogene Kommentare aus dem Publikum übertönten seine Stimme.

»Schrumpfritter stimmt genau! Ein Bonsai! Eine richtige Mißgeburt!« – dann Kichern, gestreckte Zeigefinger und ein Gewirr von Einzelsilben, denen Arnold keinerlei Sinn entnehmen konnte.

So gab er den Versuch der Belehrung bald wieder auf und nahm sich vor, die Bande so schnell, wie er es mit Anstand vermochte, überall durchzuschleusen, um sie endlich zu den Wachsfiguren zu bringen, denn er wußte, daß ihr Geschnatter sich dort wenigstens vorübergehend ein bißchen legen würde.

So war es. Sogar das Klagelied über die Pausenaufsicht verstummte im Angesicht der lebensgroßen Toten. Unter den starren Blicken dieser blinden Augen erstarb das Gekicher. Thomas Cranmer, Anna Boleyn, Lady Jane Grey, Edward Talbot: alle dazu bestimmt – per Zufall, oder weil es zu jener Zeit die für Aristokraten übliche Art des Hinscheidens war? –, jedenfalls alle dazu bestimmt, durch den Henker zu sterben.

Arnold nutzte die ungewohnte Stille, um sich Gehör zu verschaffen. Die Tudorzeit hatte ihn schon immer fasziniert, und er hatte sich natürlich eingehend mit dem Thema befaßt, seit er wußte, daß solche Führungen ein wichtiger Teil seiner Arbeit sein sollten. Es gab jetzt kaum noch etwas, worüber er nicht Bescheid wußte, und er fühlte sich mehr als kompetent, alle Fragen zu beantworten, die ihm aus dem Publikum gestellt werden konnten. Im Vorgespräch zu dieser Sonderführung hatte man ihm gesagt, daß diese Mädchen erst im letzten Schulhalbjahr die Tudorzeit »durchgemacht« hätten, also würden sie wohl Fragen zur Genüge haben.

Allerdings mußte er selbst den Stein zuerst einmal ins Rollen bringen, weshalb er nun seinen Blick über die stummen Figuren gleiten ließ, die in so erstaunlich natürlichen Posen an dem langen Eichentisch saßen, und überlegte, womit er anfangen sollte. Welche dieser ebenso kurzen wie tragischen Lebensgeschichten könnte die Phantasie dieser Schulmädchen – jung, behütet, gesund und von Tragödien bisher verschont – wohl am ehesten in ihren Bann schlagen? Anna Boleyn vielleicht, die für ihren Scharfrichter ein spezielles Schwert aus Frankreich bestellte, damit er ihren Hals mit einem einzigen Streich durchtrennen konnte? Die kleine Katherine Howard, die in der Nacht vor ihrer

Hinrichtung schreiend auf den hallenden Korridoren von Greenwich Palace auf und ab gerannt war? Thomas Cranmer, der seine rechte Hand in die Flammen streckte, die Hand, die seinen falschen Widerruf unterschrieben hatte, auf daß sie zuerst verbrenne?

Diese grausigen Glanzlichter der Geschichte würden sie natürlich kennen. Wer hätte sie je vergessen können? Also die arme kleine Jane Grey, die fast noch ein Kind war, gerade sechzehn, als sie für so kurze Zeit in die Historie eintrat, daß es fast unbemerkt blieb? Ein stilles, belesenes Mädchen, das seine größte – und vielleicht einzige – Freude aus dem Studium der griechischen und lateinischen Klassiker bezog. Schon mit dreizehn Jahren galt sie allen Gelehrten Europas ebenbürtig, was die Kenntnis der alten Schriftsteller betraf. Sogar jetzt, vierhundert Jahre später, wurde sie als Wachsfigur mit dem Kinn auf der Hand dargestellt, den Blick auf irgendeinem gelehrten Text. So hatte sie wohl auch am Vorabend ihrer Hinrichtung dagesessen, denn sie war der Legende zufolge die ganze lange Nacht aufgeblieben und hatte in ihrem griechischen Neuen Testament gelesen; und als ihre wohlmeinenden Diener sie drängten, doch ein wenig zu schlafen, war sie deren Besorgnis mit kühler, unwiderlegbarer Logik begegnet: »Was bedarf ich des Schlafes, die ich so bald schon ewig schlafen werde?«

Ja. Lady Jane Grey. Sie war diesen Mädchen, die hier in diesem ehrwürdigen Zimmer lebendig vor ihm standen, im Alter so nah. Wie sollten sie nicht von Ehrfurcht – Mitleid – irgend etwas – gepackt werden?

»Lady Jane Grey wurde hingerichtet, als sie nicht viel älter war, als ihr jetzt seid«, begann er. »Und zwar aus dem einzigen Grund, weil sie als Enkelin einer Schwester Heinrichs des Achten in der Thronfolge stand. Sie wurde 1537 geboren und...«

»Wir lernen keine Jahreszahlen«, meldete sich eine tadelnde Stimme aus der Zuhörerinnenschar. »Miss Jeeves sagt, Geschichte ist nicht nur eine Sache von Jahreszahlen, sie handelt von Menschen.«

»Ja, gewiß...« Arnold war im Moment ein bißchen perplex, aber er fing sich wieder. »Das mag schon sein, aber Lady Jane war ja ein Mensch, oder nicht? Und ein sehr bedeutender Mensch, wie sich zeigen sollte.«

»Nicht bedeutender als andere«, brauste eine gut gedrillte Zwischenruferin auf. »Sogar weniger. Eine aus der Oberschicht. Wichtig sind in der Geschichte nur die arbeitenden Klassen. Die ganz gewöhnlichen Menschen.«

Bitte sehr. Sollte sie ihren Willen haben. Laut sagte er: »Schön und gut. Dann erzählt ihr mir mal etwas von den gewöhnlichen Menschen der Tudorzeit.«

Stille. Ein Schweigen so tief wie das der Wachsfiguren am Tisch. Dann meldete sich zögernd ein piepsiges Stimmchen: »Also, die lebten alle in bitterer Armut, verstehen Sie? In bitterster Armut!«

Pause. Arnold verstand durchaus, nur wollte er sich damit nicht zufriedengeben.

»Weiter«, sagte er. »Erzähl mir mehr. Wie war es für die Menschen, in so bitterer Armut zu leben?«

Die Klasse schien jetzt aus einer Art Kulturschock zu erwachen, und allerlei Mutmaßungen begannen durch die Stille zu schwirren.

»Also, gestorben sind sie, an lauter so Sachen. Verhungert. Die Reichen haben ihnen alles weggegessen.«

»Ja, stimmt. Ihre Kinder sind gestorben, weil die Reichen ihnen immer alles weggegessen haben.«

»Und an schrecklichen Krankheiten sind sie auch gestorben. Schwarzer Tod und so.«

»Der Schwarze Tod war zweihundert Jahre vor den Tudors«, wollte Arnold einwenden, doch da mischte sich eine der Lehrerinnen in die Diskussion, ein schmächtiges, stahlrandbebrilltes junges Ding, das aussah wie vierzehn.

»Ich meine, wir hätten Ihnen gesagt, Mr. Walters, daß wir uns mit Sozialgeschichte befassen, nicht mit Ereignissen und Daten. Chronologische Abläufe und dergleichen interessieren uns nicht. Wir interessieren uns für gewöhnliche Menschen – ihre Arbeit – ihren Alltag.«

Arnold, der noch in Erinnerung hatte, wie absolut gelangweilt Lehrerinnen und Schülerinnen gleichermaßen herumgestanden hatten, als er ihnen die Funktionsweise des Wasserrads zu erklären und ihre Aufmerksamkeit für das Schaubild zu gewinnen versuchte, auf dem gezeigt wurde, wie das Getreide durch den Trichter auf den Läuferstein hinunterrieselte, dort zermahlen wurde und als Mehl in den großen Kasten fiel, vermochte diesem Argument nur schwer zu folgen. Inzwischen war er sowieso fast nur noch damit beschäftigt, die Mädchen daran zu hindern, über die Absperrungen zu greifen und die feinen Samt- und Seidenstoffe und die zarten Spitzen zu befingern, mit denen die Figuren bekleidet waren. Wenigstens dabei erhielt er ein gewisses Maß an halbherziger Unterstützung von den Lehrerinnen. »Nicht, Sadie, laß die Finger davon.« – »Faß das nicht an, Phyllida, du machst Schmutzabdrücke darauf.« – »Janie, hör auf damit! Wenn ihr euch nicht benehmt, dürfen wir bestimmt nicht wieder herkommen!«

Eine allzu schreckliche Drohung war das für keinen der Beteiligten. Überhaupt schauten die drei Lehrerinnen jetzt schon heimlich auf ihre Uhren und überlegten, wann sich wohl der Hinweis geziemte, daß jetzt Teezeit sei, damit sie ihre Schülerinnen zum einzigen Punkt des Nachmittagsprogramms geleiten konnten, der sich wirklicher Beliebtheit erfreute.

Pech! Gemeines Pech! Aber Arnold sah sich nicht bemüßigt, sie zu warnen, daß eine teelose Wüste ihrer harrte. Wozu auch? Geschah ihnen doch recht! Ihm konnte das egal sein!

4

Derweil stand in London – nein, nicht in ihrem eigenen Haus, aber nur ein paar Straßen weiter – Mildred verlegen in der Küche ihrer Freundin und wünschte, sie könnte sich mit irgend etwas nützlich machen.

Das Problem war, daß Val sich nicht helfen ließ, sie haßte das; und das war natürlich besonders unangenehm für einen Gast, der vor fast drei Wochen »nur für eine Nacht« hierhergekommen war und noch immer keine andere Bleibe gefunden hatte.

Nicht daß ihre Gastgeberin sich über diesen Stand der Dinge beklagt hätte, bisher jedenfalls. Sie ließ nicht einmal Andeutungen fallen, daß Mildred ihre Gastfreundschaft überstrapaziere. Die Peinlichkeit war also ganz allein auf Mildreds Seite, und sie versuchte dieses Gefühl zu verdrängen, so gut es ging. Wozu denn unbedingt das Haar in der Suppe suchen, wenn Val sich so offensichtlich gar nicht daran störte, sie auf unbegrenzte Zeit im Haus zu haben, sich anscheinend sogar darüber freute? Mildred wurde immer noch richtig warm ums Herz, wenn sie daran dachte, wie sie vor drei Wochen mit nur einem Koffer, noch ganz ermattet von der Hitze und das mausgraue Haar halb aufgelöst um das gerötete Gesicht, verzweifelt an diese Tür geklopft hatte, die sie gut genug kannte, um einen solchen Überfall wagen zu können, und sogleich mit einem herzlichen Willkommenslächeln, einer Riesentasse Tee und einer Woge kritiklosen Mitgefühls in Empfang genommen worden war.

»Hereinspaziert. Willkommen im Klub!« hatte Val gerufen und sie in ihr großes, unaufgeräumtes Wohnzimmer gedrängt, dessen Fenster so weit hochgeschoben war, wie es nur ging, damit der eine oder andere kühle Luftzug hereinkonnte, der hier an der Nordseite des Hauses hin und wieder ein bißchen Erholung von der langen Hitzewelle dieses Sommers brachte.

»Willkommen im Klub!« Mit diesen drei Worten hatte Val ihrer Besucherin unverzüglich und mühelos über alle eventuellen peinlichen Hürden hinweggeholfen – etwa die Sache mit Arnold erklären zu müssen, warum sie von ihm weggegangen war und was sie jetzt vorhatte, falls sie etwas vorhatte.

Val hatte nämlich mit einem Blick alles durchschaut, kaum daß sie Mildred mit ihrem Koffer vor der Tür stehen sah. Hatte sie selbst denn nicht vor ein paar Jahren erst genau das gleiche durchgemacht? Gut, vielleicht nicht genau das gleiche, denn in ihrem Fall war es Malcolm gewesen, der gegangen war; aber was bedeutete es schon, welche der beiden kriegführenden Parteien schließlich die Koffer packte und ging?

»Männer!« hatte Val die Sache in einem Wort zusammengefaßt und sich so energisch in die Sofakissen zurückgeworfen, daß ihr flaumiges, nicht ganz blondes Haar ihr empörtes Gesicht umrahmt hatte wie ein zitternder Heiligenschein. »Männer! Männer im Ruhestand! Das mit der Pensionierung ist wie eine Bombe, einfach mörderisch! Wenn dein Mann auf die Fünfundsechzig zugeht, fühlst du dich wie auf der Abschußliste eines Terrorkommandos!«

»Er ist ja eigentlich erst einundsechzig«, wandte Mildred ein, aber Val wischte das verständlicherweise beiseite.

»Meinetwegen, sechzig oder fünfundsechzig – ist doch egal. Aber für die Ehe ist es der Todesstoß, das steht fest.

Wenn dieses Datum naht, könnte man gleich die Scheidung einreichen. Da drehen die Männer durch, restlos durch. Alle! Da kommt dann endlich ihre wahre Natur zum Vorschein. Irgend etwas Verrücktes müssen sie anstellen, und wenn nicht dieses, dann jenes.«

Wie sich dann allmählich herausschälte, war das Verrückte bei Malcolm nicht (wie bei Arnold) gewesen, daß er sich in einen lächerlichen neuen Beruf stürzte. Nein, er hatte sich blindlings in die Arme einer Frau geworfen, die mit ihrer Verschwendungssucht, ihren Launen und regelmäßigen Nervenzusammenbrüchen die Garantie dafür bot, daß sein Leben unvergleichlich nervenaufreibender und anstrengender sein würde, als er es als Manager eines internationalen Pharmaunternehmens je gekannt hatte.

So jedenfalls lautete die Version, die Val zum besten gab, während die beiden Freundinnen an diesem ersten Abend neben der offenen Balkontür saßen und sich die ganze Abenddämmerung und schließlich noch die halbe Nacht lang genüßlich ihr Leid über ihre mißratenen Gatten klagten.

Wunderbar! Noch nie hatte Mildred sich so frei gefühlt, so ungebunden in ihrem tiefsten Innern. Endlich konnte sie einmal sagen, was sie dachte. Ist eine Ehe erst einmal vorbei (wie die ihre seit ganzen sechzehn Stunden), sieht man plötzlich, daß Loyalität nichts weiter als ein Ballast ist, eine Bürde, die das klare Denken behindert. Nun war sie das zwar schon immer gewesen, aber in einer weiterbestehenden Ehe bleibt klares Denken ohnehin gewöhnlich auf ein Minimum beschränkt, denn wohin konnte es am Ende sonst führen?

Welchen Genuß es bereiten kann, in Gesellschaft Gleichgesinnter den Charakter eines abtrünnigen Ehegatten schön langsam in kleinste Fetzen zu zerreißen, seine Unzulänglichkeiten in allen Einzelheiten auszukosten, wurde noch nie in einer soziologischen Untersuchung vollständig dokumentiert. Im vorliegenden Fall wurden die Freuden dieses Tuns für beide Beteiligten noch gesteigert durch die Anfeuerung, die sie voneinander bekamen. Sie stachelten sich gegenseitig an, und während die letzten Strahlen des Sonnenuntergangs über den wuchernden Zweigen des Fliederbuschs und den Wäschepfählen hinten in Vals Garten verblaßten und die Sterne, immer nur wenige auf einmal, verschwommen durch den rosigen Dunst des Londoner Abendhimmels brachen, kam der Punkt, an dem Mildred das Gefühl hatte, Arnold regelrecht tranchiert und portionsweise auf einem Tablett arrangiert zu haben, wohin er auch gehörte. Sie fühlte sich geläutert, wie neugeboren. Mit Vals Hilfe hatte sie das kleine Quentchen Schuldgefühl, das sich im Zug hierher schon hatte melden wollen, restlos getilgt. War es nicht – so dieses Schuldgefühl – doch ein bißchen garstig von ihr gewesen, ihren Mann so total in der Klemme sitzenzulassen? Und das an einem Samstagnachmittag, mitten in der Saison und ohne die allermindeste Garantie dafür, daß diese beiden Mädchen sich überhaupt blicken ließen, um in der Teestube auszuhelfen, geschweige daß sie dann auch in die Hände spuckten, wenn sie einmal da wären!

Aber nein – nein, nein, nein! hatte Val gerufen. Schuldgefühle? Was für ein abwegiger Gedanke! Arnold war hier der Schuldige, er verdiente alles, was ihm widerfuhr. Man denke nur, wie er sie gegen ihren Willen mitgezerrt hatte auf seinen Egotrip, ohne die mindeste Rücksicht auf ihre Gefühle oder gar auf ihre Gesundheit. Ein echter Chauvi, erklärte Val. Keine Rücksicht, kein Einfühlungsvermögen: völlig ichbezogen, immer nur auf die eigenen Belange bedacht. Statt sich schuldig zu fühlen, weil sie ihn im Stich gelassen habe, solle Mildred vielmehr triumphieren, daß sie endlich den Mut gefunden habe, einmal sie selbst zu sein und zu tun, was für sie das richtige war.

»Du warst doch eine Heilige, Mills, daß du das alles so lange mit dir hast machen lassen. So heilig sollte wirklich niemand sein. Das ist verkehrt. Lebensfeindlich ist das. Du hättest einen Nervenzusammenbruch bekommen und deine Gesundheit ruinieren können, wo du dich so abschinden mußtest den lieben langen Tag, für seinen Beruf. Und wie ihn das groß gekümmert hätte!«

Letzteres stimmte wohl nicht ganz, und im Herzen wußte Mildred das auch. Aber Vals unerschütterliche Parteilichkeit tat so wohl, daß sie es schade gefunden hätte, sich das zu verderben, indem sie auch nur den kleinsten Schatten auf Arnolds Schlechtigkeit fallen ließ.

Die Hälfte dieser ersten Nacht und einen großen Teil des folgenden Tages (der ein Sonntag war) hatte das Gespräch sich um dieses Thema gedreht. Eine Zeitlang schien es, als kämen sie nie mehr an ein Ende mit ihren Anekdoten von schlechter Behandlung durch ihre jeweiligen Gatten, noch könnten sie der Köstlichkeit gemeinsamer Empörung, die ihnen aus ihren jeweiligen Kränkungen erwuchs, jemals müde werden.

Aber alles hat eben doch einmal ein Ende. Am Montagmorgen ging Val wieder zur Arbeit, und zurück blieb Mildred mit einem – man kann es nur so nennen – einem emotionalen Kater, nachdem sie so ausgiebig ihre Seele ausgelüftet hatte und ein ganzen Wochenende ›sie selbst gewesen‹ war, wie Val das nannte. Mildred war es nicht gewohnt, sie selbst zu sein, sie fand es gleichermaßen anstrengend wie beunruhigend; dies um so mehr, als es in Vals ganzem Haus anscheinend gar nichts zu *tun* gab.

»Ich lasse mir nicht gern helfen, ich hasse das«, hatte Val an diesem ersten Montagmorgen verfügt, während sie mit geschickten Bewegungen einen Auflauf fürs Abendessen vorbereitete, ehe sie sich ins Wohnungsamt aufmachte, wo sie arbeitete. »Ich mag das wirklich nicht, also versuch hier bitte nicht aufzuräumen und dergleichen. Laß es dir – nun – einfach gutgehen. Tu, was für dich das richtige ist.«

Und was war für sie das richtige? Mildred hatte darin nicht viel Übung, und das sah sie jetzt, durch Vals Augen betrachtet, als gravierenden Mangel an. Als erstes mußte sie sich natürlich eine Bleibe suchen. Sie durfte Vals Gastfreundschaft nicht auf ewig ausnützen. Und eine Arbeit brauchte sie natürlich auch, obwohl sie bisher noch nicht direkt knapp an Geld war. Das hieß, Geld vom gemeinsamen Konto. Arnolds Geld. Es war allzu demütigend.

Eine Arbeit. Ja. An diesem Montagmorgen war sie so weit gekommen, einmal kurz auszugehen und sich die Lokalzeitung zu kaufen (»Nett, Sie wiederzusehen, Mrs. Walters«, hatte der Zeitschriftenhändler sie begrüßt, und obwohl das sicher freundlich gemeint war, hatte es in Mildreds Ohren nach Vorwurf geklungen, auch wenn sie nicht recht sagen konnte, warum). Wieder in Vals Wohnung, hatte sie die Zeitung auf dem Küchentisch ausgebreitet.

Es wurden jede Menge Stellen angeboten. Seitenweise. Aber Mildred war noch nicht am Ende der ersten Spalte angekommen, da wußte sie schon, daß sie für keine davon taugte. Sie konnte nicht maschineschreiben. Nicht Auto fahren. Keine Telefonvermittlung bedienen. Und den Strapazen des Gaststättengewerbes war sie, wie sie schon schmerzlich hatte erkennen müssen, nicht gewachsen.

»Ich bin zu gar nichts nütze!« hatte sie Val am Abend vorgeheult, nachdem der Auflauf verzehrt und das Geschirr in die Spülmaschine geräumt war (natürlich von Val – »Ich weiß genau, wie ich es haben möchte«) und sie es sich auf Gartenstühlen bequem gemacht hatten, um die Abendkühle zu genießen. »Hätte ich doch nur irgendwas gelernt. Aber die Heirat, verstehst du, und dann ...«

Vals Antwort kam unverzüglich und fiel erwartungsgemäß aus.

»Was hat das Heiraten damit zu tun?« fuhr sie auf. »Eine Frau hat das Recht, jeden Beruf zu ergreifen, den sie will, ob es ihrem Mann in den Kram paßt oder nicht. Wenn Arnold dagegen war, hättest du ihm sagen sollen, er kann dich mal! Ja, ich weiß, wie schwierig das ist, natürlich weiß ich das, denn Malcolm war ja genauso. So sind sie doch alle. Kaum hat ein Mann dich geheiratet, meint er schon, er hätte dich gekauft, mit Leib und Seele. Er glaubt ein Anrecht auf jede Minute deiner Zeit zu haben, auf jedes Fünkchen deiner Energie, alles ist nur für *ihn* da, um *seine* Wünsche zu befriedigen, *seine* Interessen zu fördern. Dagegen muß man sich wehren, Mills, wirklich. Du hättest auf deiner eigenen Karriere bestehen müssen, gleich von Anfang an. Du hättest auf seine Einwände gar nicht hören dürfen.«

Hatte Arnold Einwände gegen eine eigene Karriere für sie erhoben? Sie konnte sich nicht erinnern, daß dieses Thema je zur Sprache gekommen wäre, jedenfalls nicht in dieser Direktheit. Und überhaupt ...

»Ich hatte ja eine Arbeit«, entgegnete sie. »Eine ganze Zeit lang. Ich hatte eine Halbtagsstelle als Registratorin bei Wishart Brothers. Das Problem ist, daß Registratorinnen heute nicht mehr gebraucht werden, das geht alles über

Computer und so. Aber ich glaube nicht, daß Arnold dagegen war. Damals jedenfalls nicht.«

»Natürlich nicht, das ist doch klar! Es war ja keine Bedrohung für ihn – die Registratur. Männer haben nie etwas dagegen, wenn ihre Frauen eine untergeordnete, langweilige Arbeit machen, nur um ein bißchen Geld nach Hause zu bringen. Aber wenn sie einen richtigen Beruf ergreifen, einen, der sie in Anspruch nimmt, der ihre Talente fordert, dann...«

Im Grunde hatte die Arbeit in der Registratur ja auch Talente gefordert, nur eben keine, die Val als solche anerkennen würde. Mildreds Talent, sich nicht so schnell zu langweilen, war ihr da sehr zugute gekommen. Aber leider, leider war dieses Talent jetzt nicht mehr so gefragt wie früher. Langeweile war heute in so schrecklich vielen Berufen durch Komplikationen ersetzt worden, und das kam Mildred gar nicht entgegen.

Sie versuchte einen neuen Ansatz.

»Und dann kam ja auch Flora. Egal, was ich bis dahin gemacht hätte, ich hätte es aufgeben müssen.«

Val stellte förmlich die Stacheln auf. Sie setzte sich so kerzengerade hin, daß der Stuhl unter ihrer gerechten Empörung beängstigend knarrte.

»Warum hättest du aufgeben müssen? Warum hätte Arnold statt dessen nicht seinen Beruf aufgeben sollen? Sie war doch auch sein Kind, oder etwa nicht?«

O doch. Mildreds bescheidene Energien hätten nie auch noch für eine außereheliche Beziehung ausgereicht, nicht in hundert Jahren. Sie konnte ja die eheliche kaum verkraften. Aber so hatte Val das ja gar nicht gemeint. Ihr ging es um die Frauenrechte und die Forderung, daß Väter die Kinderbetreuung zu gleichen Teilen übernehmen sollten.

Mildred überlegte.

»Ich glaube eigentlich nicht, daß Männer so gute Väter abgeben«, meinte sie, doch als sie merkte, was sie da gesagt hatte, fügte sie gleich hinzu: »Arnold war wirklich sehr lieb zu ihr, als sie noch klein war«, meinte sie, um nicht ungerecht zu sein. »Er hat ihr vorgelesen und das alles. Erst als sie dann größer wurde, ein Teenager... da fing er an, sie zu... Nun ja, aber ich doch auch. Wir beide.«

Ab diesem Punkt drehte das Gespräch sich dann mehr und mehr um die Probleme der Töchtererziehung: schlechtes Benehmen, Schlampigkeit, Probleme mit Jungen, Taschengeld... und Val trug den Sieg davon – wenn das der richtige Ausdruck war –, da ihre Rosemary nämlich einen festen Partner und einen Studienplatz an einer Wirtschaftsakademie hatte, während Flora ihrer Mutter noch immer großen Kummer bereitete. Natürlich alles Arnolds Schuld, beteuerte Val. Wenn er nur mehr Zeit für das Mädchen gehabt und sich mehr um sie gekümmert hätte... Im schwindenden Licht der goldenen Abenddämmerung wirkten Vals Hände sehr weiß und ziemlich schön, wenn sie sich so wild gestikulierend zur Frage väterlicher Unzulänglichkeiten ausließ. Nicht alle ihre Anklagen waren jedoch ganz gerecht. Arnold hatte sich um Flora gekümmert, sich größte Sorgen um sie gemacht, wenn auch vielleicht nicht ganz in derselben Weise wie Mildred. Seine Sorgen waren allgemeinerer Natur, umfassender – sie betrafen den ganzen Lebensweg des Mädchens und die Zukunft, in die sie womöglich hineinsteuerte. Mildreds Sorgen waren fester umrissen, wie die meisten Sorgen von Müttern. Ihre Kontaktlinsen zum Beispiel. Nahm Flora sie auch jeden Abend heraus und sterilisierte sie ordentlich in der richtigen Lösung? Wusch sie sich vor dem Einsetzen gründlich die Hände? Wie konnte sie in so einem unhygienischen Stall, wo überall Schlafsäcke auf dem Fußboden herumlagen und das Wasser braun aus dem einzigen funktionierenden Hahn lief, diese Maßregeln alle einhalten? Und falls nicht, konnte sie sich dann womöglich irgendeine schreckliche Augenkrankheit zuziehen? Mildred wünschte von ganzem Herzen, Arnold hätte ihr die Dinger nie gekauft, aber so richtig vorwerfen konnte man ihm das auch wieder nicht. Er hatte doch nur gewollt, daß seine Tochter hübsch aussah, indem sie diese unvorteilhafte Brille nicht mehr tragen mußte, und daß sie von allem das Beste bekam, trotz ihrer Kratzbürstigkeit und Undankbarkeit.

Val, auf die man sich so gut stützen konnte, wenn es um gescheiterte Ehen und die mannigfachen Fehler des Männergeschlechts ging, war beim Thema Flora nicht ganz dieser Hort der Stärke gewesen, obwohl sie sich alle Mühe gab.

»Nun ja, wenigstens ist sie nicht schwanger«, hatte sie einmal eingeworfen, was als Trost gemeint war, aber es war nun einmal genau das Falsche gewesen.

Denn wie gern hätte es Mildred gesehen, wenn Flora schwanger gewesen wäre! Ein uneheliches Kind wäre ein so gesundes Problem gewesen, so normal – sogar zeitgemäß. Ein Problem, dem auch Mildred etwas hätte entgegensetzen können. Geld. Babysitten. Irgend etwas. Und wer weiß, in so einer Situation empfände – zeigte Flora womöglich – vielleicht sogar einen Funken Dankbarkeit für alles, was ihre Mutter für sie tat. Und das wäre doch herrlich!

5

Und nun hing sie drei Wochen später noch immer hier in Vals Küche herum. Noch immer ohne Pläne, noch immer ohne irgendeine Beschäftigung. Furchtsam, doch in der stillen Hoffnung, daß Val nicht böse sein würde, wenn sie nach Hause käme, hatte Mildred den Nachmittag damit zugebracht, Staub und Schmiere von den Gläsern und Flaschen zu wischen, die in Vals Küchenschrank auf den obersten Regalbrettern standen und selten heruntergenommen wurden. Mit einer Hälfte ihrer Seele hoffte sie, daß Val es gar nicht merken würde, denn sie könnte es als »helfen« ansehen; mit der anderen Hälfte hoffte sie, *daß* sie es merkte, denn was hätte das Ganze sonst für einen Sinn gehabt?

Es half kein Drehen und kein Deuteln, sie beide kamen eben doch nicht so gut miteinander aus, wie es ganz am Anfang geschienen hatte. Nicht daß es einen offenen Krach gegeben und man sich unangenehme Wahrheiten an den Kopf geworfen hätte, das nicht; es machte nur nicht mehr soviel Spaß wie zuerst. Anfangs waren ihre langen Gespräche über die Nichtswürdigkeit der Männer Balsam für Mildreds wunde Seele gewesen, aber neuerdings stellte sie fest, daß sie ihr ein bißchen auf die Nerven gingen. Sie hatten nicht nur die eigenen gescheiterten Ehen, sondern auch die gescheiterten Ehen der meisten ihrer Freundinnen durchgehechelt, und das war zunächst ja auch ganz unterhaltsam gewesen; aber jetzt fand Mildred mehr und mehr, daß dieses Thema allmählich totgeredet war. Das Auseinanderbrechen aller dieser sehr unterschiedlichen Ehen konnte doch nicht immer nur die Schuld der Männer allein gewesen sein, wie Val es offenbar sah. Dazu hätten die Frauen ja allesamt perfekt sein müssen, und es durfte wohl bezweifelt werden, daß es auf der Welt so viele perfekte Frauen gab, geschweige denn, daß auch noch jeder dieser einzigartig unwürdigen Männer eine davon ergattert haben sollte. Vor allem konnte das Bild von Arnold als einem Monster an Eigensucht Mildreds Selbstwertgefühl längst nicht mehr so schön schmeicheln wie am Anfang, obwohl der Grund dafür schwer zu finden war. Vals Tiraden gaben doch nur Mildreds eigene Klagen über ihn wieder. Val ergriff lediglich ihre Partei, wie es sich für eine gute Freundin gehörte. Aber irgendwie tat sie das mit solcher Lust, solch unermüdlichem Haß.

›Gegen deinen Willen verschleppt‹ – ›Dich behandelt wie eine Sache!‹ – ›Dein Leben ruiniert!‹

Alle diese Vorwürfe hatte Mildred unter Tränen der Wut tatsächlich bei der einen oder anderen Gelegenheit erhoben. Aber war es wirklich so gewesen? So manches Mal hatte Mildred, wenn sie wach in Vals Gästezimmer lag und den Eisenbahnzügen lauschte, die ziemlich dicht an Vals Garten vorbeidonnerten, noch einmal diese Wochen Revue passieren lassen, in denen sie und Arnold sich über seine Pläne auseinandergesetzt hatten; er hatte gedrängt, gebettelt, geschmeichelt; und sie hatte sich mit allen ihren schwachen Kräften widersetzt, bis sie endlich aus purer Erschöpfung nachgegeben hatte.

Ja. Rein äußerlich war das Geschehen damit richtig beschrieben. Er hatte gesiegt, sie hatte verloren. Und trotzdem ... trotzdem ... in manchen Augenblicken, auch wenn sie gerade besonders laut protestiert und besonders erbittert gegen diese Narretei, den Irrsinn des ganzen Vorhabens gewütet hatte – in manchen Augenblicken war da etwas durch ihr Bewußtsein gehuscht gleich einem unbekannten Licht; einem Licht, wie es oft für Sekunden über die Zimmerdecke geistert, wenn in den frühen Morgenstunden ein Auto vorbeifährt; und sie hatte dann eine ganz kleine Erregung verspürt, so wie seit Jahren nicht mehr. Es tat sich etwas! Etwas Neues passierte in ihrem Leben. Und obwohl sie weiter protestiert, weiter nur mit Schrekken an dieses Projekt gedacht hatte, war die ganze Zeit in ihrem tiefsten Herzen eine Veränderung vor sich gegangen; etwas in ihr hatte quasi hinter ihrem Rücken die Seiten gewechselt und war zu Arnold übergelaufen.

Unten schlug die Haustür. Val war zurück, und Mildred fiel mit leisem Schrecken ein, daß heute Donnerstag war. Dienstags, donnerstags und freitags ging Val nach der Arbeit immer joggen und bestand unverdrossen darauf, daß Mildred sie zu begleiten habe, obwohl sich immer deutlicher zeigte, daß jeder derartige Versuch nur in einer demütigenden Niederlage enden konnte. Manchmal war es ein bißchen weniger demütigend, aber das nützte auch nichts. Es diente nur dazu, die harten Tatsachen zu verschleiern und Mildreds Widerstand zu schwächen.

»Ich bin doch schon dreiundfünfzig!« hatte Mildred aufgejault, als Val zum erstenmal mit diesem abartigen Vorschlag angekommen war. »In meinem Alter geht man doch nicht mehr...!«

Aber damit war sie natürlich nicht weit gekommen. Sein Alter vorzuschützen sei fast so schlimm, wie sich auf sein Geschlecht zu berufen; eine Todsünde auf jeden Fall; und überhaupt, ging Val nicht auch schon auf die Neunundvierzig zu?

»Und glaube nur nicht, daß ich in vier Jahren damit aufhören werde, nur weil ich dann dreiundfünfzig bin! Im Gegenteil, je älter man wird, desto wichtiger ist es, sich fit zu halten« – und dann hatte sie noch hinzufügen müssen, daß Alter nur eine Sache der inneren Einstellung sei.

»Denke, du hast Arthritis, und du hast Arthritis«, erklärte sie hochtrabend. »Denke, du hast einen schlimmen Rücken, und du hast einen schlimmen Rücken. Denke, du hast es am Herzen, und du hast es am Herzen. Denke, du hast Plattfüße, und …«

Mittlerweile glaubte Mildred das alles zu haben; aber es half ihr nichts. Und so hatte sie, zu schwach zum Widerstand, von da an ihre Freundin an den vorgeschriebenen Abenden in den nahen Park begleitet, und nachdem sie dort manchmal hundert, manchmal sogar zweihundert Schritte weit mitgetorkelt war, hatte sie sich danach jedesmal auf eine Bank fallen lassen und gewartet, bis Val, die inzwischen drei, vier, vielleicht sogar fünf oder sechs Runden in dieser oder jener Zeit – jedenfalls in einer für diese Distanz erstaunlichen Zeit – gerannt war, im Triumph zu ihr zurückkehrte. Mildred ahnte zwar nur verschwommen, ob es eine erstaunliche Zeit war oder nicht, aber sie zeigte sich jederzeit gern davon beeindruckt, wie es sich für jemanden gehörte, der selbst nur hundert oder höchstens einmal zweihundert Meter schaffte.

»Und die falschen Schuhe hast du auch an«, pflegte Val dann zu sagen, was zweifellos stimmte. Sich mit dem richtigen Schuhzeug auszurüsten gehörte ebenfalls zu den Dingen, in denen Mildred nicht gut war … wie Maschineschreiben, Buchführung, eine Tochter erziehen, eine Teestube organisieren und weiter als zweihundert Meter laufen.

An diesem einen Abend hatte sie sich nun gar nicht so schlecht gehalten. Bis zur dritten Bank am Weg war sie gekommen, bevor sie sich auf diese fallen ließ und hinterhersah, wie Vals kräftige Schenkel, getüpfelt von der Abendsonne, die durch die Bäume fiel, sich immer weiter entfernten.

Es war ein wunderschöner Abend. Noch war die Augusthitze nicht ganz abgeklungen. Mildred ließ sich in der schattigen Kühle dieses abgelegenen Parkwegs gegen die hölzerne Rückenlehne ihrer Bank sinken (»In liebevollem Gedenken an Eleanor Fishe« stand darauf) und sog die milde Abendluft in tiefen Zügen ein. Sie ertappte sich bei der stillen Hoffnung, Val möge diesmal ihre vollen sechs Runden – oder gar sieben – nicht ganz in Rekordzeit schaffen, damit diese süße Ruhepause nicht so bald endete.

Es wurde hier so einiges zur Unterhaltung des müßigen Zuschauers geboten: Hundebesitzer, die herunterbaumelnden Leinen in den Händen, brüllten hinter ihren herumtollenden Schützlingen her, die im Zickzack von Baum zu Baum rannten und sich an ihrer Freiheit berauschten. Babys in Kinderwagen, während die jungen Mütter selbstvergessen miteinander klatschten. Größere Kinder, die gelangweilt hinter ihren Eltern hertrotteten und mit den Schuhen durch den Kies schleiften. Und natürlich die Jogger und Joggerinnen. Hin und wieder hielt Mildred eine davon für Val und war dann jedesmal ein bißchen erleichtert, wenn sie es doch nicht war.

Eine Männerstimme unmittelbar hinter ihr ließ sie zusammenfahren.

»Darf ich mich dazusetzen?« erkundigte die Stimme sich höflich, und noch ehe Mildred sich soweit gefangen hatte, daß sie wenigstens »Ja, natürlich« hätte antworten können – was sie selbstverständlich geantwortet hätte, warum denn auch nicht? –, ließ der Fremde sich bereits an ihrer Seite nieder. Er war um die Fünfzig, hatte schütteres Haar und trug einen so ordentlichen dunklen Anzug, daß sie annahm, er sei wohl auf dem Nachhauseweg von der Arbeit. Niemand würde sich an einem schönen Sommerabend so anziehen, nur um einen Spaziergang durch den Park zu machen.

»Ein richtig schöner Abend«, fand ihr Nachbar, und Mildred stimmte ihm vorsichtig zu. Vorsichtig, nicht weil sie geneigt gewesen wäre, seiner Feststellung zu widersprechen, sondern weil sie so unsicher war, wie sie hier bestehen und sich immer die richtigen Nettigkeiten einfallen lassen könnte, um ihren Beitrag zu der Unterhaltung zu leisten, die sich offensichtlich anbahnte. Unterhaltungen mit Fremden waren noch nie ihre Stärke gewesen; auch sie gehörten zu den Dingen, in denen Mildred nicht gut war.

Hinterher hätte sie sich dafür ohrfeigen können, daß sie nicht besser aufgepaßt hatte, wie die Unterhaltung sich entwickelte; wie es zugegangen war, daß er sie binnen weniger Minuten dazu brachte, ihm ihr gescheitertes Gastspiel in Emmerton Hall bis in die kleinste Einzelheit zu schildern: die Probleme mit der Teestube, die Schönheiten des Anwesens, die wachsenden Touristenscharen, die Schwierigkeit, Personal zu bekommen. Sie war schon drauf und dran gewesen, ihm auch noch anzuvertrauen, warum sie dem allen den Rücken gekehrt hatte, als mit donnernden Schritten und einem spürbaren Luftzug Val dazwischenkam: groß, rot im Gesicht, keuchend und – das konnte Mildred schon jetzt sagen – voll der allumfassenden, nicht näher begründeten Mißbilligung für den Kavalier, den Mildred sich in ihrer Abwesenheit offenbar angelacht hatte.

»Sich einfach so aufgabeln zu lassen!« schalt sie, sobald sie wieder zu Hause waren, wenn auch ihr angedeutetes Zahnpastalächeln anzeigen sollte, daß sie daraus keinen Streit entstehen lassen wollte. »Was hast du denn nur gedacht, was dabei herauskommen könnte? Bei so einem!«

Was für einem? Und was hatte sie denn gedacht, was dabei herauskommen könnte? Die reine Wahrheit war, daß sie gar nichts gedacht hatte. Sie hatte lediglich nach ihrem besten Vermögen auf eine Situation reagiert, die sich so ergeben hatte. Diesen etwas unbefriedigenden Geisteszustand versuchte sie Val – nicht sehr erfolgreich – zu erklären.

»Mills, du solltest dich reden hören! Ist das nicht die Geschichte deines Lebens, ›lediglich auf Dinge zu reagieren, die sich so ergeben‹? Du mußt endlich lernen, dein Leben selbst in die Hand zu nehmen. Dich zu behaupten. Zu entscheiden, was du willst, und das dann auch durchsetzen! Als dieser geleckte Affe zum Beispiel fragte, ob er sich neben dich setzen dürfe, hättest du dich fragen sollen: Will ich das? Und wenn nicht, dann hättest du ihn wegschicken sollen. Sei doch nicht so ein Opferlamm!«

Immer wenn Mildred sich kritisiert fühlte, fiel es ihr schwer, ihre Gedanken klar und vor allem schnell genug zu sortieren. Im vorliegenden Fall schaffte sie es jedenfalls nicht schnell genug, um dem nächsten guten Werk zuvorzukommen, das Val bereits an ihr zu tun gedachte.

Ein Selbstbehauptungskurs. Mit Beginn des kommenden Herbstquartals würden sie bestimmt zuhauf angeboten. Teuer, ja, aber besser könne man sein Geld nicht anlegen. Klar, auch Val habe so einen Kurs mitgemacht. Ohne ihn wäre sie nie imstande gewesen, mit Malcolm Schluß zu machen.

»Keine Tränen! Kein Theater! Keine Vorwürfe. Einfach klatsch, und weg war er. Ein sauberer Schnitt. Ein chirurgischer Eingriff.«

Mit sterilen Instrumenten vermutlich? Und unter Vollnarkose? Sollte man wirklich auf diese Weise sein Leben gestalten?

»Ich werd's mir überlegen«, sagte sie in bezug auf den Selbstbehauptungskurs, obwohl sie längst wußte, daß sie da nicht hinwollte. Genauer gesagt, sie hatte bereits überlegt, schon in den paar Sekunden, während Val davon sprach, und sich dagegen entschieden. Das wäre doch auch nur wieder etwas, worin sie nicht gut war.

6

Zwanzig Minuten? In Ordnung, bin gleich da.«

Mit einem resignierten Schulterzucken legte Joyce den Hörer auf und wandte sich wieder ihren Karten, Führern und Broschüren zu, die es an die richtigen Plätze zu räumen galt. Und mit einem Blick zu Arnold fügte sie trocken hinzu: »Die Gottlosen haben keinen Frieden.«

Auch das gehörte zu den Dingen, die an Joyce so erholsam waren: wie sie noch immer diese veralteten Sprüche gebrauchte, die Arnold so sehr an seine Jugend erinnerten. Kurz vor Schließungszeit – 19 Uhr im Sommer – gehörte es zu Arnolds Aufgaben, mit seinem schweren Schlüsselbund ans Haupttor zu kommen, um hinter dem letzten Besucher abzuschließen. Und in Erfüllung dieser Pflicht erlag er oft der Versuchung, noch kurz in Joyces Kiosk zu verweilen, während sie für die Nacht aufräumte, und mit ihr ein bißchen zu plaudern – egal, worüber: das Wetter, die Touristen und ihr seltsames Benehmen, hin und wieder auch über Joyces senilen alten Vater, mit dessen Betreuung sie alle ihre Abende und auch noch alle ihre freien Montage zu verbringen schien. Man hätte meinen sollen, daß ein Leben, das so ausschließlich aus Arbeit und der Pflege eines hilflosen alten Mannes bestand, in jeder Hinsicht bedrückend sein müsse; aber bei Joyce hatte man den Eindruck, daß es das Normalste auf der Welt war, so heiter und gelassen nahm sie es hin, so zuversichtlich, so sicher in ihrer Gewißheit, was sie jeweils als nächstes zu tun hatte.

»Jetzt muß ich mir aber die Kufen unterschnallen!« sagte sie dann, und wieder fühlte Arnold nostalgische Erinnerungen in sich geweckt; woraufhin sie dann in ihren praktischen Schuhen davoneilte, um das Mädchen abzulösen, das auf ihren Vater aufpaßte und schon ungeduldig in den Startlöchern saß.

Arnold fragte sich manchmal, wie es kam, daß Joyce bei diesem gehetzten und geplagten Leben immer noch so fröhlich sein konnte, so ganz mit sich im reinen, obwohl ein solcher Druck auf ihr lastete. Spielte sie das nur? Versteckte sie ihre innere Gehetztheit hinter einer tapferen Miene? Oder erzeugte Streß, wenn er erst eine bestimmte Schwelle überschritt, um sich herum so etwas wie einen Bereich erzwungenen Friedens? Einen Bereich, in dem der Druck so stark war, daß gar keine Wahlmöglichkeiten mehr blieben, so daß Besorgnis keine sinnvolle Rolle mehr darin zu spielen hatte?

Manchmal – nicht oft, denn es ging ihn ja eigentlich nichts an, und da er selbst sehr eingespannt war, hatte er auch nicht die Absicht, sich da hineinziehen zu lassen –, manchmal versuchte Arnold sich also auszumalen, wie es bei Joyce zu Hause wohl zuging, wenn sie ihren Kiosk abgeschlossen hatte und die knapp fünfhundert Meter durch den Park zu dem Cottage gegangen war, das sie zusammen mit ihrem neunzigjährigen Vater bewohnte, dem einstmals berühmten Historiker Sir Humphrey Penrose. Arnold würde es allezeit bedauern, daß er Sir Humphrey nie in seiner Blütezeit gekannt hatte, als der weltweit angesehene Experte für die Tudorzeit als Kurator hierhergekommen war und seine gewaltige Energie und all sein Wissen in die Aufgabe gesteckt hatte, dem Schlößchen etwas von seiner früheren Erhabenheit zurückzugeben. Damals mußte er Mitte Sechzig gewesen sein, frisch emeritiert nach einer glänzenden akademischen Laufbahn, noch immer auf der

Höhe seiner Kräfte und voll ungebrochener Schaffensfreude – ungebrochen auch das große Geschick, mit dem er unwilligen Quellen wieder Gelder zu entlocken verstand. Arnold hatte einige von Sir Humphreys populärwissenschaftlicheren Büchern gelesen, und vor allem hatte ihn seine mit leidenschaftlicher Sympathie verfaßte Biographie »Maria der Blutigen«, die in den Schulbüchern so geschmäht wurde, beeindruckt. Zu gern hätte Arnold mit dem Autor selbst über diese umstrittene Interpretation eines so finsteren und wechselvollen Lebens diskutiert, aber ach, er hatte zu lange damit gewartet, dreißig Jahre zu lang. Die neunzigjährige Ruine dieses einst so scharfen Verstandes konnte jetzt über nichts mehr diskutieren, sich oft nicht einmal mehr an den Anfang des einfachsten Satzes erinnern, bevor er diesen zu Ende gesprochen hatte. Seit Arnold hier war, hatte er den alten Herrn ein- oder zweimal durch den Park spazieren sehen, jedesmal in der Obhut seiner Tochter, die ihn fest untergehakt hatte und aufpaßte, daß er die kleinsten Unebenheiten auf Rasen und Wegen sicher umging. Aber mitleiderregend war dieses Bild trotz allem nicht gewesen. Sir Humphrey, der sehr groß war und sich trotz seiner Jahre sehr aufrecht hielt, bot immer noch eine imposante, fast ehrfurchtgebietende Erscheinung mit seiner Adlernase, den überwölbten Augen und dem prachtvollen weißen Haarschopf, den ein unsichtbarer Wind ihm stets aus der Stirn zu wehen schien, auch wenn sich nicht das leiseste Lüftchen regte.

»Guten Abend«, hatte Arnold bei der ersten dieser Begegnungen verlegen gesagt, und der alte Mann war wie angewurzelt stehengeblieben, hatte auch Joyce, die neben ihm ging, angehalten und irgend etwas gebrummelt. Keine Antwort, für Arnolds Empfinden – und auf Äußerungen wie »Guten Abend« gibt es ja auch nicht so viele Antworten. Die unverständlichen Worte hatten eher wie eine Frage geklungen, aber keine Frage, die eine Antwort verlangte. Auch der starre Blick seiner hellen, silbrigen Augen schien keine Botschaft zu enthalten, obwohl er so durchdringend und irgendwie beunruhigend war. Bei sehr alten Menschen erwartet man eher blasse, blutunterlaufene Augen, und Arnold empfand ein kurzes, aber sehr deutliches Unbehagen beim Anblick dieses strahlend hellen Funkelns in dem steinalten Gesicht, das so lebendig und doch sinnentleert schien. Man nimmt an, daß Senilität nur eine dumpfe, verworrene Leere umhüllt, aber muß das denn immer so sein? Gern hätte er darüber einmal mit Joyce gesprochen und dabei vielleicht erfahren, daß irgendwo in diesem verbrauchten Gehirn noch Überreste des scharfen Verstandes von früher wohnten – aber nie erschien es ihm der rechte Zeitpunkt, um so ein heikles Thema anzuschneiden. Es war nicht so, daß Joyce ein Geheimnis um den Zustand ihres Vaters machte, sie redete ganz offen darüber, aber immer nur in Zusammenhängen des praktischen Alltags – wie sie ihren Wochenendeinkauf mit dem Kommen und Gehen der Betreuerin abstimmen könnte und dergleichen.

Ach ja. Irgendwann demnächst. Heute abend war für eine längere Unterhaltung jedenfalls keine Zeit. Joyce hatte es eilig, nach Hause zu kommen und die Betreuerin abzulösen, und Arnold selbst hatte seine abendliche Runde noch keineswegs abgeschlossen, auf der er überall nach dem Rechten sehen und sich vergewissern mußte, daß auch wirklich der letzte Besucher das Gelände verlassen hatte.

Nachdem Arnold wieder in seiner Wohnung war, setzte er sich erst einmal hin und ging seine weiteren Pläne für den

Abend durch. Seine abschließende Runde durchs Hauptgebäude mußte vor Dunkelheit beendet sein, aber bis dahin war noch reichlich Zeit. Die letzten Sonnenstrahlen fielen noch schräg in Mildreds ehemaliges Zimmer, das mit dem großen Messingbett; die Baumwipfel draußen waren noch von goldenem Licht eingefaßt. Eigentlich hatte er sogar noch Zeit für ein Häppchen Abendessen. Nach dem langen, arbeitsreichen Nachmittag lief ihm förmlich das Wasser im Mund zusammen, wenn er an den Räucherschinken im Kühlschrank dachte. Dort befanden sich auch noch zwei kalte gekochte Kartoffeln und ein Rest geröstete Zwiebeln; das konnte er alles zusammen unter den Grill schieben. Köstlich!

Als er fertig gegessen hatte, wurde es zunehmend düster. Zeit für ihn, seine letzte Runde zu machen und sich zu vergewissern, daß die Ausstellungsräume gut abgeschlossen, die Fensterläden zu, die Lichter gelöscht und die Stecker der elektrischen Apparate – wie das Modell der Wassermühle – herausgezogen waren. Die Schatten in den großen, stillen Räumen wären jetzt schon länger und dichter, und Arnold mußte sich eingestehen, daß es ihm ein ganz klein wenig unheimlich war, diese alten, hallenden Treppen hinauf und hinunter und durch die riesigen finsteren Räume zu gehen, wo seine Schritte ihm manchmal wie Ruhestörungen aus einer anderen Welt vorkamen; so sehr, daß er öfter als einmal unwillkürlich auf Zehenspitzen über das dunkle Eichenparkett schlich. Solche Gefühle kannte er aber erst, seit Mildred ihn verlassen hatte. Auch wenn es ihr im Traum nicht eingefallen wäre, ihn auf seinen Abendrunden zu begleiten – nach ihren schrecklichen Erlebnissen in der Teestube wollte sie abends nur noch die Füße hochlegen –, sie war doch immerhin dagewesen. Er war nicht das einzige lebende Wesen in diesem riesigen, verwinkelten Gemäuer.

Natürlich war das lächerlich. Selbst wenn es irgend etwas zu fürchten gegeben hätte – daß jemand einzubrechen versuchte, was unwahrscheinlich war –, was hätte Mildred schon dagegen tun können?

Er sollte sich wirklich zusammenreißen. Das Ganze war Teil seiner Arbeit, der Arbeit, die er sich ausgesucht hatte und die er liebte. Irgendein Risiko gab es bei allem, was man tat. Man denke nur an die vielen tristen Jahre, die er in der Londoner U-Bahn hin- und hergependelt war – hatte er da nicht lediglich Glück gehabt, daß er sich nicht gerade in der Kings Cross Station befand, als dort das Feuer ausbrach?

Er brauchte fast eine Stunde, bis er mit allem fertig war, und das eine oder andere – wie das Schließen der großen hölzernen Läden vor den Hauptfenstern – war richtige Schwerarbeit. Die sollte er eigentlich nicht allein machen müssen. Gus, der Nachtwächter, hätte ihm dabei helfen müssen, aber natürlich war Gus nicht da, er hatte sich schon seit Monaten nicht mehr blicken lassen. Arnold hatte keine Ahnung, ob er überhaupt noch auf der Lohnliste stand, und nachzufragen wagte er nicht, denn das hätte unbequeme Rückfragen von *denen* nach sich ziehen können, Fragen wie: Wer befindet sich denn eigentlich nachts im Gebäude? Dann würden *die* erfahren, daß nicht nur Gus nicht mehr da war, sondern auch Mildred, und wie stand es dann um Arnolds Rolle als Verwalterehepaar?

Schließlich entstand ja kein Schaden. Die Exponate waren auch in Arnolds alleiniger Obhut gut aufgehoben;

er konnte ohne weiteres für zwei aufpassen. Sogar besonders gut aufpassen, denn immerhin war er es doch, der die Exponate liebte. Er war überzeugt, daß er seinen Pflichten ungleich gewissenhafter nachging als dieser Gus, der immer nur mit seinem Dosenbier und der *Racing News* in seiner überheizten Bude saß. Wobei er die Zeitung nicht einmal las, denn wie Arnold schon hatte feststellen dürfen, schlief er die meiste Zeit. Trotzdem, er hatte von dem Mann jetzt schon seit Wochen nichts mehr gesehen. Ob er nun entlassen oder krank geworden oder tot umgefallen war, konnte Arnold nicht einmal ahnen. Aber so oder so war es kein großer Schaden.

Sehr liebevoll und behutsam ging er jetzt an seine letzte Aufgabe: die Wachsfiguren für die Nacht abzudecken. Er begann am hinteren Tischende bei der armen kleinen Lady Jane Grey, deren weiße Wachshand für alle Zeit über der neu übersetzten Protestantischen Bibel verharrte, genau wie am Vorabend ihres Todes; und bestürzt mußte Arnold feststellen, daß seine eigene Hand ein wenig zitterte, als er das Tuch über der stummen Figur zurechtzupfte. Aber war es nicht für jedermanns Hand ein aufregendes Tun, so einfach über viereinhalb Jahrhunderte der Kriege, Verschwörungen und Revolutionen hinwegzugreifen?

Lächerlich trotzdem. Solchen Gefühlen sollte er nicht nachgeben. Er gab sich einen Ruck und deckte mit schnellen und sicheren Griffen auch die anderen Figuren zu. Und doch, so ganz und gar ließen die Gefühle sich da nicht heraushalten, dafür wirkten die Figuren in diesem Dämmerlicht zu lebendig, wenn sie sich so ergeben von ihm verhüllen ließen. Einen Moment lang hatte er geradezu das dumme Gefühl, sich bei ihnen entschuldigen zu müssen.

Schon der Gedanke, so etwas überhaupt tun zu können,

laut mit ihnen zu sprechen in diesem hallenden großen Saal, erfüllte ihn mit solchem Grauen, daß er sich nur mit knapper Not beherrschen konnte, um nicht auf dem Absatz kehrtzumachen und wegzurennen: über die lange Galerie, durch die schweren Eichentüren, die hinter ihm zuschlugen, und die Wendeltreppe hinunter, Runde um Runde und immer weiter hinunter...

Aber er tat natürlich nichts dergleichen. Unter Wahrung seiner Würde vollendete er mit gemessenen Bewegungen sein Werk, verließ das Gebäude so, wie es sich gehörte, und schloß die Türen ordentlich hinter sich ab. Bis er die mondhelle Terrasse überquert und seine kleine Wohnung erreicht hatte, waren sein Atem und Herzschlag wieder normal, und er setzte sich hin, um den Rest des Abends in dem tiefen Sessel neben seiner Hi-Fi-Anlage zu genießen. Die Vorhänge waren für die Nacht zugezogen, und seine Leselampe warf ihr sanftes Licht in alle Ecken.

Das war die Tageszeit, zu der er Mildred sowohl vermißte als auch nicht vermißte. Ihre ausführlichen Schilderungen, was im Laufe des Tages in der Teestube alles schiefgegangen war, vermißte er nicht; er vermißte auch nicht ihre tränenreichen Vorwürfe, daß er sie überhaupt hierhergebracht hatte; aber er vermißte ihre physische Gegenwart. Nicht daß sie hier je zusammen in einem Bett geschlafen hätten – nein, schon der Gedanke wäre ihnen hier sowenig gekommen wie seit vielen Jahren schon in ihrem alten Zuhause. Recht bald nach ihrem Einzug in Emmerton Hall hatte Mildred das Zimmer mit dem großen Messingbett in Beschlag genommen, nicht weil es ein Doppelbett war, bewahre, sondern weil die Tagesdecke zu den Kretonne-Vorhängen paßte, und das gefiel ihr. Arnold hatte es ihr nur zu gern überlassen, denn ihm bedeutete es ganz und gar nichts, und es freute ihn, sie wenigstens in einem Punkt zufrieden zu sehen. Er betrachtete das Zimmer noch immer als ihres, auch jetzt, nachdem sie weg war, und hin und wieder warf er an den langen, stillen Abenden einen Blick hinein und fühlte sich ziemlich einsam. Aber einsam war es hier nun einmal. Er hatte immer dieses gewisse Gefühl, der letzte lebende Mensch in dem großen, leeren Gebäude zu sein, in dem der Hauch der Geschichte wehte und die Stimmen der Toten wisperten.

Er würde sich bald an das Alleinsein gewöhnen, das war klar; er hatte sich ja gewissermaßen schon daran gewöhnt, und gegen elf Uhr, nachdem er sich im Radio noch in aller Ruhe ein Brahms-Konzert angehört hatte, machte er sich fast ohne jedes Gefühl der Bedrückung fürs Zubettgehen bereit. Völlig überwunden hatte er inzwischen dieses zwanghafte Gefühl, sämtliche Fensterriegel und Türschlösser noch einmal und noch einmal kontrollieren zu müssen, wie er es in der ersten Zeit nach Mildreds Weggang getan hatte. Da hatte er sich bis zu sechsmal am Abend in ihr Zimmer geschlichen, um sich davon zu überzeugen, daß er auch wirklich die Sicherheitsriegel an ihren Fenstern eingeklinkt hatte, obwohl er genau wußte, daß er es schon getan hatte.

Dumm! Aber über diese Dummheit war er jetzt Gott sei Dank hinweg. Heute abend gönnte er sich ein langes, genüßliches Bad, und als er danach ganz entspannt und ruhig im Bett lag, mußte er daran denken, wie die einstmaligen Bewohner gestaunt haben würden bei der Vorstellung, daß man sich eines Tages so einfach ein warmes Bad einlaufen lassen könnte, indem man nur den Hahn aufdrehte.

Würden sie wirklich staunen? Da sie das gleiche durch einen entsprechenden Befehl an die Dienstboten bewerkstelligen konnten, würden sie vielleicht finden, daß sich gar nicht soviel geändert hatte.

Er wurde jäh aus dem Schlaf gerissen, weil das Telefon ihn durch das Zimmer anschrillte. Zuerst dachte er schon, er hätte verschlafen und es versäumt, zur Öffnungszeit das Haupttor aufzuschließen, so daß sich nun draußen die Besucher drängten und Einlaß begehrten ... und schon war er aus dem Bett und mit den Füßen in seinen Pantoffeln, bevor er begriff, daß dies nicht sein konnte. Durch die Löcher hoch oben in den Fensterläden drang noch kein Schimmer Tageslicht herein; und als er die Nachttischlampe anknipste und auf die Uhr sah, stellte er fest, daß es noch nicht einmal Viertel nach vier war. Seine Erleichterung darüber war jedoch kurzlebig, denn irgend etwas mußte los sein. Rief die Polizei an? Hatte in ihrem Revier die Alarmklingel geschrillt, weil jemand in Emmerton Hall einzudringen versuchte? Und wäre das dann Arnolds Schuld? Noch schlaftrunken wankte er durchs Zimmer und nahm den Hörer ab. »Hallo?« meldete er sich; dann besann er sich auf seinen amtlichen Ton: »Emmerton Hall, Verwaltung. Womit kann ich dienen?«

Die Stille war total. Das heißt, so total auch wieder nicht; er hörte Atemgeräusche, mehr aber nicht. War es dieses ›schwere Atmen‹, wie es Frauen schilderten, die für so etwas die geborenen Opfer zu sein schienen? ›Geboren‹ war vielleicht ein bißchen unfreundlich, aber es war nun einmal so, daß einige Frauen eben immer wieder davon berichteten und sich schließlich eine Geheimnummer geben ließen, während es anderen nie passierte. Es mußte irgend etwas geben, was die einen von den anderen unterschied.

»Hallo?« wiederholte Arnold, und dann: »Haben Sie

Ihre Münzen eingeworfen? Haben Sie Knopf A gedrückt?«

Noch immer keine Antwort. Aber weiter dieses Atmen. Ein recht leises Atmen, hätte er gesagt, doch für Frauenohren mochte es vielleicht ›schwer‹ klingen. Arnolds Neugier erwachte, und er blieb am Hörer. Was sagten solche Kerle? Bisher hatte noch keine der Damen, die von derartigen Belästigungen berichteten, ihm das genau schildern können; sie waren allesamt viel zu schockiert, zu schüchtern oder zu wohlerzogen gewesen, um die betreffenden Worte zu wiederholen. Und so hatte er hier nun seine Chance. Wahrscheinlich die einzige, die er je bekommen würde. Ihm fiel ein, daß er selbst so viele unanständige Wörter gar nicht kannte, vier oder fünf vielleicht. Gab es überhaupt mehr davon? So blieb er gespannt am Apparat und wartete, was er gleich zu hören bekäme.

Aber nichts da. Nach ein paar weiteren Sekunden meldete ein leises Klicken in der Leitung ihm das Ende des Gesprächs, soweit von einem Gespräch die Rede sein konnte.

Ärgerlich. Es konnte natürlich eine Fehlschaltung gewesen sein, aber zu dieser nächtlichen Stunde und in seiner totalen Abgeschiedenheit blieb es nicht aus, daß ihm immer neue, immer bedrohlichere Erklärungen in den Sinn kamen. Hatten Diebe vielleicht feststellen wollen, ob jemand im Haus war, bevor sie hier einbrachen? Oder schlimmer noch – ob er allein war und somit leicht zu überwältigen, zu entführen oder gar zu ermorden? Würden sie ihn mit Folter bedrohen, wenn er sich weigerte, ihnen die Schlüssel auszuhändigen? Folter wäre ja wirklich nichts Neues in diesen alten Mauern – wie würde er bestehen? Schlechter gewiß als der erbärmlichste Lump in jenen Zeiten. Was hatten diese Menschen nicht alles ausgehalten! Welche Lasten hatten sie geschleppt, welche Entfernungen zu Fuß überwunden, welche Zahnschmerzen ertragen ohne Zahnarzt, welche Amputationen ohne Narkose! Arnold hatte das Gefühl, einer schwächlichen und insgesamt minderwertigen Generation anzugehören.

Aber nach und nach wurde ihm klar, daß eine solche Prüfung ihm wohl doch erspart bliebe. Sein Herzklopfen beruhigte sich, und er sah ein, wie albern er sich anstellte. Nichts würde passieren, niemand ihn mit Folter bedrohen. Die Schlüssel hingen wohlverwahrt an ihrem angestammten Platz, einem Haken hinter dem Kopfende seines Betts. Fast eine halbe Stunde war jetzt schon seit diesem Anruf vergangen. Wenn jemand die Absicht gehabt hätte, hier einzubrechen, wäre er inzwischen längst hier.

Dennoch war er viel zu aufgedreht, zu mißtrauisch geworden, um einfach wieder ins Bett zu gehen. Es ging schon auf fünf Uhr zu, und wenig später würde der erste Schimmer der Morgendämmerung über den dunklen Wipfeln der Bäume auf der anderen Seite des Parks erscheinen. Er beschloß, den Tag einfach ein bißchen früher beginnen zu lassen, indem er sich anzog und Tee aufsetzte. Hat man dies erst getan, ist der Morgen, wie jeder weiß, schon so gut wie da.

7

Der Samstag dämmerte sonnig und wolkenlos, wie vorhergesagt, nur etwas kühler als bisher. Es lag schon ein Hauch von Herbst in der Luft, und als Arnold – sehr früh – über den Kiesweg in Richtung Teestube ging, schwebte noch ein dünner weißer Nebel, durchbrochen von goldenen Strahlen, über dem taunassen Rasen. Heute sollte die Teestube geöffnet sein, komme was wolle. Er konnte die Flut von Beschwerden einfach nicht riskieren, die mit Sicherheit *denen* zu Ohren kommen würden, wenn die Teestube wieder geschlossen blieb, und das an einem Samstag.

Außerdem standen im großen und ganzen die Sterne günstig. Er selbst würde heute nachmittag nicht allzuviel zu tun haben, nachdem zwei Damen vom Museum für Magie und Hexerei in Danehurst sich bereit erklärt hatten, ihm bei den Führungen auszuhelfen. Im allerschlimmsten Fall könnte er also in der Teestube persönlich Hand anlegen, so ungern er das tat. Es war unter seiner Würde, und er war auch nicht gut darin; er schaffte es einfach nicht, mit einem vollen Tablett auf einer Hand so zwischen den Tischen hindurchzuhuschen wie diese Mädchen, die lieben.

Die lieben – vorläufig zumindest. Sie hatten versprochen, fest versprochen, heute nachmittag zu kommen – allerdings mußte sich erst noch herausstellen, worin der Unterschied zwischen ›versprochen‹ und ›fest versprochen‹ bestand.

Immerhin sah es im Augenblick recht hoffnungsvoll aus; und als Arnold an die Tür zur Teestube kam, nahm er sein Taschenmesser und löste behutsam das GESCHLOSSEN-

Schild ab, das gestern den ganzen Nachmittag dort gehangen hatte. Es war ihm sehr daran gelegen, diese Operation zu vollenden, bevor Norris seinen Dienst antrat und sein heimliches Tun mit spitzen Bemerkungen begleitete – wie gut es manche Menschen hätten, ohne zu wissen, womit sie das verdienten. Arnold glaubte aber eigentlich nicht, daß Norris ihn wegen seiner Pflichtvergessenheit in Sachen Teestube verpetzen würde, denn was hätte dann Arnold davon abhalten sollen, das geheimnisvolle Verschwinden immer der besten Früchte aus dem Küchengarten zu melden, schneller, als sie reif werden konnten?

Aber die Frage stellte sich gar nicht. Norris war nirgends zu sehen. Natürlich nicht, es war ja noch nicht einmal sieben Uhr, und so konnte Arnold das Schild unbeobachtet abmontieren und für künftige unerfreuliche Anlässe unter der Theke verstecken. Danach deckte er alle fünfzehn Tische für die zu erwartenden Besucher. Mit ungeübten Händen legte er die blauweiß gewürfelten Decken auf, stellte Geschirr und schließlich noch diese albernen künstlichen Blumen darauf, die er noch nie gemocht hatte, auch Mildred nicht, aber frische Blumen kamen bei dem Zeitdruck, unter dem sie immer standen, nicht in Frage.

Es schien Arnolds Glückstag zu sein. Pauline und Tracey erschienen zum Dienst, beide, sogar pünktlich, und die zwei Damen vom Museum für Magie und Hexerei kamen ebenfalls, beide längst nicht mehr jung, aber überströmend von gutem Willen und Energie, obwohl die eine im Bus ihre Handtasche liegengelassen hatte. Da halfen nun weder Magie noch Hexerei, und nicht einmal mit einem Münztelefon konnte die Frau umgehen, so daß Arnold für sie beim Busbahnhof anrufen mußte, was ihn einiges von seiner wertvollen Zeit kostete.

Aber schließlich klappte alles, und wenn die von den Hexendamen unters Volk gebrachten Informationen in Arnolds Augen auch der oberflächlichsten historischen Überprüfung nicht hätten standhalten können, fanden sie doch ungewöhnlich großen Anklang und lockten auf hocherfreuliche Weise die Massen an. So konnte Arnold das Öffnen der Teestube beaufsichtigen und vor allem das Supermarktgebäck auspacken und auf dem Tresen auslegen, für das er heute morgen extra noch schnell in die Stadt gefahren war. Er tat das seit dem Tag, an dem Mildred und mit ihr die Alternative selbstgebackener Scones verschwunden war. Eine andere Lösung für sein Problem hatte er nicht gesehen, auch wenn sie kostspielig war, denn eine Gewinnspanne blieb da nicht mehr. Und manchmal, wenn er an den Plastikverpackungen herumriß, fragte er sich auch, ob dieses Verfahren überhaupt Zeit sparte. Zum Beispiel diese Kokoshäufchen mit Schokoladenglasur: jedes in einer fest anliegenden Plastikhülle, die wiederum ihr höchstpersönliches Abteil in einem hermetisch abgedichteten Plastikbehälter von eindrucksvoller Unverwüstlichkeit bewohnte. Wie eine Festung war das, von Militärs eigens dazu geschaffen, jedem Angriff von Schere, Taschen- oder Tranchiermesser standzuhalten. Und während Arnold wütend darauf einstach und daran herumriß, sah er im Geiste Mildred mit ihrer Rührschüssel vor sich. Offenbar hatte sie nichts weiter gebraucht als einen Holzlöffel, mit dem sie den Teig mühelos ein paarmal umrührte, und hast du nicht gesehen, lagen vier Dutzend frischgebackene Scones servierbereit da. *Und* sie brauchte nicht vorher in die Stadt zu fahren und einen Parkplatz zu suchen. Frauen hatten es gut...

Jedoch mit Paulines und Traceys Hilfe, die beide jung

genug waren, um eine andere Art der Lebensmittelerschließung nie gekannt zu haben, wurde das Werk geschafft.

Und sogar pünktlich zur Öffnungszeit. So konnte Arnold es sich leisten, noch ein bißchen in der Sonne spazierenzugehen, denn er hatte vorerst nichts zu tun. Das heißt, nichts Bestimmtes zu tun. Natürlich mußte er auf alles ein Auge haben und aufpassen, daß nichts allzu grandios schiefging und solche Besucher, denen Schilder wie AUSGANG, TOILETTEN und BITTE DIE FISCHE NICHT FÜTTERN offenbar nichts sagten, den richtigen Weg gewiesen bekamen oder entsprechend ermahnt wurden. Und natürlich die entlaufenen Kinder. Kinder, die alles daransetzten, daß man sie nicht fand, mit ihren Eltern wiederzuvereinigen war kaum schwieriger, als den Eltern, die schon zu hysterisch waren, um noch geradeaus denken zu können, ihre heulenden Dreikäsehochs wieder zuzuführen. Wenn es ganz schlimm kam, lieferte er die Kleinen bei Joyce ab, die sie zu sich in den Kiosk nahm, wo sie mit dem Kartenspender spielen durften, solange der Andrang gering war und der Spender nichts zu spenden hatte.

Der Erfolg der Hexendamen war wirklich sehr erfreulich. Wenn Arnold die Leute so beschwingt und fröhlich aus dem Verlies heraufkommen sah, wo die Besichtigungstour normalerweise endete, überlegte er wirklich, ob er sich von den beiden nicht etwas abgucken sollte – seine Führungen zogen nie solche Massen an. Und es waren nicht nur Rentnerehepaare und Familien mit Kindern. Auch viele wirklich junge Leute schlossen sich offenbar dieser Führung an, und aus dem eifrigen Geschnatter, das ihm an die Ohren drang, schloß Arnold, daß sie tief beeindruckt sein mußten. Da es gar nicht so leicht ist, junge Leute zu beeindrucken – jedenfalls hatte Arnold diese Erfahrung immer gemacht –, hörte er gut zu, ob er nicht ein paar gute Ideen aufschnappte.

»Doch, es hat sich bewegt, ich hab's gesehen! Nein, das kann kein Beleuchtungstrick gewesen sein, weil...«

»Die Ketten, die sind mir richtig durch und durch gegangen. Ich hätte fast geschrien, als...«

»Das mit den Kröten glaube ich ja eigentlich nicht, aber trotzdem...«

Sein Blick blieb an einer zierlichen Mädchengestalt hängen, die ihm irgendwie bekannt vorkam. Die schlanken, goldbraunen Beine, die psychedelischen Shorts, die kupferroten Korkenzieherlocken, die ein Gesicht umwucherten, das hinter der riesigen Sonnenbrille kaum zu sehen war – mit alledem glich das Mädchen einem Dutzend anderen, und trotzdem...

Das ist nicht möglich! Das darf nicht wahr sein!

Es ist aber möglich! O Gott, es ist wahr!

Arnold klappte der Kiefer herunter, als seine Tochter lässigen Schrittes auf ihn zukam, lächelnd, soweit er das hinter Haaren und Brille erkennen konnte, zumal sie ihr Gesicht – oder was davon zu sehen war – wegen der plötzlichen Helle nach dem dunklen Verlies so in Falten zog. Es war lange her, daß Flora ihren Vater tatsächlich angelächelt hatte, aber – doch, ja, es war ein Lächeln. Es konnte nichts anderes sein, jedenfalls sah man die Zähne, und diese Zähne hätte er überall wiedererkannt, so weiß und ebenmäßig und schön. Er war immer stolz auf Floras Zähne gewesen, die ihr Zahnarzt einmal, als sie elf gewesen war, als das schönste Gebiß bezeichnet hatte, das er je gesehen habe, und völlig ohne Plomben.

»Hallo, Arnold!« Vorhin, im ersten Augenblick des Wiedererkennens, hatte er ein bißchen gehofft, sie würde ›Hallo, Dad‹ sagen. Aber es war ja schon sehr lange her, daß sie ihn ›Dad‹ genannt hatte. Was man doch alles vergißt!

›Hallo, Flora!‹ wäre nun eigentlich die selbstverständliche Antwort gewesen, aber aus irgendeinem Grund war sie es nicht. Das lag zum Teil natürlich an der Schockwirkung – denn was war unwahrscheinlicher, als daß seine ihm schon fast fremd gewordene Tochter sich die Mühe machte, ihn hier an diesem abgelegenen Ort zu besuchen? Zum Teil kam es aber auch daher, daß er nicht wissen konnte, in welcher Stimmung sie war, und bei Flora war es immer ungeheuer wichtig, in welcher Stimmung sie sich gerade befand. ›Hallo‹ konnte an dieser Stelle genau das falsche Wort sein und eine Salve von Vorwürfen auslösen, die zu stoppen jenseits seiner Macht lag, vor allem ohne Mildred an seiner Seite, die wenigstens einen Teil des Feuers auf sich ziehen würde.

Irgend etwas mußte er dann wohl doch gesagt haben, denn gar nicht so viele Minuten später waren sie einträchtig auf dem Weg zur Teestube. Hier konnte er nun wenigstens einmal das Gefühl genießen, Gast zu sein, nicht der geplagte Geschäftsführer oder Aushilfskellner.

Pauline bediente sie, und ihr quollen fast die Augen aus dem Kopf vor Neugier, wie dieser ausgedörrte Knochen, der ihr Chef war, nur diese Modepuppe mit Psycho-Shorts und Designerbrille an Land gezogen hatte. Er beschloß, Pauline zappeln zu lassen, wenigstens fürs erste. Sollte sie raten. Sie und Tracey hatten schon recht lustlos gewirkt, als er die Teestube betrat, und wie jeder aufmerksame Arbeitgeber weiß, ist ungestillte Neugier sehr belebend.

Sie saßen einander an einem der kleinen Tische gegenüber, zwischen sich die Vase mit künstlichen Blumen, und leicht floß das Gespräch zwischen Flora und ihrem Vater durchaus nicht dahin. Arnold wagte seiner Tochter nie direkte Fragen zu stellen, etwa: ›Nun, wie geht's dir so?‹ Denn auf diesem Weg lauerte böser Streit: Was denkst du wohl, wie es mir gehen soll in dieser verfaulten, versauten, verpfuschten Welt, die deine Generation mir hinterlassen hat? Euch ging's ja gut, ihr hattet euch nie mit Arbeitslosigkeit und Inflation herumzuschlagen, mit Wohnungsknappheit, raffgierigen Vermietern, Wartelisten in den Krankenhäusern...

So ähnlich. Und wenn Arnold nicht mehr an sich halten konnte und darauf hinwies, daß er und Mildred sich mit dem allen sehr wohl hatten herumschlagen dürfen, dazu mit einer zerbombten Kindheit, Evakuierung und Lebensmittelrationierung, dann entwickelte sich daraus natürlich noch ein größerer Streit. »Diese ewige Angeberei mit dem Krieg!« würde Flora ihm vorwerfen. »Deine Generation ist wohl nie aus ihren Bunkern herausgekommen, oder hat wenigstens mal den Kopf weit genug herausgestreckt, um einen Blick auf die moderne Welt zu tun!« Und wenn er dann versuchte, ihr ganz ruhig zu erklären, wie das gewesen war, würde sie wieder dieses laute, affektierte Lachen von sich geben, das sie an sich hatte, und nur noch sarkastischer werden; richtig flegelhaft, und das manchmal so sehr, daß ihm nichts anderes übrigblieb, als sie dafür zu rüffeln. Womit er dann sogleich in die Kategorie der Patriarchen und Chauvis und sexistischen Unterdrücker fiel.

Arnold wollte diesmal alles tun, um diese allzu bekannte Szene zu vermeiden. Schließlich war sie hier, aus eigenem

Antrieb hergekommen, um ihn zu besuchen. Es wäre jammerschade, diese Gelegenheit zu einem tristen Familienzank verkommen zu lassen. Er mußte deshalb alle kontroversen Themen meiden; da aber Flora über die unselige Gabe verfügte, aus jedem Thema ein kontroverses Thema zu machen, fühlte er sich recht hilflos.

Daher dieses trübsinnige Schweigen zwischen ihnen, nur gelegentlich unterbrochen durch irgendeinen Allgemeinplatz. Er fragte sich, was Pauline jetzt wohl dachte, wenn sie mit ihren Tabletts an ihnen vorbeihuschte und sah, wie sie einander in verdrießlichem Schweigen über das blauweiß gewürfelte Tischtuch und den Teller mit den unberührten Kokoshäufchen hinweg anstarrten? Vielleicht hätte er ihr ja doch eröffnen sollen, daß seine mürrische Tischgenossin nur seine Tochter und keine völlig mißglückte Eroberung war. Daß er nur ein verschmähter Vater, kein verschmähter Lothario war. Welche dieser beiden Rollen war weniger demütigend?

Während er an einem der Kokoshäufchen knabberte, die nach all der Mühe nicht einmal besonders gut waren, viel zu süß und irgendwie parfümiert, wagte Arnold hin und wieder einen Blick über den Tisch und versuchte abzuschätzen – denn er wagte nicht direkt zu fragen –, warum sie hier war. Welches Motiv veranlaßte sie, hier so plötzlich aufzukreuzen? Nur die Sorge einer Tochter um das Wohlergehen ihres Vaters? Das stand wohl völlig außer Frage, und Arnold spekulierte erst gar nicht in dieser Richtung. Geld? Das war ja meist der Grund gewesen, der sie nach Hause getrieben hatte: mit der Miete im Rückstand; oder aufgrund irgendeiner Anomalie in ihrer Situation, die das Begriffsvermögen eines normalen Menschen überstieg, keine Sozialhilfe bekommen. Oder manchmal war sie auch nur gekommen, weil sie gerade kein Dach über dem Kopf hatte – irgendwo rausgeflogen oder irgendwo nicht wieder reingelassen, weil sie sich mit irgendwem überworfen hatte. Jedenfalls war es immer etwas Unangenehmes, worüber nachzudenken ihn sehr traurig stimmte. Wären die Gründe für Floras regelmäßige Finanzkrisen in wilden Kauforgien zu suchen gewesen, in verrückten Reisen irgendwohin ans Ende der Welt, er hätte es nicht annähernd so schlimm gefunden. Er hätte nichts dagegen, so eine Tochter zu haben.

Vorsichtig zog er die Lider hoch und betrachtete die Tochter, die er statt dessen hatte, und Furcht ergriff ihn. Wenn sie aus der Wohnung geflogen oder die Wohnung unter der Last des angesammelten Unrats eingestürzt war, dann suchte sie jetzt ein Dach überm Kopf. Sein Dach. Aber für wie lange? Nur für die Nacht, oder – und hier setzte sein Herz einen Schlag aus – gedachte sie etwa hier zu wohnen?

Die Möglichkeit, daß dem wirklich so sein könnte, jagte ihm einen panischen Schrecken ein. Wie sollte er denn hier seine Arbeit tun und gleichzeitig Flora als Dauergast in der Wohnung haben?

Eine tiefe Traurigkeit erfaßte ihn. Sie war doch, um Himmels willen, seine Tochter! Warum konnte er nicht (wie es sich für einen Vater sicherlich gehörte) denken: Gott sei Dank, daß sie da ist! Jetzt bekomme ich ein bißchen Hilfe, ein wenig Trost und vor allem eine Hand zum Zupacken!

Hätte er doch nur eine Tochter, bei der er so etwas denken könnte! ›Das ist einfach zuviel für dich, Daddy‹, würde seine Phantasietochter rufen. ›Laß dir von mir helfen. Ich könnte jedes Wochenende herkommen und die

Teestube mal richtig in Schwung bringen... könnte Kuchen und Scones für die ganze Woche im voraus backen. Und samstags könnte ich bedienen helfen, wenn du doch so viel zu tun hast. Ich könnte Pauline und Tracey beibringen, ihre Arbeit ordentlich zu machen – oder wir würden vielleicht feststellen, daß wir sie eigentlich gar nicht brauchen, wenn ich hier bin...‹

Hirngespinste, sonst nichts. So ging es heutzutage nicht mehr zu, und Arnold wußte das. Es betraf ja nicht nur Flora, auch wenn sie vielleicht ein extremer Fall war. Arnold hatte im Lauf der Jahre genug über die Familien seiner Kollegen gehört, um zu wissen, daß seine Sorgen und Probleme alles andere als einmalig waren. Heutige Eltern sahen in ihren erwachsenen Kindern durchaus keine Stütze für ihr Alter, eher eine beständige Bürde, von der ihnen nichts als Sorgen, Ärger und Geldausgaben drohten, bis ans Ende aller Zeiten. Kein Wunder, daß heutige Eltern kaum noch dazu neigten, ihre Kinder bei sich festzuhalten, und es statt dessen kaum erwarten konnten, ihren erwachsenen Nachwuchs von hinten zu sehen. Oft machten sie auch aus der Not eine Tugend und brüsteten sich mit ihrem Loslassenkönnen, behaupteten, sie ließen ihren Kindern alle die herrlichen Freiheiten, die ihnen in ihrer Jugend verweigert worden seien. Wie selbstlos wir doch sind, dachten sie, verglichen mit unseren besitzergreifenden Vorfahren!

Aber in Wirklichkeit, fand Arnold, verhielt es sich ja gar nicht so. Wenn Eltern früherer Generationen an ihren Kindern festhielten, dann doch nicht, weil sie egoistischer gewesen wären als wir heutigen, sondern einfach weil Kinder damals zu irgend etwas nütze waren. Kinder im Haus waren ein Aktivposten, keine Verbindlichkeit. Sie halfen, packten mit an; im großen und ganzen glaubten sie tun zu müssen, was ihre Eltern ihnen sagten. Kein Wunder, daß ihre Eltern an ihnen festhalten wollten. Wer wollte das nicht?

Und genau in diesem Moment, als hätte sie den unausgesprochenen Gedanken ihres Vaters zugehört, machte Flora plötzlich den Mund auf und fing zu reden an.

»Hör mal, Arnold«, begann sie. (Wußte sie eigentlich, wieviel lieber er als ›Dad‹ angesprochen worden wäre?) »Hör mal, ich würde gern wissen, wie ich dastehe. Nachdem du und Mildred jetzt die glorreiche Idee hattet, unsere Familie in die Brüche gehen zu lassen, was soll da aus mir werden? Wo soll ich wohnen?«

»Also, meine liebe Flora …« Er hielt inne und überlegte, wie er es ausdrücken sollte. »Wir dachten – doch, natürlich haben wir das gedacht –, du würdest woanders wohnen. Schließlich lebst du schon fast drei Jahre für dich allein. Von uns weg- und in eine Wohngemeinschaft zu ziehen, war deine Idee, nicht unsere …«

»Heißt das, du willst mich für alle Ewigkeit in einer WG hausen lassen? Ja? Willst du, daß ich den ganzen Rest meines Lebens so verbringe?«

Es war ihm einfach nicht möglich, ein einziges Mal das Richtige zu sagen! Also konnte er auch gleich das Falsche sagen. Er ließ die Faust auf den Tisch sausen, daß die Kokoshäufchen auf dem Teller in die Höhe sprangen und sein kalt gewordener Tee in die Untertasse schwappte, und dann hörte er sich dem Mädchen die Meinung sagen, wie er es seit einigen Jahren nicht mehr gewagt hatte. Er hatte schon ganz vergessen, wie wohl das tat.

»Jetzt hörst du mir einmal zu, Flora. So lasse ich nicht mit mir umspringen, verstanden? Du läßt dir alles nur Erdenkliche einfallen, um mir weh zu tun, und es schert dich überhaupt nicht, ob es wahr ist oder nicht, es soll ja nur verletzen. Und das tut es. Hoffentlich bist du jetzt zufrieden! Ich weiß nicht, weswegen du hergekommen bist, aber egal weswegen, du kriegst es nicht. Offensichtlich steckst du wieder in irgendeiner Klemme, und recht geschieht dir. Mir soll's egal sein!«

Pauline und Tracey kamen näher und näher herangeschwebt, elektrisiert bis ins Mark, und auf ihren so plötzlich in der Luft erstarrten Tabletts wurde der Tee kalt. Arnold jedoch, dem sein eigener Wutausbruch auf geheimnisvolle Weise Kraft verliehen hatte, schickte sie in scharfem Ton an ihre Arbeit; und, o Wunder, sie gehorchten.

Kein geringeres Wunder war, wie dieses überhebliche Tochtergrinsen von Floras Gesicht verschwand und sie ihren Vater, wenn schon nicht respektvoll, so doch mit einer Art distanzierter Verwunderung anstarrte, als hätte ein Wildfremder sich ungebeten an ihren Tisch gesetzt und unverzüglich diese unglaubliche Szene veranstaltet. Er erwartete jeden Moment, daß sie sich von ihrem Schock erholte und ihrer Entrüstung Luft machte; aber statt dessen beugte sie sich über den Tisch, nahm seine vergessene Tasse und goß den Tee wieder hinein, der in die Untertasse geschwappt war.

»Warum trinkst du nicht?« meinte sie. »Du läßt ja alles kalt werden.« Und schon fühlte er wider alle Vernunft, wider alle Gerechtigkeit seinen Zorn verrauchen, gerade so, als ob sie sich entschuldigt hätte. Was sie keineswegs getan hatte.

Oder doch? Irgend etwas hatte sie jedenfalls getan, denn die kalte Verlegenheit zwischen ihnen war soweit aufgetaut, daß Arnold sich jetzt fragen hörte, ob sie vielleicht einmal durch die Anlagen geführt werden wolle, bevor sie geschlossen würden? Und sie hörte sich dazu ja sagen.

8

Als sie die Teestube verließen, unterhielten sie sich schon fast ungezwungen. Inzwischen hatte Arnold eingeräumt, daß nichts dagegen spräche, wenn Flora, nachdem Mildred ja nun ausgezogen sei, deren Zimmer nehme und die eine oder andere Nacht dableibe, um ›auf die Reihe zu kommen‹, wie sie sich ausdrückte. Vorsichtshalber enthielt Arnold sich jeglicher Frage danach, was dieses ›auf die Reihe kommen‹ wohl alles zu bedeuten habe. »Du hättest aber anrufen können«, mußte er dann doch sagen, worauf sie nur wegwerfend mit den Schultern zuckte.

»Wozu?« fragte sie. »Nur um dir die Chance zu geben, nein zu sagen?«

Was er natürlich nicht gesagt hätte, das wußte sie genau. Er beschloß, das Thema fallenzulassen, bevor es wieder zu einem ihrer ebenso fruchtlosen wie unerfreulichen Dispute eskalierte.

Die Massen verflüchtigten sich jetzt, und die schrägen Strahlen der Abendsonne gaben den Rasenflächen einen letzten Überzug aus Gold, während die prächtigen Bäume als verkörperte Vorahnungen der nahenden Dunkelheit einen immer stärkeren Kontrast dazu bildeten. Ihre grotesk in die Länge gezogenen Schatten tänzelten vor Vater und Tochter her, als sie den östlichen Hang in Richtung See überquerten und Belanglosigkeiten austauschten – immer noch ein bißchen steif und verlegen, aber im großen und ganzen schon viel, viel besser als in der ersten Hälfte des Nachmittags, als sie nur bissige Bemerkungen füreinander gehabt oder sich öde angeschwiegen hatten. Flora interessierte sich nicht sehr für die Geschichte des Anwesens – das hatte er auch gar nicht von ihr erwartet –, aber das Wild im Gehege gefiel ihr, und sie bedauerte, daß sie nichts von den übriggebliebenen Leckereien aus der Teestube mitgebracht hatten, um sie den Tieren zu füttern.

So gern Arnold das Mädchen bei Laune gehalten hätte, damit die gute Stimmung zwischen ihnen anhielt, mußte er diesen Gedanken doch mit großer Bestimmtheit zurückweisen.

»Das Wild zu füttern ist verboten«, belehrte er sie. »Hast du das Schild am Eingang nicht gesehen?«

»Verboten!« Sie lachte, und wieder war es dieses mißtönende, höhnische Lachen, bei dem ihm jedesmal das Herz stockte. »Was bist du doch für ein Spielverderber, Arnold! Na schön, vielleicht bist es ja gar nicht du, vielleicht sind es *die*, aber wie du es aushältst, für Leute zu arbeiten, die derart lebensfeindlich sind, werde ich nie... Ja, ich habe diese scheußlichen Schilder alle gesehen. Hier scheint alles verboten zu sein, was Spaß macht! Füttern der Tiere... Baden im See... Ballspielen auf dem Rasen! Ich finde es einfach niederträchtig, so ein riesiges Ding hinzustellen, das Millionen verschlingt, die man besser den Obdachlosen gegeben hätte, und dann sollen die Leute sich hier nicht mal amüsieren dürfen! Das ist richtig gemein! Bösartig ist das!«

Arnold versuchte so behutsam, wie man an einem unratübersäten Strand seine Schritte setzt, ihr die durchaus einleuchtenden Gründe für solche Verbote zu erklären. Bei den vielen hundert Menschen, die hier jede Woche herkämen, müsse es einfach Regeln geben. Ohne Regeln würde das Wild bald an Überfütterung eingehen... der Rasen kaputtgetrampelt ... jemand in den Schlingpflanzen und den tückischen Tiefen und Untiefen des Sees ertrinken ...

»Und warum sollen sie nicht ertrinken, wenn sie dieses Risiko aus freien Stücken eingehen? Was geht das dich an? Die Leute riskieren doch auch, auf der Fahrt hierher zu verunglücken, oder? Warum stellt man dann keine Schilder auf, die den Leuten das Autofahren verbieten?«

Ja, warum nicht? Aber da das Thema zweifellos in eine dieser gefürchteten Vater-Tochter-Streitereien ausarten würde, ließ Arnold es schleunigst fallen. Es wurde ohnehin Zeit, zum Haupttor zurückzugehen, das um Punkt sieben geschlossen werden mußte.

»Warum Punkt sieben?« quengelte seine Begleiterin auf dem Rückweg zum Haus. »Was ist an sieben Uhr so Besonderes? Warum dürfen die Leute nicht bleiben, solange sie wollen? Sie haben weiß Gott genug bezahlt, um hier hereinzukommen, da mußt du sie nicht auch noch um das volle Erlebnis betrügen. Warum sollen sie den Sonnenuntergang nicht sehen? Oder den Mondaufgang? Und was sonst noch alles.«

Arnold beschleunigte seine Schritte. Er hatte nicht die Absicht, sich auf diese Diskussion einzulassen, und sowie sie das Haupttor erreichten, gab er seine Tochter in Joyces Obhut, genau wie er es mit den entlaufenen Kindern tat. Nachdem er sie einander so kurz wie eben möglich vorgestellt hatte, ließ er sie allein und ging seinen Pflichten nach: die letzten Bummler hinauszukomplimentieren, nachzusehen, ob niemand mehr im Haus herumstreunte, und schließlich das Haupttor mit dem großen Eisenschlüssel abzuschließen, der so beruhigend im Schloß knirschte, wenn er ihn umdrehte.

Er stellte mit Erleichterung fest, daß Joyce und Flora in seiner Abwesenheit gut miteinander ausgekommen waren. Und als er mit Flora zu seiner Wohnung zurückging, war sie sogar voll Mitgefühl für die Misere der Älteren.

»Sie kann überhaupt nie ausgehen«, ereiferte sie sich. »Abends nicht, an ihrem freien Tag nicht, überhaupt nie! Sie ist eine Gefangene, so gefangen wie alle diese Wachsmenschen von irgendwann. Die ganze Zeit, in der sie nicht bei der Arbeit ist, muß sie sich um ihren alten Vater kümmern! Wußtest du eigentlich, daß er Alzheimer hat?«

»Hm, nicht direkt«, erklärte Arnold. »Woran Sir Humphrey leidet, nennt man senile Demenz, Altersschwachsinn, nicht Alzheimer. Obwohl das natürlich genauso...«

»Es ist kein Altersschwachsinn, es ist Alzheimer! Sein Arzt lügt, wenn er was anderes behauptet!«

Ohne weiteren Kommentar schloß Arnold die Tür zu seiner Wohnung auf und gestikulierte sie hinein. Sinnlos, diese Diskussion fortzusetzen und darauf hinzuweisen, daß die Alzheimerkrankheit von Dr. Alzheimer persönlich als senile Demenz vor Erreichen des sechzigsten Lebensjahres definiert worden war, ein Neunzigjähriger ihr also kraft Definition nicht zum Opfer fallen konnte. Es war schon beachtlich, wie jedes, aber auch jedes Gesprächsthema zwischen ihm und seiner Tochter in solch erbitterten, sinnlosen Disputen endete. Er konnte es nur dadurch abwenden, daß er seine Argumente für sich behielt und das Thema fallenließ; und das tat er nun.

Offenbar sollte diese Selbstbeschränkung belohnt werden, denn sie schafften es tatsächlich, einen relativ friedlichen Abend miteinander zu verbringen, indem sie sich Floras Lieblingssendungen im Fernsehen ansahen, die sich, da es Samstagabend war, in schneller Folge abwechselten.

Er hatte schon befürchtet, sie wolle sich diesen lauten, unverständlichen Klamauk bis spät in die Nacht ansehen, aber nein. Zu ungewohnt früher Stunde und aus völlig freien Stücken entschied sich Flora, zu Bett zu gehen. Sie sei fix und fertig, erklärte sie, weil sie die letzten beiden Nächte nicht geschlafen habe wegen all des Krawalls.

Natürlich unterließ er es, Genaueres darüber zu erfragen, obwohl er schon gern gewußt hätte, was das denn für ein Krawall gewesen war. Was für eine Art Krach konnte überhaupt einen spürbaren Einfluß auf eine Umwelt haben, die schon von sich aus so laut und chaotisch war, so angefüllt mit streitenden Stimmen, donnerndem Getrampel und knallenden Türen?

Er würde es natürlich nie erfahren, und bei längerem Nachdenken fand er, daß dies durchaus ein Segen sein konnte. Scherereien, von denen man nichts weiß, haben nicht die Macht, einem weh zu tun; jedenfalls nicht so weh wie die, von denen man weiß. Alles wissen heißt, sich um alles sorgen müssen. Und wer will das schon?

9

Es war heller Morgen, als Arnold aufwachte, und er wußte sofort, daß etwas nicht stimmte. Ein ungewohnter kalter Luftzug wehte ihm ums Gesicht, und voll namenloser Ängste setzte er sich ruckartig auf. Hatte er verschlafen? War jemand gekommen und wollte ihn sprechen? Ein rascher Blick auf die Uhr gab ihm die Gewißheit, daß dies nicht sein konnte. Es war noch nicht ganz sieben Uhr, und obschon helles Tageslicht durch die Ritzen in den Vorhängen hereindrang, war doch die Sonne noch nicht richtig aufgegangen. Ein neuer kalter Luftzug trieb ihn aus dem Bett, und hastig, ohne sich auch nur seinen Morgenmantel überzuwerfen, verließ er im Laufschritt sein Schlafzimmer und rannte auf den Korridor hinaus. Er war doch sicher nicht so leichtfertig – so wahnsinnig – gewesen, gestern abend die Haustür einfach offenstehen zu lassen?

Aber natürlich nicht. Die Tür war ordentlich verschlossen und verriegelt, wie jede Nacht; und er erinnerte sich jetzt auch genau, wie er den Schlüssel umgedreht hatte, während Flora ihn mit Spott und Hohn übergoß und wissen wollte, wovor er denn solche Angst habe, daß er alles, was er sah, gleich doppelt und dreifach unter Verschluß tun müsse. Und dann auch noch den Schlüssel hinter dem Kopfbrett seines Betts zu verstecken, um Gottes willen!

»Wenn die erst so weit gekommen sind, daß sie dich im Bett ermorden können, brauchen sie keinen Schlüssel mehr«, hatte sie ausgeführt. »Dann sind sie nämlich schon drin, auch ohne Schlüssel. Das ist beknackt! Der ganze Laden hier ist total beknackt...«

Nach diesem letzten Giftpfeil hatte sie sich zu Bett begeben, und er hatte in Frieden fertig abgeschlossen und auch den Schlüssel versteckt. Es ging nicht darum, ob er im Bett ermordet wurde oder nicht; es ging darum, daß niemand an die Schlüssel herankam, ohne ihn aufzuwecken.

Immer noch wehte diese morgenkühle Brise durch den Korridor, und noch immer hatte er nicht herausbekommen, wo sie herkam. Bibbernd in seinem dünnen Schlafanzug machte er sich auf einen raschen Rundgang durch sein kleines Reich, und fast augenblicklich stieß er auf die Ursache des Rätsels. Mitten in ihrem Schlafzimmer saß Flora mit gekreuzten Beinen und sehr geradem Rücken auf dem Fußboden und atmete tief und mit mystisch verklärter Miene die kalte Luft ein, die durch das weit hochgeschobene Fenster hereinwirbelte. Sie mußte die Winkeleisen, die normalerweise verhinderten, daß man das Fenster weiter als acht bis zehn Zentimeter hochschieben konnte, sorgfältig abgeschraubt haben... nein, nicht einmal abgeschraubt, sie hatte sie einfach mit irgendeinem groben Werkzeug aus ihren Verankerungen gerissen und dabei das Holz zersplittert.

»Flora!« schrie er sie an, denn jetzt war es ihm egal, ob er einen Krach heraufbeschwor oder nicht. »Was fällt dir eigentlich ein? Diese Fenster im Erdgeschoß dürfen niemals...«

Ein paar Sekunden lang kam von ihr weder ein Ton noch irgendeine Bewegung. Ihre Augen blieben friedvoll geschlossen.

Sie meditiert, dachte er wütend. Floras Meditationsübungen hatten ihn schon immer auf die Palme gebracht. Sie waren – zumindest kam es ihm so vor – nur wieder so eine Masche von ihr, mit der sie ihre Eltern ins Unrecht zu setzen versuchte.

»Was seid ihr doch für komische, emsige kleine Ameisen«, schien ihre friedvolle Pose sagen zu wollen. »Seht euch doch nur mal an, wie ihr immerzu in kleinen Kreisen herumrennt und euch mit Trivialitäten herumplagt wie etwa, ob ich euch wohl die zweihundert Pfund zurückgebe, die ihr mir geliehen habt. Seht doch, wie unbekümmert mich das läßt, wie hoch ich über solch schnöden materiellen Dingen stehe!«

Oder so ähnlich. »Flora!« schrie er noch einmal, diesmal noch gebieterischer. »Mach sofort das Fenster zu! Jetzt darf ich diese Winkel wieder anschrauben – und ich habe nicht einmal ordentliches Werkzeug dafür...« Als ihm aufging, daß er sich schon wegen eines bloßen Schraubenziehers an Norris wenden müßte, diesen selbsternannten Hüter allen Werkzeugs auf dem Anwesen, stieg seine Lautstärke um ein paar weitere Dezibel. »Wie hast du sie überhaupt abgekriegt?«

Langsam, mit aufreizender Ruhe, schlug Flora die Augen auf.

»Mit einem Messer«, sagte sie. »Es war das erste, was ich getan habe. Mußte einfach sein. Ich kann nachts nicht schlafen, wenn kein Fenster offen ist.«

Wie diese Neigung sich mit der muffigen Atmosphäre in ihrer WG vereinbaren ließ, war nur schwer nachvollziehbar. Aber es war ja auch egal. Sie wollte ihn sowieso nur ärgern; und das hatte sie geschafft.

»Heißt das, du hattest das Fenster die *ganze Nacht* offen? Im Parterre? Ist dir klar, daß ich bei Nacht für dieses Anwesen verantwortlich bin? Wenn hier etwas gestohlen wird...«

»Denkst du an so was wie deinen altertümlichen Fernseher? Den Einbrecher, der den kriegt, kann ich nur echt beneiden! Und wenn du dich um das Zeug in den Ausstellungsräumen sorgst, das kannst du vergessen. Ein Einbrecher kommt von hier aus nie ins Hauptgebäude, selbst wenn er durch mein Fenster einsteigt.«

Das war richtig. Und es war ja auch niemand hereingekommen. Es war nichts passiert. Trotzdem...

»Ich kann das nicht zulassen, Flora. Es ist zu unsicher. Zu unsicher auch für dich, so direkt unter einem offenen Fenster zu schlafen, im Erdgeschoß. Da könnte jeder hereinkommen.«

»Du meinst, ein Sittenstrolch?« höhnte sie. »Aber Arnold, was hast du nur für eine Phantasie! Welcher Vergewaltiger käme denn extra den ganzen Weg hierher ans Ende der Welt, wenn er sich in der U-Bahn durch die Southern Region die Opfer aussuchen kann? Oder auch in der Fulham Road. Ich denke, so viele Vergewaltiger, wie da jede Nacht an meinem Fenster vorbeilaufen, haben den Fuß noch nicht in dieses Schloß gesetzt, in all den Jahrhunderten, seit es gebaut wurde.«

Sie machte eine Atempause, dann gab sie wieder dieses harte, schreckliche Lachen von sich.

»Armer alter Arnold! Hör mal, wenn du dich wirklich um meine Jungfräulichkeit sorgst, soweit man davon reden kann, sollte ich nachts wohl besser Charlie bei mir haben. Meinst du nicht?«

Charlie? Wer war Charlie? Arnold sank das Herz. Charlie klang jedenfalls nach zusätzlicher Arbeit. Arbeit und Ärger und Streit. Arnold stellte ein paar behutsame Fragen, von denen er sich einen Hinweis auf die Identität des potentiellen Besuchers erhoffte, aber Flora lachte nur wieder, und diesmal noch lauter. Ihre Heiterkeit schien überhaupt in gar keinem Verhältnis zur Komik der Situation zu stehen, worin diese auch bestehen mochte, und Arnold gab bald jeden Versuch auf, da noch durchzublicken. Er hatte zu tun. Die Uhr rückte weiter, und der Sonntag würde wahrscheinlich genauso hektisch werden wie der Samstag, auch wenn die spätere Öffnungszeit ihm ein bißchen entgegenkam. Es stand noch nicht fest, ob die Hexendamen, die gestern so guten Anklang gefunden hatten, heute nachmittag wiederkommen würden. Er mußte bereit sein, die Führungen notfalls selbst zu machen. Er betete, daß Pauline und Tracey pünktlich erschienen und sich auch ohne Aufsicht gewissenhaft ihren Pflichten widmeten.

10

Mills, hast du dein bißchen Verstand verloren?«

Vals Protestschrei übertönte das leise »Ping« des Telefons, als Mildred den Hörer auflegte. »Warum kannst du nicht einfach mal ›Nein!‹ sagen, statt so herumzustottern?« fuhr Val fort. »Jetzt ruft er doch nur wieder an. Er hat kein Recht, dich derart zu belästigen. Du kennst den Mann ja nicht einmal!«

Das war nicht ganz fair, schon gar nicht von Val, die ihn schließlich noch weniger kannte.

»Wir haben uns eigentlich ziemlich lange unterhalten, während du deine Runden drehtest«, widersprach Mildred trotzig. »Er gefiel mir. Er war interessiert an dem, was ich ihm erzählte. Von Emmerton Hall und so weiter. Die meisten Leute hätte das gelangweilt, ihn aber nicht, er hat mir Fragen über Fragen gestellt.«

»Und dir nicht das allermindeste von sich erzählt?« höhnte Val. »Und jetzt willst du mit einem Mann, über den du absolut nichts weißt, einen Sonntagsausflug machen. Menschenskind, du kennst nicht einmal seinen Namen! Aber bitte, wenn du unbedingt auf die Seite eins der *News of the World* kommen willst...«

Mildred antwortete nicht. Im tiefsten Herzen wußte sie mit einer stillen Gewißheit, daß sie nicht die Frau war, die jemals auf die Seite eins der *News of the World* kommen würde. Außerdem:

»Eigentlich kenne ich seinen Namen doch, Val. Ich weiß ihn nur nicht mehr richtig, wenn du verstehst, was ich meine. Es ist so, er hat ihn mir gleich zu Anfang gesagt, sich vorgestellt, wie es sich für einen Gentleman gehört, ich hab's mir nur nicht recht gemerkt. Ich war im ersten Moment so verdutzt – du weißt ja, wie das ist.«

Aber Val wußte natürlich nicht, wie das war. In solche Verlegenheiten kam sie nicht. Und sie verstand auch nicht, wie man so schüchtern sein konnte, sich den Namen in einem späteren Stadium der Bekanntschaft nicht wiederholen zu lassen. Zum Beispiel, als er anrief.

»Ich wollte nicht fragen. Ich meine, er hatte ihn mir doch schon gesagt, und ich fand es ein bißchen ungehörig, daß ich ihn schon wieder vergessen hatte. Wenn ich ihn noch einmal höre, erkenne ich ihn aber sofort. Irgendwie klang er irisch...«

»Na bitte! Ich hab's dir ja gesagt«, blaffte Val, obwohl sie natürlich nichts dergleichen gesagt hatte, wie denn auch? »Höchstwahrscheinlich ein Terrorist. Du weißt nicht, wohin er dich verschleppt, wenn er dich erst in seinem Wagen hat. Mach mir keine Vorwürfe, wenn du plötzlich merkst, daß du entführt wirst und dich im Kofferraum eines Autos zwischen lauter Bomben wiederfindest.«

Wieder hielt Mildred die innere Gewißheit aufrecht, daß sie eben nicht die Frau war, die je entführt und in Kofferräume gesteckt würde. Diese Frau war sie einfach nicht, und nach all den Jahren sollte Val das eigentlich wissen.

»Ich werde dir keine Vorwürfe machen«, versetzte sie, um mit einem Anflug jener vielgerühmten Selbstbehauptung fortzufahren: »Und überhaupt hat das alles mit dir nichts zu tun. Ich möchte irgendwann noch einmal nach Emmerton Hall, wegen meiner Sachen, und hier bietet sich eine Gelegenheit. Er wollte da diesen Sonntag sowieso hin, wegen der Tapisserien, und da ist ihm eingefallen, daß ich vielleicht mitfahren möchte. Nur um zu sehen, wie die Dinge stehen. Ich meine, ich habe den armen Arnold doch schrecklich in der Tinte sitzenlassen, und manchmal denke ich...«

»Armer Arnold, na klar!« Val war empört, wie nicht anders zu erwarten. So ein sanftes und unkritisches Adjektiv im Zusammenhang mit einem Chauvi hörte sie nicht gern, und ganz wurde der Friede erst wiederhergestellt, als das Abendessen auf dem Tisch stand. Während des Essens besänftigte Val ihre aufgewühlten Gefühle, indem sie die nun schon bekannte Litanei von Arnolds vielfältigen Fehlern herunterleierte, die, welch Zufall, genau mit denen ihres Malcolm übereinstimmten. Mildred hörte geduldig zu und unterbrach sie nicht, obwohl sie eigentlich lieber darüber gesprochen hätte, was sie zu ihrem morgigen Ausflug anziehen sollte. Welches ist denn nun der richtige Aufzug für eine Fahrt aufs Land, um dort einen Chauvi zu besuchen, und das auch noch in Begleitung eines anderen Chauvis?

»Meinst du, die Hitzewelle ist bis morgen vorbei?« Näher wagte sie sich an die Kleiderfrage nicht heran. »In den Nachrichten haben sie gesagt, es könnte Gewitter geben.«

Aber Val durchschaute sie. Natürlich.

»Du grübelst, was du anziehen sollst, Mills«, sagte sie anklagend. »Du sorgst dich, wie du vor ihnen aussiehst. Das ist das einzige, was sie deiner Meinung nach überhaupt zur Kenntnis nehmen werden! Dabei sollten sie eigentlich zur Kenntnis nehmen, was für ein Mensch du bist...«

Persönlichkeit. Sexismus. Selbstbewußtsein. Die Scheuklappen des Männergeschlechts. Erst nach dem Essen erschöpfte sich das Thema, und die beiden Freundinnen setzten sich einvernehmlich zu einem Spielchen Scrabble hin. In letzter Zeit verbrachten sie, da es immer weniger zu erzählen gab, was nicht schon erzählt worden war, ihre Abende immer öfter auf diese Weise; und das war sogar recht vergnüglich, wenn auch Vals Regeln bisweilen nicht mit denen übereinstimmten, die in die Schachtel eingedruckt und von Mildred und Arnold stets klaglos eingehalten worden waren. Nach Vals Regeln erzielte man viel weniger Punkte, wenn man mit allen seinen sieben Buchstaben ein schönes langes Wort hinkriegte, als wenn man mit List und Tücke einige kurze Wörter, die schon lagen, miteinander verband. Und das nahm Mildred ein wenig den Spaß. Oder hätte ihr den Spaß genommen, wenn sie sich danach gerichtet hätte, aber sie blieb einfach bei ihrer Gewohnheit, immer das längste Wort zu legen, das sie zusammenbrachte, egal, wie wenige Punkte sie damit gewann; und das war zweifellos der Grund, warum Val fast immer siegte. Arnold hatte ja auch fast immer gesiegt, weshalb Mildred sich dadurch nicht entmutigen ließ. Geduldig hörte sie sich Vals nachträgliche Belehrungen an, wie viele Punkte sie hätte machen können, wenn sie der Versuchung widerstanden hätte, mit triumphierendem Juchzen »Leopard« auf einen Sitz zu legen. Sie konzentriere sich nicht, schalt Val, und das stimmte natürlich. Sie war mit den Gedanken halb bei ihrem schwarzweiß gestreiften Sommerkleid mit passendem Jackett. Vorausgesetzt, das Wetter hielt, wäre es genau das richtige. So richtig zumindest, wie Mildred jemals angezogen zu sein hoffte.

»Nein, nein – das geht nicht!« fuhr Val auf. »›Gor‹ ist kein Wort.« Es war wirklich kein Wort, da half auch kein Nachschlagen im *Chambers' Dictionary*, auf das Val so schwor.

Plötzlich stieß Mildred einen spitzen, kleinen Freudenschrei aus.

»Ich hab's! Gerade ist es mir eingefallen. Gordon! Gordon Belfort! So heißt mein Bekannter!«

»Hast du nicht gesagt, es ist ein irischer Name? Hör mal, du bist noch dran. Wenn du also ein G und ein R hast, kannst du doch ...«

»Irischer Name habe ich nicht gesagt. Ich habe gesagt, er klang irgendwie irisch. ›Belfast‹ oder so, weißt du? Klingt das für dich nicht ein bißchen ...?«

»Nein, überhaupt nicht. Aber ich will dir sagen, wie es für mich klingt. Falsch klingt es. Das ist so ein Name, wie man ihn sich auf die Schnelle einfallen läßt.«

»Ich nicht«, erklärte Mildred standhaft. »Wenn ich auf die Schnelle einen Namen erfinden müßte, würde mir ›Smith‹ einfallen, oder ›Johnson‹. Etwas Leichtes jedenfalls.«

Val lachte, durchaus nicht fröhlich.

»Das glaube ich dir gern! Typisch! Wenn ich dich nicht schon so viele Jahre kennte, Mills, würde ich glauben, du bist erst gestern geboren! *Smith*, wahrhaftig! Hast du ihm zufällig diesen Namen angegeben? Und eine falsche Adresse dazu? Wartet er deswegen an der U-Bahn-Station auf dich, statt dich hier abzuholen, wie es sich für einen Gentleman gehört?«

Nein, nicht deswegen. Er holt mich an der U-Bahn-Station ab, weil ich ihn darum gebeten habe, und ich habe ihn darum gebeten, weil ich nicht will, daß du uns durchs Fenster beobachtest und siehst, daß er schon eine Glatze bekommt, und daß er nicht aussteigt und mir die Autotür aufhält – falls er nicht aussteigt; und was du in einer knappen Minute sonst noch alles für Fehler und Schwächen an ihm bemerken würdest. Ich weiß, daß du beschlossen hast, ihn nicht zu mögen, und daran kann ich dich nicht hindern, aber ich muß es dir doch auch nicht zu leicht machen, oder?

Natürlich sagte sie von alledem nichts laut, dazu bestand kein Anlaß. Wie die meisten Frauen mit einer fügsamen Natur war Mildred mehr als genug darin geübt, ihre häßlicheren Gedanken für sich zu behalten, und hatte gelernt, aus der stummen Form die gleiche Genugtuung zu ziehen wie aus der laut geäußerten – und es kostete sie sehr viel weniger.

Der Rest des Abends verlief dann doch recht angenehm, und Val ging hochgestimmt zu Bett. Mildred hatte angesichts des morgigen Abenteuers auf ein frühes Zubettgehen gehofft, aber dummerweise mußte sie aufbleiben, bis Val auch ganz bestimmt schlief, bevor sie sich die Haare waschen und aufdrehen konnte. Sie wollte nicht zu hören bekommen, daß sie es darauf anlegte, einem Mann zu gefallen, obwohl es stimmte; oder daß sie sich die Haarwurzeln ruinierte, wenn sie ihr Haar vor dem Heizöfchen trocknete, obwohl auch das vielleicht stimmte. Wer wußte das schon? Man wurde von allen Seiten mit Ratschlägen eingedeckt, klugen und weniger klugen, ohne beurteilen zu können, welche richtig waren.

11

Die Fahrt durch die spätsommerliche Landschaft war zauberhaft; die Bäume standen in dichtem Laub, die Farne begannen sich gerade golden zu färben. Gordon war als Reisegefährte noch angenehmer, als sie ihn von ihrer ersten Begegnung her in Erinnerung hatte, und sie konnte sich auf dem Beifahrersitz genüßlich zurücklehnen und sich einfach an seiner Stimme freuen, wenn er ihr etwas über die Dörfer erzählte, durch die sie kamen, und über die kleinen grauen Kirchen, die normannisch oder gotisch oder sonstwas waren. So stellte Mildred sich den idealen Reisebegleiter vor – einer, der alles Reden allein besorgte, der seine eigene Stimme gern zu hören schien, so daß sie nicht die Pflicht hatte, unterhaltsam zu sein oder in ihrem Gehirn nach irgend etwas Intelligentem zu graben, was sie zu diesem oder jenem sagen könnte.

Zauberhaft war auch der Lunch in einem Landgasthof, wo er genau wußte, durch welche Tür man hineinzugehen hatte, was zu bestellen war, und sogar den Namen des Flüßchens kannte, das an dem Rasen vorbeifloß, auf dem sie an einem weißlackierten Tischchen saßen und Salat und knusprige Brötchen und eine ganz besonders köstliche Quiche verzehrten. Sogar das Bier mundete, obwohl Mildred normalerweise für Bier nichts übrig hatte.

Die Sonne schien, und sie hatten keine Eile. Mildred fühlte, daß ihr gestreiftes Sommerkleid genau richtig für einen kleinen Spaziergang am Flußufer war, auf dem sie sich erklären ließ, woher es kam, daß hier die Schwäne nicht mehr brüteten.

Er wußte einfach alles. Es war unglaublich geruhsam, und als sie endlich auf den Besucherparkplatz von Emmerton Hall fuhren, hatte sie inzwischen das unschöne Gefühl der Peinlichkeit so gut wie vergessen, das sie angeflogen hatte, als sie diese Reise zum erstenmal ins Auge faßte.

Jetzt aber, da die Feuerprobe unmittelbar bevorstand, stellte sich diese Peinlichkeit zum Teil wieder ein. Was sollte sie zu Arnold sagen, wenn sie ihm, was kaum zu vermeiden war, plötzlich gegenüberstand? Was sollte sie zu den anderen von der Belegschaft sagen, angefangen mit Joyce, die in ihrem Kiosk am Eingang die Eintrittskarten verkaufte?

Aber das Glück war auf ihrer Seite. Es war kurz nach Öffnungszeit – sonntags immer um zwei –, und vor dem Schalter stand schon eine ansehnliche Schlange, so daß Joyce viel zu beschäftigt war, um sich umzusehen und Leute zur Kenntnis zu nehmen. Mildred brauchte sich nur im Hintergrund zu halten, während Gordon die Eintrittskarten kaufte, und hast du nicht gesehen, waren sie schon drin.

Und natürlich mußte sie ja auch gar nicht mit Arnold reden, wenn sie es lieber nicht wollte. Wenn sie ein bißchen aufpaßte, brauchte sie ihm nicht einmal zu begegnen. Sie war doch nur gekommen, um zu sehen, wie hier alles lief, sonst nichts, und das konnte sie auch ganz einfach dadurch tun, daß sie sich unters Volk mischte, mit den Besucherscharen dahin und dorthin ging und die Augen offenhielt. Gordon wollte natürlich unbedingt die Führung durchs Haus mitmachen – nun, dafür war er ja hergekommen, um das Haus zu sehen und alles, was darin war; aber von der plötzlichen Angst befallen, Arnold könnte heute nachmittag die Führung machen, trat Mildred den Rückzug an.

»Ich kann nicht mit ihm reden – so plötzlich – einfach so – nach so langer Zeit – und wenn er gerade eine Führung macht«, erklärte sie, und Gordon schien zu verstehen. Sie würden sich dann eben nach der Führung treffen, außerhalb des Hauptgebäudes, in der Nähe des Ausgangs. Solange könne Mildred sich ja die Gärten und den Park ansehen, meinte Gordon. Oder vielleicht wollte sie sich auch nur auf eine sonnige Bank setzen, sich ausruhen und den schönen Anblick genießen?

»J-a-a«, meinte sie unschlüssig. Es kam ihr so undynamisch vor, sich nach so einer weiten Anfahrt hier nur in die Sonne zu setzen und die Anlagen zu bewundern.

»Vielleicht – später – vielleicht gehe ich doch erst mal in die Wohnung und sehe… Ich meine, da ist er ja wahrscheinlich nicht, bestimmt nicht an einem Sonntagnachmittag… Ich könnte einfach mal klingeln und sehen, ob…«

So war noch alles beruhigend offen, als sie sich trennten und Gordon über den kopfsteingepflasterten Hof zum Haupteingang eilte, wo die Karten für die Führungen verkauft wurden, während Mildred…

Hm, wo sollte sie denn nun hin? Es kam ihr hier schon alles so fremd vor, nach diesen paar Wochen. Die stechende Sonne des sich neigenden Jahres, das satte, dunkelgrüne Laub, das an die Stelle des hellen, luftigen Grüns vom Frühsommer getreten war – dies alles zusammen drückte noch zusätzlich auf ihre schon abklingende gute Stimmung. Sie kam sich wie ein Eindringling vor, eine illegale Einwanderin, und eine Zeitlang schlich sie ziellos umher wie ein wiedergekehrtes Gespenst, das in der wirklichen Welt nichts mehr zu suchen hatte.

Ein großer, frisch gemalter Pfeil, schwarz auf weißem Grund, der zur Teestube zeigte, ließ sie unvermittelt stehenbleiben, und ein paar Sekunden lang spülten die alten Gefühle der Panik, entstanden aus unerträglichem Druck und unmöglichen Anforderungen, über sie hinweg. Die Teestube! Das Gewitterzentrum, der Ursprung ihres schmählichen Versagens.

Doch der Anfall überlebter, vernunftwidriger Panik verging, und der gesunde Menschenverstand kehrte wieder. Es war jetzt anders; alles hatte sich geändert. Sie konnte, wenn sie wollte, diesen Ort des Schreckens sogar betreten, lässig und gemächlich, als Gast – aber das täte sie natürlich nicht. Es hieße ja, vor Pauline und Tracey und ihre lechzende Neugier hintreten zu müssen. Und womöglich wäre ja Arnold selbst da – vor der Peinlichkeit einer solchen Situation schrumpfte ihr ganzes Sein in sich zusammen.

Dennoch nagte die Neugier an ihr. Neugier und ein kleiner Rest Schuldgefühl deswegen, weil sie Arnold so dick in der Tinte hatte sitzenlassen, weckten in ihr den unbedingten Wunsch, zu sehen, wie die Teestube ohne sie lief. Schafften Pauline und Tracey das etwa irgendwie allein? Kamen sie womöglich pünktlich und legten sogar klaglos Doppelschichten ein? Ohne sich mit vorgeschützter Krankheit zu drücken, ohne herumzukichern oder dem, der das Sagen hatte, gemeinsam das Leben schwerzumachen? Kaum vorstellbar. War die Teestube vielleicht geschlossen worden? Das könnte durchaus der einzige Ausweg gewesen sein. Armer Arnold! Das hätte ihn bestimmt in arge Bedrängnis gegenüber *denen* gebracht – Vertragsbruch oder so etwas Ähnliches. Und alles ihre, Mildreds Schuld!

Doch ehe die Gewissensbisse noch ganz bis in ihre Magengrube gelangt waren, wurden sie schon wieder beschwichtigt, als Mildred durch den Rosenbogen am Ende des Großen Rundgangs kam und sah, daß die Türen zur Teestube einladend offenstanden. Soeben ging auch eine kleine Besuchergruppe hinein. Demnach war wohl doch alles in Ordnung!

Mehr oder weniger zumindest. Aber kaum war das Gewicht der Schuld auf der einen Seite der Waage etwas leichter geworden, plumpste ein neues schwer auf die andere Waagschale und machte ihre Selbstachtung dem Erdboden gleich. Es ging ohne sie! Sie war eben doch nicht unentbehrlich! Welch eine Ohrfeige, nachdem sie so geschuftet und sich abgemüht hatte, damit alles klappte!

Und wie machten sie es? Sie verließ den Hauptweg, schlich sich auf die Rückseite des Gebäudes, außer Sichtweite des Publikums, und näherte sich dieser verwahrlosten, zugewachsenen Stelle, die Norris als Abladeplatz für allerlei Unrat zu benutzen pflegte, dessen ordnungsgemäße Beseitigung ihm wohl nicht zuzumuten war. Unter dem vielen ausrangierten Zeug erspähte Mildred eine verrostete Öltonne, die ihren Zwecken dienen konnte. Sie zerrte sie aus ihrem Versteck zwischen Brennesseln und totem Laub hervor und schleifte sie bis vor eines der hohen hinteren Fenster der Teestube. Vorsichtig probierte sie zuerst einmal aus, ob das rostige Ding auch ihr Gewicht trug, dann stieg sie hinauf, faßte das Fenstersims und stellte sich auf die Zehenspitzen, bis sie hineinlugen konnte.

Es war schwierig. Sie hatte völlig diese weißlichen Gardinen aus falscher Spitze vergessen, die diskret vor den hinteren Fenstern hingen, und nur mit äußerster Anstrengung konnte sie so gerade erkennen, was da drinnen vorging. Gäste waren offenbar reichlich da, denn die leeren Tische wurden rasch weniger; und die Mädchen – ja, sie huschten dazwischen umher, beugten sich über Gäste, entluden ihre Tabletts und sammelten benutztes Geschirr ein. Pauline – ja – mit ihrem wippenden Pferdeschwanz und der großen schwarzen Schleife, die ihn zusammenhielt. Mildreds Augen gewöhnten sich jetzt daran, durch das hinderliche Fadengespinst zu spähen, und nun sah sie auch Tracey, deren hüftlanges blondes Haar heute von einem Tuch gebändigt wurde, wie Mildred es ihr vor so vielen Wochen immer nahegelegt hatte. Wie sie sich deswegen herumgestritten hatten! Mildred mit dem Argument, daß es eklig sei, wenn diese Haare dauernd über Lebensmitteln herumschaukelten, Tracey mit der Widerrede, ihr Haar komme überhaupt nicht in die Nähe von Lebensmitteln, denn sie trage es schließlich auf dem Rücken, und wann habe man um Himmels willen schon einmal gesehen, daß jemand ein Serviertablett auf dem Rücken trug? Nach diesem unwiderleglichen Argument – unwiderleglich jedenfalls für Mildred – hatten Pauline und Tracey in einer Ecke die Köpfe zusammengesteckt und gekichert und getuschelt, während sie eigentlich hätten arbeiten sollen, und bestimmt war es dabei um blöde alte Kühe gegangen.

Daß Tracey im nachhinein nun doch noch die Anordnung ihrer ehemaligen Chefin befolgte, erfüllte Mildred mit richtigem Stolz. Sie war als Vorgesetzte wohl doch nicht so ein hoffnungsloser Fall gewesen, wie sie geglaubt hatte. Ein bißchen Autorität mußte sie für dieses unbotmäßige Pärchen schon gehabt haben, auch wenn es lange gedauert hatte, bis sie wirkte.

So beobachtete sie nun mit einem wärmenden Gefühl der Selbstbeglückwünschung, obwohl ihr vom langen Stehen auf Zehenspitzen schon die Waden schmerzten, wie die Mädchen da drinnen einigermaßen zufriedenstellend ihren Pflichten nachkamen – ein weiterer Beweis dafür, daß ihre damals so offenkundig vergeblichen Bemühungen, sie anzuleiten, wohl doch auf fruchtbaren Boden gefallen waren. Vielleicht hätte sie nur noch ein bißchen länger durchhalten müssen, dann wäre möglicherweise...

In dem Moment erkannte sie durch den Gardinennebel, daß da noch eine dritte Bedienung am Werk war. Eine neue, nicht so groß wie Pauline oder Tracey, aber sie schien sogar noch tüchtiger zu sein, denn wie sie das Geschirr auf ihr Tablett räumte und mit Höchstgeschwindigkeit zwischen den Tischen herumkurvte, hatte etwas von der Eleganz einer Tänzerin.

Eine gelernte Kraft, wie es aussah. Kein Wunder, daß die Teestube so gut ging. Aber wieviel würde Arnold ihr bezahlen müssen? Das brachte sicher horrende Verluste!

Und jetzt erst, als die Neue wieder mit einem Tablett voller Tee und Gebäck hinter der Theke hervorkam, konnte Mildred ihr Gesicht richtig sehen, und der Schrekken verschlug ihr den Atem. Ihre Hand glitt vom Fenstersims ab, die rostige Öltonne begann unter ihr zu schwanken, und im nächsten Moment landete sie im letztjährigen toten Laub, während dunkle Immergrünzweige über ihr zusammenschlugen.

Nachdem sie sich von ihrem Schock erholt hatte, war ihre erste Empfindung Verständnislosigkeit. Was machte Flora hier, um alles in der Welt? Das heißt, es war nicht ganz ihre erste Empfindung, sondern ihre zweite. Die erste – die hatte sie in dem Sekundenbruchteil durchzuckt, bevor ihre Hand ausrutschte –, die erste Empfindung war überwältigende, ganz und gar unkomplizierte Erleichterung gewesen. Floras Augen hatten völlig normal ausgesehen, hell und klar und kein bißchen rot. Diese Kontaktlinsen schadeten ihr demnach wohl doch nicht!

Ein paar Sekunden lang blieb Mildred so im Laub liegen und schwelgte in dem Gefühl, eine Sorge endlich los zu sein, die sie so lange in ihrem Innersten geplagt hatte. Dafür beschlich sie jetzt ein anderer, aktuellerer Kummer: Ihr schönes gestreiftes Sommerkleid war bestimmt ruiniert – voller grüner Flecken und Roststreifen…

Aber wie durch ein Wunder war nichts von alledem eingetreten. Als sie aufstand und sich hin und her verrenkte, um den Staub von sich abzuklopfen und sich von allen Seiten zu betrachten, kam sie zu dem Schluß, daß zum einen das Laub nach dem langen, heißen Sommer knochentrocken gewesen sein mußte, zum anderen sie selbst trotz ihrer dreiundfünfzig Jahre wohl immer noch gelenkig genug war, um von der Öltonne wegzuspringen, als diese kippte, und so mit dem Rost nicht in Berührung zu kommen.

»Guten Tag, Mrs. Walters.«

Nun haben solche Worte selbst bei äußerster Anstrengung der Phantasie nichts Bedrohliches an sich, dennoch klangen sie in Mildreds Ohren nach Gefahr, und erschrocken fuhr sie herum.

Tief gebückt unter den dicht verwobenen Zweigen, einen feuchten Karton voll alter Farbdosen hinter sich herschleifend, war plötzlich Norris, der Obergärtner, vor ihr aufgetaucht. Seine Augen blickten verschlagen und tadelnd, als suchten sie nach Beweisen für irgendeine Missetat, die er ihr vorwerfen könnte. Von Norris wegen irgendwelcher Missetaten zur Rede gestellt zu werden, war für Mildred nichts Neues. So erinnerte sie sich an ihr bisher schlimmstes Verbrechen, nämlich im Ziergarten zwischen den Stiefmütterchen Unkraut zu jäten, wozu sie sich einmal erfrecht hatte, als weder ihr noch Arnold klar gewesen war, daß der Ziergarten in Norris' Zuständigkeit fiel und das Recht, ihn nicht zu jäten, wohl zu seinem Arbeitsvertrag gehörte.

Und was hatte sie jetzt wohl ausgefressen? Welcher Tat würde sie angeklagt? Eine alte Öltonne von der Stelle bewegt zu haben? Ihren Mann verlassen und ihre Arbeit im Stich gelassen? Zerknirscht bückte Mildred sich und schob die Öltonne ein paar Zentimeter weit dahin zurück, wo sie sie hergeholt hatte – nicht weil deren Verrückung ihr als die verruchtere der beiden Sünden erschien, sondern weil es die war, die sie wiedergutmachen konnte, zumindest äußerlich.

Aber Norris gab mit keiner Miene zu erkennen, daß die sinnlose Geste ihn beschwichtigte; andererseits erhob er auch keine sonstigen Beschuldigungen. Er hockte nur da, tief gebückt unter den Laubmassen, und der Blick, mit dem er sie anstarrte, verriet ein sichtliches Unbehagen seinerseits. Mildred brauchte mehrere Sekunden, ehe sie begriff, daß er nur deshalb nichts weiter sagte, weil er nichts weiter zu sagen hatte; er wartete nur, daß sie endlich von hier verschwand, damit er unbeobachtet seine Farbdosen in das ungepflegte hohe Gras werfen konnte, das die verwahrlosten Büsche umgab.

Endlich wieder auf der Terrasse, wo sie zuerst einmal Atem holen mußte, weil sie nach dieser unerfreulichen Begegnung mit dem Gärtner fast den ganzen Weg hierher gerannt war, sah Mildred auf die Uhr. Zu ihrer Überraschung stellte sie fest, daß sie noch fast eine Stunde zu ihrer freien Verfügung hatte, bevor Gordon von der Führung zurückkäme und sie wieder nach Hause fahren würden.

Nach Hause! Wo war ihr Zuhause? Was war ihr Zuhause? Vals Wohnung gewiß nicht, denn dort war sie nur zu Besuch – und wie sie das manchmal spürte! Gewiß auch nicht ihr früheres Haus, von Val nur zwei Straßen weit weg, denn dort rissen die neuen Besitzer schon vertraute Wände ein und schufen offenes Chaos, wo früher richtige Zimmer gewesen waren, bauten im Bad sogar eine Dusche ein, wo doch sie und Arnold Duschen so haßten. Aber jetzt ging sie das natürlich gar nichts mehr an…

Das Heimweh überspülte sie in regelrechten Wellen, die sogar den Sonnenschein abkühlten, der auf ihre bloßen Schultern brannte, und fast ehe sie noch richtig wußte, was sie tat, war sie schon auf dem Weg zu dem einzigen anderen Ort auf der Welt, der, wenn auch nicht lange, einmal ihr Zuhause gewesen war: die Wohnung hier in Emmerton Hall, in der sie und Arnold den so kurzen und stümperhaften Versuch unternommen hatten, sich häuslich einzurichten, bevor sie ihre Koffer gepackt hatte, weil sie es einfach nicht mehr aushielt.

Sie würde natürlich nicht hineinkommen, da sie ja keinen Schlüssel hatte; und selbst wenn Arnold zufällig da wäre – was um diese Nachmittagsstunde höchst unwahrscheinlich war –, würde sie es doch nicht wagen, zu läuten und vor ihn hinzutreten. Sie wußte, daß sie einer solchen Begegnung jetzt nicht gewachsen wäre. Aber immerhin könnte sie die Wohnung sehen, vielleicht sogar einen Blick durchs Fenster hineinwerfen und feststellen, wie Arnold sich jetzt, da er allein war, darin eingerichtet hatte.

Zu ihrer Überraschung war die Haustür nicht nur nicht abgeschlossen, sie stand sogar sperrangelweit offen. Selbst wenn Arnold zu Hause wäre, sähe ihm das nicht ähnlich. Er hatte doch, seit sie hier eingezogen waren, immer so gewissenhaft – übergewissenhaft, wie es ihr manchmal vorgekommen war – darauf geachtet, daß alles, was sich in seiner Obhut befand, zu jeder Zeit sicher hinter Schloß und Riegel war. Er war in dem ganzen Gebäude nie irgendwo hinein- oder hinausgegangen, ohne jede Tür hinter sich abzuschließen, und sie wußte noch, wie ärgerlich das sein konnte, wenn er die Schlüssel bei sich hatte und sie nicht. Die Wohnungstür offenstehen zu lassen, so wie jetzt, und sei es nur für eine Minute, war ganz und gar nicht seine Art. Er war ein Mann, der Türen zumachte; schon immer.

Oder stimmte das nicht? Wie war das mit der Tür, die er so verheerend weit aufgestoßen hatte, der Tür zu einem völlig neuen Leben für sie und ihn? Auch das hätte sie als ganz und gar untypisch für ihren Mann bezeichnet – bis es passierte. Fünfundzwanzig Jahre gemeinsames Leben, und die ganze Zeit hatte der Mann, den sie so in- und auswendig kannte, einen anderen Mann in sich versteckt gehalten, den sie überhaupt nicht kannte. Vielleicht ist dies von allen Faktoren, an denen Ehen scheitern, der bedeutsamste – die plötzliche Erkenntnis, daß man mit einem Wildfremden verheiratet ist. Einem Wildfremden ist man zu nichts verpflichtet, man schuldet ihm keine Loyalität.

Minuten vergingen, und Mildred, die noch immer unschlüssig auf der Schwelle stand, merkte allmählich, wie ihre Neugier der Verlegenheit den Rang ablief. Sie wagte zuerst einen Schritt hinein, dann noch einen, und als nichts passierte und alles ruhig blieb, wurde sie richtig wagemutig. Noch ein Schritt... und noch einer. ›Ich werd's ihnen zeigen!‹ dachte sie, halb im Trotz gegen Val und ihren Selbstbehauptungskurs. ›Ich zeige ihnen, daß ich tun kann, was ich für das richtige halte; ich kann mich schon selbst behaupten, auch ohne so einen dämlichen Kurs.‹

In der Wohnung stand viel mehr Zeug herum, als sie in Erinnerung hatte. Ein häßlicher blecherner Aktenschrank beherrschte das fast gemütliche kleine Wohnzimmer, das sie so mühevoll mit geblümten Vorhängen und Polsterbezügen ein wenig fröhlicher zu machen versucht hatte. Die Papierstapel waren seit ihrer Zeit höher geworden und vom Schreibtisch auf die Sessel und das Couchtischchen übergeflossen; und die Küche war ein einziges Durcheinander. Nicht direkt ein Chaos – das Geschirr war abgewaschen, aber auf typisch männliche Art: die Spülschüssel leicht fettig, und das Spülbecken selbst sah so aus, als wäre es seit Wochen nicht mehr gescheuert worden. Ebenso die Arbeitsplatten, auf denen sie so fleißig – und zuletzt so hektisch – tellerweise Scones gezaubert hatte. Auf dem Tropfbrett standen Töpfe und weichten verloren vor sich hin, der Zauberhand harrend, deren Bild wohl allezeit in Männerköpfen herumspukte – der Hand, die sie eines Tages ausspülen und abtrocknen und bis zum neuen Gebrauch wegräumen würde.

Der ganzen Wohnung hätte ein ordentlicher Frühjahrsputz gutgetan. Immer noch vorsichtig – obwohl es inzwischen mehr als klar war, daß sie sich allein in der Wohnung befand – drückte sie behutsam die Tür zu ihrem früheren Schlafzimmer auf. Sie war unverschlossen wie alles andere, und Mildred stieß sie ganz auf und trat ein. Auch dieses Zimmer war unaufgeräumt. Auf dem Boden lag fremdes, halb geleertes Gepäck herum, und das Nachttischchen war übersät mit Illustrierten und benutzten Tassen. War Arnold seit ihrem Weggang hier eingezogen? Jedenfalls sah das große Messingbett so aus, als ob jemand darin geschlafen und es anschließend nicht gemacht hätte, nur die geblümte Tagesdecke war notdürftig über die Buckel und Höcker gebreitet. Mildred, von ihrem angeborenen Hausfraueninstinkt gepackt – denn das war ja nun längst nicht mehr ihre Sache –, trat einen Schritt vor, um das Bett in Ordnung zu bringen, wozu sie als erstes die Tagesdecke zurückschlug.

Im ersten Moment konnte sie nicht einmal schreien. Sie starrte nur in ungläubigem Entsetzen auf den Schädel hinunter, der so gemütlich in das Daunenkissen gekuschelt lag, ein wenig zur Seite geneigt, so daß die eine Augenhöhle verschmitzt zu ihr aufblickte. Dann warf sie mit einer einzigen, reflexartigen Bewegung, nur um das Ding nicht mehr sehen zu müssen, das Ganze überhaupt ungeschehen zu machen, die Decke wieder darüber und ergriff die Flucht.

Wie sie aus der Wohnung herausgekommen war, wußte sie hinterher selbst nicht mehr. Sie wurde sich überhaupt erst wieder bewußt, was sie tat, als sie schon über Kieswege und Pflastersteine und Platten rannte und rannte, hindurch zwischen den leuchtenden Blumen rechts und links der Wege, ohne die goldene Nachmittagssonne zu fühlen, die auf ihre eiskalten Schultern herabschien.

12

Es mußte etwa eine Stunde später gewesen sein, als Arnold in seine Wohnung zurückkehrte, nachdem er sein Nachmittagspensum als Museumsführer erledigt hatte. Von allen Gerüchten, die wegen des Wiederauftauchens seiner entlaufenen Frau und ihres wunderlichen Betragens schon in Umlauf sein mochten, war ihm noch keines zu Ohren gekommen, und als er bei seiner Wohnung ankam und die Tür sperrangelweit offen fand, so daß jeder, der vorbeikam, einfach hätte hineinspazieren können, richtete sich seine Empörung – was keineswegs unnatürlich war – gegen seine mißratene Tochter. Typisch! Das sah ihr doch wieder einmal so richtig ähnlich – leichtfertig, schlampig, rücksichtslos; und nichts im Kopf als nur ihre eigenen Belange. Sie war unmöglich! Sie konnte ihre Sachen packen und verschwinden, auf der Stelle! Er duldete das einfach nicht!

Doch als er in die kleine Diele trat und die Tür fest hinter sich schloß, hielt er inne und dachte noch einmal nach. Mußte noch einmal nachdenken, denn hielt Flora nicht in ebendiesem Augenblick für ihn die Stellung in der Teestube? Aus völlig freien Stücken und ebenso völlig im Widerspruch zu den Eigenschaften, die er ihr soeben zugesprochen hatte, war sie mit dem ausdrücklichen Angebot herausgeplatzt, ihm zu helfen. Sie hatte – fast – genauso gesprochen, wie diese Phantasietochter vor ein paar Stunden erst in seinem Kopf gesprochen hatte. Dies allerdings in ihrer eigenen Sprache:

»Ich kapiere nicht, was du deswegen für einen Aufstand

machst, Arnold! Das ist doch Pipifax, gerade mal so an die hundert Portionen Tee an einem ganzen Nachmittag! Ich hab schon in der halben Zeit doppelt soviel serviert, als ich mal so einen Job hatte. Tee, mein Gott! Das sind doch keine siebengängigen Menüs! Diese zwei Bauerntrampel könnten das ohne weiteres im Kopfstand erledigen, die führen dich doch nur an der Nase herum. Warum schickst du sie nicht einfach in die Wüste? Ich würde sie ganz schnell auf Trab bringen...«

Und das hatte sie offensichtlich getan. Arnold war, genau wie vor ihm schon Mildred, bei einem Blick in die Teestube tief beeindruckt gewesen von der ungewohnten Schnelligkeit und Tüchtigkeit, mit der die Gäste bedient wurden, vor allem von der Leichtigkeit und Professionalität, mit der seine Tochter sowohl die Aufsicht führte als auch – scheinbar mühelos – den eindeutigen Löwenanteil der Arbeit selbst tat. Flora mußte, während sie sich in diesem unbekömmlichen Teil Londons, den sie erwählt hatte, ihren Lebensunterhalt zusammenscharrte, etliche unterbezahlte Bedienungsarbeiten übernommen haben, und da sie hochintelligent war (das wußte er, ungeachtet ihrer hochnäsigen Abneigung gegen jede Form höherer Bildung), hatte sie sich schnell und gründlich alles angeeignet, was sie können mußte, um alle die minderwertigen Tätigkeiten, die ihr vor die Nase kamen, zu erledigen.

So war ihr Hilfsangebot – auch wenn dahinter offenbar das Bedürfnis stand, ihren Vater ins Unrecht zu setzen und ihn als alten Umstandskrämer vorzuführen, der nicht einmal mit so einer simplen Aufgabe wie der Bedienung von Gästen fertig wurde – ihm hoch willkommen gewesen. Und während er nun die wenigen Wertsachen kontrollierte, die sich in seinem Reich befanden, und nichts davon vermißte, kühlte sein Zorn sich ab. Allmählich dämmerte ihm, daß seine erste voreilige Absicht, das Mädchen rauszuschmeißen, nicht nur lieblos und undankbar gewesen war, sondern regelrecht verrückt. Daß sie ihm eine große Hilfe sein konnte, stand jetzt zweifelsfrei fest. Wie lange dieser gute Wille vorhalten würde, war natürlich eine Unbekannte in der Rechnung, aber trotzdem... Und was das Türenschließen anging – nun, da würde er irgendwann, wenn sie gerade gnädiger Stimmung war, ein ernstes Wörtchen mit ihr reden müssen. Schwierig genug wäre es, denn er hatte ja schon erfahren, daß sie zu diesem Thema solch ärgerliche egalitäre Prinzipien vertrat. Warum sollte man irgendwen irgendwo aussperren? Warum sollte nicht jedermann nach Belieben kommen und gehen und alles genießen dürfen, was es zu genießen gab? Erst gestern abend, als sie ihn auf seiner Schließerrunde begleitet hatte, waren sie deswegen fast in Streit geraten. Dazu wollte er es eigentlich nicht noch einmal kommen lassen.

In der Zwischenzeit mußte er etwas wegen dieses Fensters unternehmen, dessen Sicherheitsvorrichtung sie in der voraufgegangenen Nacht so unbekümmert zerstört hatte. Er mußte die Eisen so anzubringen versuchen, daß man das Fenster einfach nicht weiter als acht bis zehn Zentimeter weit hochschieben konnte; das würde viele Diskussionen ersparen.

Er holte Hammer und Nägel aus seinem privaten Werkzeugkasten – es kam nicht in Frage, daß er sich irgend etwas aus Norris' streng bewachter Kiste auslieh – und ging in das Zimmer, das einmal Mildreds gewesen war, knipste das Nachttischlämpchen an – und bemerkte zum erstenmal diesen sonderbaren Klumpen unter der Tagesdecke. Auf seinem vorherigen Rundgang durchs Zimmer hatte er sich ganz darauf konzentriert, ob etwas fehlte – das Radio, der (nicht sehr reichliche) Inhalt von Mildreds zurückgelassenem Schmuckkästchen oder die recht hübschen Stiche an der Wand über dem Bett. Jetzt aber nahm dieser befremdliche Höcker, vom Nachttischlämpchen plötzlich hell angestrahlt, seine Aufmerksamkeit in Anspruch, und genau wie Mildred am Nachmittag riß er die Tagesdecke zurück, um nachzusehen.

Eine Sekunde lang – nein, weniger als eine Sekunde, denn sein Allgemeinwissen war etwas umfassender als Mildreds – reagierte er mit blankem Entsetzen, genau wie sie; aber fast unverzüglich schwächte der anfängliche Schock sich zu einem bloßen Herzklopfen ab, als er sah, daß die leeren Augenhöhlen, die ihn da anstierten, die eines Schafs oder vielleicht einer Ziege waren. Der Schädel, der da so genüßlich ins Kissen gekuschelt lag, war ganz von der Art, wie Urlauber sie gern aus dem Lake District mitbrachten, nicht ohne ausführlich von dem Schrecken zu erzählen, den er ihnen eingejagt hatte, als er sie – weiß auf weiß zwischen den ausgeblichenen Steinen und Felsen in den höheren Bergregionen – plötzlich so anstierte.

Er starrte das Ding noch immer an, nicht mehr erschrocken, sondern bestürzt und wütend – was sollte das, jemandem so einen Streich zu spielen, erst recht dem eigenen Vater! – als ein lautes, ungeduldiges Klingeln an der Haustür ihn zum Handeln aufrief, und Augenblicke später stand er Auge in Auge mit der Missetäterin persönlich. Mit rosigen Wangen und strahlenden Augen stand sie lächelnd vor ihm (und wie selten sie ihn doch anlächelte!), in der Hand eine dünne Plastiktüte, die so voll Geld war, daß sie fast bis auf den Boden durchhing. Jeden Moment konnte sie reißen und das Geld in der ganzen Wohnung herumkullern. Ging man so mit viel Geld um? Es war geradezu niederträchtig!

»Die Tageseinnahmen!« rief Flora, wobei sie ihm das Ding triumphierend entgegenschwenkte. »Wir haben sie schon grob gezählt, und Pauline sagt, es ist fast dreimal soviel, wie sie sonst...«

Sie unterbrach sich, und dann: »Arnold, was ist denn nur los? Hör mal, ich hab einen Moment lang gedacht, du würdest dich freuen. Wenigstens einmal in meinem Leben! Ziemlich dumm von mir, wie?«

Arnold fühlte richtige Tränen hinter seinen Augenlidern brennen – Tränen der Wut, des Kummers und der Verwirrung zugleich. Warum mußte denn alles zwischen ihm und seiner Tochter in Scherben gehen, immer? Warum mußte sie immer alles irgendwie verderben, was sie vielleicht hätte zusammenbringen können? Da stand sie, hatte in der Teestube Großartiges geleistet, wofür er ihr so gern uneingeschränktes Lob ausgesprochen hätte – aber wie konnte er das? Diese schon kriminell lässige Art, mit schwer verdientem Geld umzugehen, kam ihm vor wie eine gezielte Beleidigung für – nun, für alles. Alles jedenfalls, wofür Arnold immer eingestanden war; es war schwer zu erklären. Dazu noch – und zweifellos damit im Zusammenhang – dieser unverzeihlich gehässige Streich mit dem Schafsschädel. Sie quälte ihn zum Spaß, wie eine Katze die Maus: suchte seine Gefühle nicht nur zu verletzen, sondern auch noch bloßzustellen und lächerlich zu machen.

»Aber Arnold, mein Gott, das war doch nur Charlie!« protestierte sie, als er später den Mut faßte, sie wegen des Schädels zur Rede zu stellen. »Ich hab dir doch gesagt, daß ich wohl Charlie herholen müßte – aber dann ist mir eingefallen, daß ich ihn ja schon in meinem Rucksack hatte, ganz unten, und da habe ich ihn eben herausgekramt und für die Sittenstrolche schön in Positur gelegt. Es war deine Idee, Arnold, daß durch das offene Fenster ein Vergewaltiger angelockt werden könnte. Ich dachte, du würdest dich freuen, wenn du siehst, daß deine Tochter auf sich aufzupassen weiß.« Dann erklärte sie ihm, welche Rolle Charlie im Leben ihrer jetzigen WG spielte.

»Da war in der Lokalzeitung so einiges an Vergewaltigungen gemeldet worden, weißt du, und als dann Pete von einer Reise irgendwohin diesen Schafsschädel mitbrachte, haben wir Mädchen gedacht, das wird ein Spaß, wenn hier wirklich mal ein Vergewaltiger reinkommt! Die Wohnung, in der wir jetzt sind, liegt nämlich parterre, und da würde der Kerl den Schrecken seines Lebens kriegen. Weißt du, wenn da nämlich einer einstiege und ich ihn kommen hörte, würde ich unter die Decke kriechen und Charlie auf dem Kissen liegen lassen, und wenn er dann mit seiner Taschenlampe leuchtet und meint, er sieht das Gesicht seines Opfers, dann ...«

Das laut kreischende Gelächter, mit dem diese Schilderung zu Ende ging, war einerseits beruhigend, andererseits bestürzend. Beruhigend insofern, als es bedeutete – zu bedeuten schien –, daß sie das Ding nicht mit der bewußten Absicht ausgelegt hatte, ihren Vater zu erschrecken; es war nur einer der ach so lustigen Aspekte ihres derzeitigen Lebensstils. Und das war eben gleichzeitig so bestürzend.

Offenbar stand ein ziemlich ungemütlicher Abend bevor, und Arnold fragte sich schon, ob das Fernsehprogramm – es war Sonntag – Floras Geschmack wohl weit genug entgegenkommen würde, um eine Unterhaltung überflüssig zu machen. Das Wechselbad der Gefühle, das er in den letzten vierundzwanzig Stunden durchgemacht hatte, war jetzt zu einem einzigen Gefühl verschmolzen – wie die Farben des Regenbogens, wenn man sie schnell genug kreisen läßt, angeblich zu einem einförmigen Weiß verschmelzen –, einem Gefühl der Verlegenheit. Er hatte im Augenblick keinen größeren Wunsch, als allein zu sein, weniger um mit seinen Gedanken klarzukommen, eher um *nicht* mit ihnen klarkommen zu müssen – zumindest nicht darüber reden zu müssen.

Und als Flora jetzt ein wenig herrisch verkündete, sie werde heute abend ausgehen und wisse noch nicht, wann sie zurückkommen werde, war er überaus erleichtert. Natürlich auch überrascht, denn wo konnte sie hier schon hin? Mit wem hatte sie in dieser kurzen Zeit schon Bekanntschaft schließen können? Seine Neugier war so groß, daß er unwillkürlich »Wohin?« fragte, ohne sich Gedanken über die Ungeheuerlichkeit dieser Frage zu machen, wenn ein Vater sie seiner Tochter stellte. Aber nun war es eben passiert, und er wappnete sich bereits für die eine oder andere der hier angemessenen Erwiderungen: »Was geht das dich an?« Oder: »Kümmere dich um deine eigenen Sachen!« So ewas Ähnliches. Deshalb blühte ihm gleich die nächste Überraschung, als Flora die Frage nicht nur beantwortete, sondern auch noch ganz höflich.

»Ich gehe rüber zu Joyce. Hab ihr versprochen, auf ihren alten Vater aufzupassen, während sie ins Kino geht. ›Lost Days of Love‹ läuft im ...«

»Ins Kino? Aber Joyce geht nie ...«

»Das weiß ich, sie hat ja auch nie Gelegenheit dazu. Ist dir eigentlich klar, daß sie jeden Abend ihres Lebens durch diesen verrückten Alten ans Haus gefesselt ist? Noch nie hat ihr jemand angeboten, für sie einzuspringen, noch nie! Ihr alle hier, wo ihr doch angeblich ihre Freunde und Kollegen seid, von euch hat noch keiner je daran gedacht, ihr anzubieten ...«

Das war es also. Wieder eine Gelegenheit, gegen ihren Vater zu sticheln, diesmal unter dem Deckmantel des Mitgefühls für Joyces Notlage. Und natürlich steckte in der Kritik auch ein Körnchen Wahrheit. So sehr ihm Joyce immer leid getan hatte, ganz allgemein, er war doch gewiß nie auf die Idee gekommen, irgend etwas für sie zu tun. Vielleicht hätte er das gesollt?

»Wenn sie mich je gefragt hätte«, begann er, »aber sie scheint mir immer so ...«

»Scheint! Das ist alles, was eure Generation je zur Kenntnis nimmt, nicht? Wie etwas scheint! Solange etwas in Ordnung scheint, ist das doch alles, was euch interessiert. Ist schon jemals einer von euch auf die Idee gekommen, etwas tiefer zu graben, einmal durch den Schein hindurch einen Blick auf die Wirklichkeit zu werfen?«

Nein, eigentlich nicht. Arnold sagte das natürlich nicht laut, aber er dachte es um so entschiedener. Es kam ja nicht so oft vor, daß alles in Ordnung schien, und wenn, warum sollte man diesen erfreulichen Stand der Dinge dann aufs Spiel setzen, indem man das Haar in der Suppe suchte? Wenn man im Tagebau reichlich Kohle fördern konnte, wozu dann die Kosten, erst recht die Gefahren des Untertagebaus auf sich nehmen?

Es war natürlich sinnlos, diese Frage weiterzuverfolgen. Allein der Vergleich mit einem industriellen Verfahren würde seinem Argument den Garaus machen, bevor er es noch anbringen könnte, denn war Flora nicht gegen industrielle Verfahren überhaupt, erst recht wenn ihre Eltern in diesem Bereich womöglich Aktien besaßen? Nicht daß er noch Aktien von British Coal gehabt hätte, die hatte er schon vor einer ganzen Weile verkauft; bedauerlicherweise aber nicht aufgrund irgendeines sozialen Prinzips, sondern nur, weil British Gas zu dieser Zeit offenbar die höhere Rendite bot.

Überhaupt war Flora inzwischen schon mit den Vorbereitungen für ihr Werk der Nächstenliebe beschäftigt, wobei sie recht viel Lärm und (so schien es Arnold) soviel Unordnung wie nur möglich machte, bei der vergeblichen Suche nach irgend etwas den ganzen Inhalt ihres Rucksacks auf dem Teppich verteilte, ihn fragte, ob er ihr einen Schal leihen könne und wo die Illustrierte mit dem Artikel »Alles über Ihr Horoskop« sei, die sie auf seinem Schreibtisch habe liegenlassen. Und hatte er nicht irgendwo eine *scharfe* Schere, nicht nur diesen modischen Schrott?

Endlich war sie fort. Welch göttliche Ruhe! Arnold setzte sich in seinen bequemsten Sessel, den mit der hohen Rückenlehne und den breiten Armstützen, und schaltete den Fernseher ein. Soeben begann, welch Glück, eine Oper von Berlioz, und er machte es sich so recht gemütlich, um sie zu genießen, ohne fürchten zu müssen, daß Flora sich langweilte. Und sich dabei noch so überlegen gab, als ob Sichlangweilen ein besonders erstrebenswerter Zustand wäre, viel erstrebenswerter als Interessiertsein.

Es war elf Uhr vorbei, als er aufwachte, weil das Telefon klingelte. Er hatte das unangenehme Gefühl, daß es schon eine geraume Weile klingelte, und so muß es auch gewesen sein, denn bevor er sich noch aus seinem Sessel hochrappeln und das Zimmer durchqueren konnte, hörte es wieder auf. Er stand eine ganze Weile voller Unbehagen da, den summenden Hörer in der Hand. Wer konnte ihn um diese nachtschlafende Zeit anrufen wollen? War irgendwo etwas passiert? Er fühlte sich unangenehm an diesen anderen Anruf ein paar Abende zuvor erinnert, als der anonyme Anrufer nur ins Telefon geatmet und ohne ein Wort wieder aufgelegt hatte.

Aber die jetzige Situation war ja damit nicht vergleichbar. Zum einen war es früher – Viertel nach elf war nicht gar so spät –, und zum zweiten hatte auch nicht so ein mysteriöses Schweigen am anderen Ende geherrscht. Diesmal hatte der Anrufer, wer es auch war, resigniert und kurzerhand wieder aufgelegt, bevor er am Apparat war. Und überhaupt war der vorhergegangene Anruf ja nicht der Vorbote irgendeiner Katastrophe gewesen. Kein Einbrecher war gekommen, nichts gestohlen worden. Jetzt kam ihm der Gedanke, daß dieser Anruf damals wahrscheinlich von Flora gekommen war, die nur feststellen wollte, ob ihr Vater auch da war, aber nicht wirklich mit ihm sprechen wollte, weil er sonst Einwände gegen ihren geplanten Besuch hätte erheben können. Daß es ihn beunruhigen könnte, in den frühen Morgenstunden einen anonymen Anruf zu erhalten, war ihr in ihrer Rücksichtslosigkeit wahrscheinlich gar nicht eingefallen.

Beruhigt begann er sich fürs Bett zurechtzumachen. Schade um Berlioz, aber er hatte den Schlaf wohl nötig gehabt. Vielleicht gab es ja irgendwann einmal eine Wiederholung.

Und gerade da läutete wieder das Telefon.

Kein anonymer Anrufer. Joyce. Joyce in höchster Erregung, so daß er ihr Gestotter zuerst gar nicht verstand und sie alles noch einmal sagen mußte.

Wo war Flora? Darum ging es im wesentlichen. Was war passiert? Sie, Joyce, sei nämlich soeben vom Kino heimgekommen und habe erwartet, ihren Vater schlafend im Bett vorzufinden, wo sie ihn zuletzt gesehen habe, und Flora gemütlich vor dem Fernseher im Wohnzimmer. Statt dessen sei die ganze Wohnung leer. Flora sei fort – und was ihr weitaus mehr Sorgen mache, der alte Mann sei auch fort. Sein Bett sei zerwühlt und leer und sein Morgenmantel von dem Haken an der Tür verschwunden.

»Ich lasse ihn nach Dunkelheit nie hinaus, nie!« Joyces Stimme klang ganz verzweifelt. »Er verläuft sich nämlich, Arnold, er weiß nicht, was er tut, und abends ist seine schlimmste Zeit! Ogottogott, ich habe ihr doch gesagt – ich habe Ihrer Tochter gesagt, sie muß ihn gut im Auge behalten, damit er sich nicht aus dem Bett schleicht und in der Gegend herumläuft. Das versucht er nämlich manchmal, sogar nachdem er seine Pillen bekommen hat. Darum gehe ich doch abends nie aus. Ich war so dankbar, als Ihre Tochter – sie schien das doch verstanden zu haben, aber jetzt...! O Gott, was kann ich denn nur tun? Sie sind nicht etwa zufällig bei Ihnen, Arnold? Sie oder er...?«

Natürlich nicht. Das wußte Arnold ganz genau, aber er ging pflichtschuldigst noch einmal nachsehen und kam dann mit seinem negativen Bericht ans Telefon zurück.

»Die Polizei?« schlug er zaghaft vor. »Soll ich für Sie anrufen?« Er mußte irgend etwas tun, um zu helfen, zumal hier eindeutig seine Tochter an allem schuld war. »Ich kann ja mal fragen, ob...«

»Nein. Bitte nicht!« rief Joyce entsetzt. »Nur nicht die Polizei! Die hetzt mir wieder die Fürsorge auf den Hals, und das können Sie sich gar nicht vorstellen! Außerdem wüßten die auch nicht besser als ich, wo sie suchen sollen. Sogar noch weniger, denn ich habe ja immerhin eine gewisse Ahnung, wo er sich gern aufhält. Er war doch hier mal Kurator, bevor er … und dadurch kennt er das ganze Gelände natürlich wie seine Westentasche, nur daß dieses Wissen jetzt alles futsch ist. Es rasselt nur noch in seinem Kopf herum wie getrocknete Erbsen und bleibt für ihn ungreifbar.

Aber hören Sie, Arnold, mir ist da eine Möglichkeit eingefallen. Der Ziergarten. Dahin könnte er gegangen sein. Er liebt den Ziergarten, denn er war es doch, der ihn restaurieren lassen und die Beete alle in ihrer ursprünglichen Form wieder angelegt hat. Er hat alle Pläne gezeichnet und genau berechnet, wie es einmal gewesen sein muß. Arnold, könnten Sie vielleicht … ich meine, es ist doch näher bei Ihnen, Sie können den Ziergarten von Ihrem Fenster aus fast sehen … und ich traue mich nicht, hier wegzugehen, weil er ja jeden Augenblick wiederkommen könnte, dann muß ich hier sein …«

Es gab wohl keine andere Möglichkeit. Arnold zog seine Pantoffeln wieder aus, wobei er kurz überlegte, welch ein Glück es wenigstens war, daß er nur im Sessel und nicht schon im Bett geschlafen hatte, denn so war er noch vollständig angezogen. Er warf sich seinen Regenmantel über – nicht weil es geregnet hätte, sondern weil er etwas gegen die kühle Nachtluft brauchte – und machte sich auf den Weg.

Der Ziergarten war leicht zu überblicken. Im Grunde brauchte Arnold nur durch das schmiedeeiserne Tor zu spähen, das sich kalt an seine Stirn drückte, um zu sehen, daß niemand darin war. Der schon etwas mehr als halbe Mond ging gerade hinter der großen Zeder unter, die den Rasen hinter Arnold dominierte, und in seinem fahlen, ungetrübten Licht bekamen die Blumen des Ziergartens – die am Tag zum Teil recht gewöhnlich aussahen, Löwenmäulchen, Stiefmütterchen und dergleichen – eine gewisse Erhabenheit, wie ein alter Schwarzweißfilm sie manchmal gegenüber seinem grellbunten, irgendwie schlecht gemachten Nachfolger hat. Überlebensgroß wirkten sie, und irgendwie bedeutsamer, fast als besäßen sie wirklich die heilenden oder sonstigen Kräfte, die ihnen die weisen Frauen vor vierhundert Jahren zugeschrieben hatten. Weise oder närrisch, je nachdem, von welcher Seite man es sah, denn sie konnten dafür auf dem Scheiterhaufen verbrannt werden, daß sie den Dingen magische Kräfte zuschrieben, und daß sie allzu offen über das redeten, was sie gesehen hatten.

Der alte Sir Humphrey liebte den Ziergarten, hatte Joyce gesagt. Dorthin könnte er gerne gehen wollen, sofern er noch den Weg fand. Suchte er hier den längst vergangenen Zauber, dessen heilende Kräfte vielleicht noch über die Jahrhunderte hinwegreichen und seinem kaputten, geschrumpften Gehirn Heilung bringen konnten?

Nun, hier war er jedenfalls nicht. Wohin konnte der arme Kerl sonst noch gelaufen sein? Arnold kehrte dem Ziergarten den Rücken und ließ den Blick über die bleichen, sternenhellen Parkflächen schweifen, die am schwarzen Waldsaum abrupt endeten. Von irgendwoher aus diesem dunklen Streifen ließ sich der Schrei einer Eule vernehmen. Und noch einer. In den kurzen Sommernächten von Eulen geweckt zu werden war eine von Mildreds leiseren Klagen gewesen; aber jetzt war sie ja nicht mehr hier und konnte sich nicht weiter beklagen. Außerdem würden die Eulen bei Herbstbeginn sowieso verstummen.

Leise seufzend, entweder ob der Vergänglichkeit der Dinge oder wegen des Mißerfolgs seiner nächtlichen Expedition, trottete Arnold zum Haus zurück, zuerst über den nassen, stummen Rasen, dann mit leise knirschenden Geräuschen über den Kies; und gerade als er am erhellten Fenster seines Wohnzimmers vorbeikam, hörte er das Telefon.

Es war alles in Ordnung! Vater sei wohlbehalten wieder zu Hause, er sei diesen Augenblick hereingekommen, und Flora mit ihm! Nein, Joyce wisse noch nicht, was sich zugetragen habe, aber er sei jedenfalls wieder da, er sei nicht zu Schaden gekommen, war das nicht wunderbar? Ihre Erleichterung war so groß, daß sie wohl noch nicht dazu gekommen war, die Aufpasserin ob ihrer flagranten Pflichtverletzung zu schelten. Es war alles in Ordnung. Das war die Hauptsache.

13

Gordon war großartig gewesen. Als er Mildred sah, die mit tränenverschmierten Wangen und aufgelöster Frisur über den Parkplatz auf ihn zugetaumelt kam, hatte er sich als starker, einfallsreicher Beschützer erwiesen, ganz so, wie man sich den Mann in seinem Leben wünschte, wenn etwas schiefging. Statt ihr vorzuhalten, was sie für Umstände machte – was sie ja offensichtlich tat –, hatte er ihren Arm genommen und war festen Schrittes mit ihr dahin zurückgegangen, wo sie herkam, und dort hatte er den Schädel rasch als das identifiziert, was er war: ein Schafsschädel, den wahrscheinlich jemand als Andenken von einem Wanderurlaub in den Hochmooren Nordenglands mitgebracht hatte.

Ob er Arnold gehörte? Oder Flora? Wer konnte das sagen? Und wenn es ein Andenken war, warum wurde es an so einem unpassenden Ort aufbewahrt? Wiederum, wer konnte das sagen?

»Sie würden sich wundern, was Leute so alles anstellen«, meinte Gordon, und für Mildred in ihrem kläglichen Zustand klang es wie ein Juwel profundester Weisheit.

»Du willst sagen, er hat gar nichts unternommen? Er ist nicht damit zur Polizei gegangen? Oder hat Ermittlungen angestellt?« Val war offensichtlich pikiert ob der überschwenglichen Lobeshymnen, die ihre Freundin über ihren Gefährten bei dem Abenteuer des heutigen Tages sang, und suchte verzweifelt nach irgend etwas, was am Verhalten des Mannes auszusetzen sein konnte. Zu ritterlich, um wahr zu sein, wenn man Mildreds Erzählung glaubte; es mußte einen Haken an der Sache geben; und schon bald dämmerte ihr, worin der Haken bestand: Er hätte etwas unternehmen müssen. Was ist das für ein Mann, der einen Schädel, der ihn von einem Kissen anglotzt, einfach liegen läßt und absolut nichts unternimmt?

Ja, was für ein Mann? In Mildreds Augen war der ganze Vorfall viel zu außergewöhnlich gewesen, um irgendwelche Verallgemeinerungen dahingehend zu erlauben, welche Art Mann nun dieses im Gegensatz zu jenem unternehmen würde. Also nahm sie Zuflucht bei Vals erster und auf jeden Fall unberechtigter Kritik.

»Wieso zur Polizei?« erkundigte sie sich. »Es war doch nur ein Schafsschädel. Irgendein dummer Streich. Ich weiß gar nicht, warum ich mich so albern benommen habe!«

»Aber Mills, jetzt tust du das schon wieder! Immer dich selbst runtermachen! Warum denkst du jedesmal, wenn etwas Verrücktes passiert, daß du dich dumm benommen hast? Vielleicht hat jemand anders sich dumm benommen. Wie wär's mal damit?«

Mildred schüttelte matt den Kopf, ein wenig verwirrt ob dieser neuen Wendung der Diskussion. Aber was dahinterstand, war kristallklar. Val wollte einfach nichts mehr davon hören, wie wunderbar Gordon war; sie hatte genug davon. Also ließ Mildred das Thema fallen und erzählte Val statt dessen von Flora und der Teestube. Flora war ein ungefährliches Thema. Val hörte sich immer voller Mitgefühl die Probleme an, die Mildred mit ihrer Tochter hatte, und wußte zu der jeweiligen Frage manchmal etwas durchaus Hilfreiches zu sagen. Und selbst wenn nicht – wenn das Problem jenseits menschlicher (oder zumindest elterlicher) Macht zu liegen schien –, zeigte sie sich doch immer noch mitfühlend interessiert und enthielt sich all jener Belehrungen und Zurechtweisungen, die oft das traute Gespräch über die jeweiligen Männer trübten, die in das Leben ihrer diversen alten Freundinnen getreten waren. So hörte sie sich auch jetzt Mildreds Bericht über die unerwartete Begegnung mit ihrer Tochter an; und abgesehen von dem kurzen Seitenhieb, daß man Flora, wenn sie ein Junge wäre, nie zugemutet hätte, in der Teestube auszuhelfen, legte sie großes Interesse und Wohlwollen an den Tag.

Mildred war dankbar. Nach den Erschütterungen des Nachmittags brauchte sie nichts so sehr wie ein wohlwollendes Ohr. Gordon hatte sich wegen des Schädels zwar überaus vernünftig verhalten und sie sehr beruhigt, offenbar aber nicht weiter darüber reden wollen. Ihn obendrein noch mit ihren Mutter-Tochter-Problemen zu belasten wäre für einen ersten Ausflug mit einem neuen Freund wohl doch etwas zuviel gewesen.

Außerdem hatten sie während der Heimfahrt genug anderes zu reden gehabt. Gordon hatte ein höchst schmeichelhaftes Interesse an allem gezeigt, was sie ihm über Emmerton Hall und ihre Probleme mit der Arbeit dort erzählen konnte, was es täglich alles zu beachten gab – vor allem mit Arnold, der es mit den kleinsten Details immer so peinlich genau nahm.

Aber so schmeichelhaft Gordons Interesse auch gewesen war, ihre nagenden Sorgen wegen Flora hatte es nicht beschwichtigen können; und so war es jetzt, im schummrig erhellten Wohnzimmer und in trauter Zweisamkeit mit ihrer Freundin, überaus befreiend, ihre Sorgen und Ängste einmal rückhaltlos ausschütten zu können. Was machte Flora in Emmerton Hall? Was hatte sie vor? Und dann half sie noch! Flora half nie. Was konnte mit dem Mädchen nur los sein?

»Ärger mit einem Freund«, lautete Vals prompte Diagnose. »Irgend so ein Mistkerl hat sie sitzenlassen und das Dach über ihrem Kopf gleich mitgenommen. Das passiert doch alle Tage. Ich kann nur hoffen, daß ihr klar ist, was sie für ein Glück gehabt hat, da rauszukommen, bevor er richtig seine Krallen in sie schlagen konnte. Man sollte ihr gratulieren!«

Sollte man das? Mildred versuchte, wiewohl ihr das nur verschwommen gelang, sich das Gesicht dieses mickrigen, arbeitslosen Individuums in Erinnerung zu rufen, das allem Anschein nach Floras Bett teilte, wahrscheinlich auch ihre Einkünfte, was es da an Einkünften gab. In Mildreds zugegebenermaßen altmodischen Augen war er ihr eher schwächlich vorgekommen als raubtierhaft, jedenfalls nicht mit Krallen ausgestattet. Sein Name – wie hieß er noch gleich? Irgendwas mit T – so ein Phantasiename... Trev, ja. Trev Soundso. Oder vielleicht auch nur Trev. Nachnamen schien es ja heutzutage nicht mehr zu geben.

»Nicht daß ihr Vater es anders mit ihr machen wird«, fuhr Val schon fort. »Er wird sie genauso herumschubsen wie jeder andere Mann. Sieht man doch jetzt schon, nicht? Mißbraucht sie als Dienstmädchen! Aber ich würde mir keine allzu großen Sorgen machen, Mills. Er ist letzten Endes nur ihr Vater, sie braucht sich nicht um ihn zu kümmern. Sie kann jederzeit abhauen, wenn sie will. Würde mich nicht wundern, wenn sie hier aufkreuzt. Also, wie wär's mit einem Spielchen Scrabble?«

Mills versuchte gegen die Gefühle heilloser Angst anzukämpfen, die sie in letzter Zeit immer befielen, wenn sie an ihre Tochter dachte, und sich auf das Spiel zu konzentrieren, aber ohne großen Erfolg. Wie es aussah, ging »Passepartout« zwar (eben noch) als englisches Wort durch, »partout« allein aber nicht; Mildred mußte sich Val und dem *Chambers' Dictionary* beugen und legte als Eröffnungswort nur »Part«, was herzlich wenig Punkte brachte und zu der haushohen Niederlage beitrug, die Mildred am Ende wie gewöhnlich einstecken mußte.

«Mach dir nichs draus, Mills, es ist ja nur ein Spiel.« Aber die äußerlich töstenden Worte klangen nicht recht überzeugend aus dem Mund eines Menschen, für den so gut wie nichts nur Spiel war. Val ließ die klappernden schwarzweißen Quadrate mit unwirscher Eile wieder in den Beutel gleiten. Nicht daß Val nicht gern gewann, sie gewann für ihr Leben gern, aber am liebsten gewann sie gegen einen würdigen Gegner. Für eine Spielerin von Vals Statur lief Mildreds Ungeschicklichkeit schon fast auf eine Beleidigung hinaus.

Und das war heute noch ein bißchen ärgerlicher als sonst, weil Mildred eigentlich schon den ganzen Abend auf den richtigen Moment wartete, um ihrer Freundin ein Vorhaben zu unterbreiten, das nicht nur tollkühn war, sondern auch Vals aktive Mitarbeit erforderte. Da der richtige Moment sich nun einfach nicht ergeben wollte – wie das so oft der Fall ist –, mußte Mildred sich mit dem zweitrichtigsten Moment begnügen, bevor dieser Abend ganz zu Ende war. Also senkte sie nun auf eine wenig selbstbehauptende Weise den Kopf, starrte auf den bunten Deckel des Scrabblespiels und brachte stammelnd die Worte heraus: »Du hast doch hoffentlich nichts dagegen, Val, aber ich... ich habe Gordon für nächsten Mittwoch zum Abendessen eingeladen. Ich dachte – ich meine –, an diesem Abend ist doch dein Selbstbehauptungskurs, so daß du die Küche nicht brauchst, und du kommst dann ja auch spät nach Hause. Da dachte ich, es ginge wohl, daß...«

Sie hatte natürlich an gar nichts dergleichen gedacht, aber unter den gegebenen Umständen erschien es ihr ratsam, so etwas gedacht zu haben. Immer noch gesenkten Hauptes wartete sie auf Vals Protest: daß dies ihr Haus sei, nicht Mildreds; daß sie es nicht brauchen könne, wenn Mildred in ihrer Küche herumhantiere, während sie nicht da sei; daß Mildred am Mittwoch eigentlich mit in den Selbstbehauptungskurs gehen müsse, wenn sie sich gegen ein solches Ansinnen nicht habe behaupten können.

Stimmte ja alles; und erst als die Stille schon länger als ein paar Sekunden andauerte, hielt Mildred es nicht mehr aus, und sie hob zaghaft den Blick.

Zu ihrem großen Erstaunen lächelte Val. »Toll!« sagte sie. »Eine prima Idee! Dann kann ich dieses Prachtexemplar von einem Galan, den du da an Land gezogen hast, ja endlich einmal kennenlernen. Ich rufe morgen früh gleich die Selbstbehauptungsleute an und sage für Mittwoch ab. Und im Büro nehme ich mir auch den Nachmittag frei. Wenn schon, denn schon. Was meinst du – gebratene Ente? Oder pochierten Lachs mit Béchamelsauce? Als Vorspeise natürlich Avocados, da habe ich so ein wunderbares Rezept für die Füllung...«

14

Die väterlichen Vorwürfe am nächsten Morgen machten wenig Eindruck. Floras Reue war nur oberflächlich und mit Ungeduld gewürzt.

»Ich habe nur einen kleinen Spaziergang mit ihm gemacht, sonst gar nichts! Es hat ihm kein bißchen geschadet, das gibt Joyce auch selbst zu. Es hat ihm sogar gutgetan, er hat es richtig genossen da draußen, endlich mal wieder unter freiem Himmel zu sein statt immer nur eingesperrt. Es ist doch schrecklich, wie Joyce ihn hält, immer hinter Schloß und Riegel, wie einen Gefangenen. Weißt du, daß sie ihn jedesmal in seinem Zimmer einschließt, wenn sie mal fortgehen und ihn allein lassen muß? Es ist fürchterlich!«

Es war klar, daß Floras freischwebendes Mitgefühl im Laufe des Abends von der Not der angebundenen Pflegerin auf den eingesperrten Empfänger dieser Pflege übergegangen war. Arnold tat, als hätte er diesen Sinneswandel nicht mitbekommen – denn wohin würde das führen? –, und versuchte statt dessen seiner Tochter einen vollständigen Bericht über die Vorgänge des letzten Abends zu entlocken. Mit einem Achselzucken, das zeigen sollte, wie wenig die Sache das ganze Theater wert war, ließ sie sich schmollend herab.

»Ich sehe noch immer nicht, was da schon groß dran war, und kann überhaupt nicht verstehen, wieso Joyce deswegen so einen Aufstand machen mußte, dich anzurufen und alles. Es war nichts weiter, als daß ich vor dem Fernseher saß und mir irgend so ein verrücktes Quiz ansah, als ich ihn oben rumoren hörte und wußte, daß er aufgestanden war. Na gut, warum auch nicht? Er muß ja schließlich mal aufs Klo dürfen, auch wenn er nicht ganz bei sich ist. Aber dann hörte ich so ein Rumpeln auf der Treppe, und auf einmal stand er da, den Pyjama ganz verwurstelt und das Haar zerwühlt. Er kam mir viel größer vor, als ich ihn in Erinnerung hatte. Wo sein Frühstück bleibt, wollte er von mir wissen. Er müsse um neun im Büro sein, ob ich mich also ein bißchen beeilen könnte? Eine Tasse Kaffee genüge ihm schon, und eine Scheibe Toast dazu. Na gut, warum nicht? Ging mich ja nichts an. Ich also in die Küche – Joyce hatte mir gezeigt, wo alles war, sogar der Schneebesen, du liebe Güte, wozu brauchte ich einen Schneebesen? Also, und bis ich dann alles fertig hatte, war mir selbst ganz danach, und so haben wir gemeinsam gefrühstückt. Das heißt, ich habe gefrühstückt, denn er hat eigentlich gar nichts angerührt. Kaum standen die Sachen vor ihm, schienen sie ihn überhaupt nicht mehr zu interessieren; und bald fing er dann wieder mit seinem Büro um neun an. Na gut, hab ich gedacht, spielen wir mit und sehen mal, was passiert.

›Müssen Sie sich denn nicht anziehen‹, hab ich ihn gefragt, ›wenn Sie ins Büro wollen?‹ Aber offenbar verstand er das gar nicht, und da hab ich ihm schließlich nur in seinen Morgenmantel geholfen und dafür gesorgt, daß er seine Pantoffeln anzieht, und dann sind wir losgegangen.

Mein Gott, Arnold, du hättest ihn mal sehen sollen! Draußen unter dem Sternenhimmel, in der frischen Luft, und alles dunkel ringsum, er war ganz aus dem Häuschen! Und nicht, was ihr darunter versteht – ganz aus dem Häuschen vor Freude! Er hat gelacht wie ein Kind und mit den Armen gefuchtelt und ist mit seinen Pantoffeln richtig im Kies herumgeschlittert. Ich hab ihn gefragt, in welche

Richtung er denn möchte – mir war's ja schließlich egal, oder? –, und er war ganz erstaunt, daß ich fragte. ›Natürlich ins Büro‹, sagt er, schlagartig nüchtern, und legt einen ziemlich schnellen Schritt vor, weil wir sonst zu spät kommen, sagt er. Nach einer Weile kommen wir an eine Tür – nein, ich habe keine Ahnung, was für eine Tür, es kann meinetwegen sogar das Büro gewesen sein – jedenfalls hat er sich furchtbar aufgeregt, weil die Tür abgeschlossen war und er keinen Schlüssel bei sich hatte. Er hat in allen seinen Taschen gesucht – Pyjama und Morgenmantel –, aber da war natürlich nichts drin. ›Wir müssen zurück, sie holen‹, sagt er, und wir haben kehrtgemacht, aber irgendwie sind wir dann nicht zu Joyces Haus zurück, sondern in Richtung See. Inzwischen war er auch wieder ganz fröhlich, hatte die Schlüssel anscheinend vergessen und erzählte mir unterwegs alles mögliche über Geschichte. Ehrlich, Arnold, er ist überhaupt nicht verrückt, das mit seiner Senilität ist alles Unsinn. Er hat einen tollen Verstand und ist vollgestopft mit Wissen. Du kennst doch Maria die Blutige, die angeblich so schlecht gewesen und Protestanten auf dem Scheiterhaufen verbrannt haben soll und so weiter. Also, die war anscheinend überhaupt nicht so, sie konnte es gar nicht leiden, wenn sie verbrannt wurden. Im Innersten war sie eine ganz liebe Frau, und außerdem stammt er von ihr ab. Sir Humphrey, ja! Ist das nicht aufregend? Er hat alle möglichen alten Dokumente, die das beweisen, darin hat er jahrelang herumgeforscht, und jetzt weiß er es mit Bestimmtheit...«

»Aber Maria Tudor hatte gar keine Kinder«, konnte Arnold sich nicht verkneifen. »Demnach kann auch niemand von ihr abstammen.« Doch noch während er es sagte, hätte er sich dafür einen Tritt geben können. Jetzt hatte er das schon wieder getan! Gerade redete seine Tochter einmal in einem normalen, freundlichen Ton mit ihm über etwas, was sie wirklich interessierte, und prompt mußte er alles verderben, indem er dazwischenredete und sie verbesserte! Schon sah er, wie sich auf ihrem Gesicht wieder dieser verschlossene, feindselige Ausdruck breitmachte; und in ihrer Stimme lag wieder dieser sarkastische Ton.

»Klar, ein Experte wie du weiß das natürlich besser!« höhnte sie. »Sir Humphrey ist ja nur ein berühmter Historiker, der jede Menge Bücher über die Tudorzeit geschrieben hat und -zig Abkürzungen hinter seinem Namen hat. Das ist natürlich alles nichts im Vergleich zu deinen Qualifikationen!«

Einen Augenblick stand die Wahrheit auf der Kippe, als Arnold sie gegen die Beziehung zu seiner Tochter abwägte. War irgendeine Beziehung es wert, die Wahrheit zu opfern? Die Leugnung einer bekannten Tatsache um des Friedens willen?

»Maria Tudor hat einmal geglaubt, sie bekomme ein Kind«, erklärte er. »Sie hat sich so sehr eines gewünscht, als Erben für den englischen Thron; aber es entpuppte sich dann alles als ein Irrtum – Scheinschwangerschaft nennt man das. Und das ist eine Tatsache. Das kannst du alles nachlesen – in allen Büchern ...«

»Nachlesen! Mehr hast du ja nie getan – ein paar Bücher gelesen, wie? Sir Humphrey hat das gründlich erforscht, aus den Originalquellen. Wann hast du jemals eine Originalquelle gesehen? Ach, Arnold, du hättest ihn nur hören müssen! Wir waren inzwischen schon im Wald – den liebt er ja so! Du ahnst nicht, wie groß diese Bäume bei Nacht aussehen, wenn man so darunter steht, und er war ganz aufgeregt, daß er mal jemanden hatte, der ihm zuhörte. Da stand er unter dieser großen Eiche und erklärte mir das alles, und sogar im Dunkeln glänzten seine Augen. Das mit der Scheinschwangerschaft, das war alles gelogen, eine Erfindung der Protestanten, die Elisabeth auf den Thron bringen wollten. Daß Maria ein Kind kriegen sollte, das konnten sie nun überhaupt nicht brauchen, und dann noch einen Sohn, der als Katholik aufwachsen würde! Sie haßten doch die Katholiken. Da haben sie das Kind also heimlich weggeholt, kaum daß es geboren war. Die Hebamme haben sie bestochen, damit sie so tut, als wäre gar nichts passiert und Maria überhaupt nie schwanger gewesen...«

Sie redete und redete, und diesmal unterbrach Arnold sie nicht. Die Wahnvorstellung des alten Mannes war schließlich harmlos, und wenn es ihn im Alter glücklich machte...

»Als wir schließlich zurückkamen«, fuhr sie fort, »da wirkte er glatt zwanzig Jahre jünger, wirklich. Du hättest ihn sehen sollen – so voller Leben, und wie er unentwegt geredet hat! Es hatte ihm so gut getan, wirklich, Arnold. Mal aus dem Haus zu kommen... mit jemandem reden zu können, der ihm richtig zuhörte – ihn ernst nahm...«

Das klang nun wirklich durch und durch plausibel, und Arnold konnte nur hoffen, daß Joyce es auch so sah.

Das tat sie zum Glück. Als er im Lauf des Vormittags einmal bei Joyces Kiosk hereinschaute, um sich für die Rolle seiner Tochter bei den Aufregungen der Nacht zu entschuldigen, erschien ihm Joyce so freundlich wie immer und ganz vergebungsbereit.

»Sie hätte mir natürlich eine Nachricht hinterlassen können, bevor sie einfach so loszog; aber bitte, sie ist ja noch jung. Sie hat nicht daran gedacht. Außerdem hatte sie nicht geglaubt, daß sie so lange fort sein würden, sie hat wohl angenommen, daß sie vor mir wieder da wären. Und ich denke, das wären sie auch, wenn ich nicht zufällig sofort einen Bus bekommen hätte. Meine Güte, das war vielleicht Glück! Mitunter wartet man bis zu vierzig Minuten auf einen Bus, vor allem bei Nacht. Ich war besonders dankbar dafür, weil ich den ganzen Abend ein bißchen unruhig gewesen war und immer daran denken mußte, wie es Vater wohl ging. Er kann nämlich sehr komisch werden, wenn jemand Neues bei ihm ist, darum lasse ich ihn auch abends kaum einmal allein. Aber Ihre Flora – sie ist großartig. Sie scheint ihm unglaublichen Auftrieb gegeben zu haben, gewissermaßen neuen Lebensmut. Heute morgen hat er zum erstenmal seit – ich weiß nicht, wann – wieder an seinen Unterlagen gearbeitet. Ich hatte wirklich gedacht, damit sei es ein für allemal vorbei, aber als ich nach dem Frühstück wegging, saß er an seinem Schreibtisch, ganz wie früher, und ordnete seine Notizen für das Buch, an dem er gerade arbeitete, bevor er – bevor ... na, Sie wissen schon. Aber da saß er und grübelte und sortierte sie in Stapeln, ganz als wüßte er, was er tat. Ich war so froh. Meist sitzt er nur in seinem Sessel, wenn ich fort muß, starrt ins Leere und merkt nicht einmal, daß ich gehe. Ida sagt, sie kann ihn oft nicht einmal zum Lunch wecken. Ich bin Ihrer Tochter wirklich dankbar, Arnold, und ich glaube bestimmt, sie hat recht. Er muß mehr nach draußen, muß andere Menschen sehen, nicht nur Ida und mich. Es ist nur so schwierig, verstehen Sie? Er kann manchmal – nun ja, wirklich komisch sein ...«

Arnold war über die Maßen erleichtert. Seine ewig Unfrieden stiftende Tochter hatte hier einmal keinen Unfrieden gestiftet; ganz im Gegenteil. Anscheinend hatte sie Joyce angeboten, öfter vorbeizukommen, wenn sie Zeit hätte, und mit dem alten Herrn einen kleinen Spaziergang zu machen, damit Joyce »einmal mit ihren Sachen vorankam« – etwa die Küche zu putzen, ohne daß ihr Vater rein- und rauslief und nasse Tapser im ganzen Haus verteilte. Oder einmal ohne Unterbrechung die ganze Leserbriefseite in der *Daily Mail* zu lesen. Solcherart sind die Vergnügen, die für jemanden in Joyces Lage schon das höchste der Gefühle darstellen und als Befreiung für die Seele fast an einen Kinobesuch heranreichen.

15

Flora hielt Wort. Zwei- oder dreimal begab sie sich in der darauffolgenden Woche zu Joyces Haus und machte mit dem alten Sir Humphrey den versprochenen Spaziergang übers Gelände, und soweit Arnold es in seiner Rolle des besorgten Zuschauers – denn er wagte keine direkten Fragen zu stellen – beurteilen konnte, war die Wirkung segensreich. Der ruinierte Intellekt des alten Mannes schien tatsächlich ein paar Funken seines einstigen Feuers zurückzugewinnen, und er konnte Minuten am Stück völlig klar – und sogar interessant – über irgendein Thema reden, für das er früher einmal die unbestrittene Autorität gewesen war. Als Arnold eines Abends kurz nach Sonnenuntergang hinter den letzten Gästen seine Kontrollrunde machte, stieß er auf seine Tochter und den alten Herrn, die einträchtig auf einer Bank im Ziergarten saßen. Er war mit der Absicht gekommen, das Tor abzuschließen, aber jetzt zögerte er damit. Er hätte es schade gefunden, dieses ungleiche und doch irgendwie so harmonische Paar bei seiner Unterhaltung zu stören, die sie anscheinend ganz gefangennahm. Zumindest nahm sie Sir Humphrey gefangen. Er zählte gerade – und zwar richtig, soweit Arnold es aus einiger Entfernung feststellen konnte – die Kräuter und Blumen auf, die zur Zeit der Tudors wahrscheinlich hier gewachen waren – Steinkraut und Levkojen, Nelkenbasilie, Stiefmütterchen und Jungfer im Grünen – mitsamt einer Kurzfassung der ihnen zugeschriebenen Kräfte.

Arnold beobachtete das Gesicht seiner Tochter im schwindenden Licht und erwartete schon halb, diesen glasigen Ausdruck höchster Langweile darin zu finden, der mit Sicherheit darin gestanden hätte, wäre er, Arnold, derjenige gewesen, der sich eine solche Aufzählung trockener Fakten geleistet hätte, die alle weit außerhalb Floras begrenzter, wenn auch stets hochaktueller Interessensphäre lagen.

Aber nein, ihr Gesicht war friedlich, die sonnengebräunte glatte Haut schimmerte sanft in den letzten goldenen Strahlen von jenseits der hohen Bäume. Sie wirkte ganz entspannt und unerklärlich zufrieden mit ihrem langweiligen Gefährten. Arnold nahm an, daß sie ihm nicht etwa wirklich zuhörte; sie blickte wohl eher nach innen, in sich selbst hinein, und war hoch zufrieden mit dem, was sie sah, zufrieden mit dem Selbstbild, das sie da entwarf: so jung, so vital, und so voller Verständnis und Einfühlungsvermögen für das altertümliche Wrack eines Menschen, das neben ihr saß.

Das war ein Aspekt, der Arnold gelegentlich schon ein wenig gestört hatte, seit seine durch und durch egoistische Tochter plötzlich diesen Fimmel bekommen hatte, ein gutes Werk tun zu müssen: diese hochmütige Annahme, daß sie und nur sie allein den verdrehten Alten wirklich verstand, während die Ärzte und Fürsorger und sogar Joyce selbst sich alle so furchtbar irrten, daß es schon lächerlich war.

»Keiner von denen hat von diesem tollen neuen Buch, *Die Erzeugung des Irreseins,* anscheinend auch nur gehört«, hatte Flora gestern abend noch geschäumt, als sie und ihr Vater vor dem Schlafengehen eigentlich ganz friedlich bei einer letzten Tasse Kakao saßen. »Alle lesen es. Es ist revolutionär. Es entlarvt alles. Es beweist, daß die ganze orthodoxe Psychiatrie ein einziger Quatsch ist!«

Arnold hatte vorsichtig abgewartet, ob sie diese These wohl noch etwas ausführlicher darlegen würde, und darauf brauchte er nicht lange zu warten. »Sieh mal, so etwas wie irre oder geisteskrank oder senil und das alles gibt es gar nicht. Da rotten sich immer nur die Familien zusammen, um eines ihrer Mitglieder zu zwingen, die Rolle des geistig Kranken zu übernehmen. Sie sagen ihm, daß er geisteskrank ist, und behandeln ihn wie einen Geisteskranken, bis er...«

»Warum tun sie das denn?« hatte Arnold gefragt, was vielleicht unklug war; und Flora war für einen Augenblick richtig verdutzt gewesen. Vielleicht fand sie, daß die angeborene Schuftigkeit von Familien eine viel zu selbstverständliche Tatsache war, als daß die Frage nach dem Warum sich überhaupt stellte: Familien waren nun einmal so.

Aber sie fing sich wieder.

»Das ist das Sündenbocksyndrom«, zitierte sie selbstgefällig. »Weil sie alle selber so viele Macken und Neurosen haben, müssen sie die loswerden und bürden sie alle einem Familienmitglied auf, das sie damit zum Sündenbock machen. Und damit er diese Bürde tragen und die ihm zugewiesene Rolle auch spielen kann, muß er sich irre benehmen. Er hat gar keine andere Möglichkeit.«

Eine andere Möglichkeit, fand Arnold, wäre doch, der Familie zu sagen, sie solle sehen, wo sie bleibt, und einfach wegzugehen; aber diesmal sagte er das nicht, und Flora fuhr fort: »Und genau das ist es, was Joyce schon die ganze Zeit mit ihrem Vater macht. Natürlich nicht bewußt, das geschieht nie bewußt. Sie meint es selbstverständlich gut, das tun ja alle. Aber nur weil er schon über neunzig ist, nimmt sie einfach an, daß er senil sein muß, und also behandelt sie ihn als senil. Redet mit ihm wie mit einem Kind... läßt ihn nie allein aus dem Haus gehen – oder wenigstens mal allein im Haus bleiben. Er kann nicht einmal in die Küche gehen, ohne daß sie ihm nachläuft und die ganze Zeit herumsteht und ihn beobachtet. Für den Fall, daß er das Gas brennen läßt, sagt sie, aber in Wahrheit nur, um sein Selbstvertrauen zu untergraben. Um ihm sein Ichbewußtsein zu nehmen. Sie macht mit ihm alles so, wie es in diesem Buch über Irresein steht – sie lädt alle ihre eigenen Ängste und Neurosen auf ihm ab, so daß er unter diesem Gewicht gar keine andere Wahl mehr hat, als das zu werden, was man senil nennt.«

Wieder vermochte Arnold nicht zu begreifen, warum das Sir Humphreys einzige Wahl war; aber wieder sagte er es nicht. Er hoffte nur, daß Flora so etwas nicht ebenso zu Joyce sagte wie zu ihm. Bisher hatte sie es wohl noch nicht getan, denn nach wie vor schien Joyce froh und dankbar, sie um sich zu haben; und es stand ohne jeden Zweifel fest, daß der alte Herr von der Gesellschaft des Mädchens profitierte. Man brauchte ihn sich jetzt nur anzusehen, wie er so glücklich in seinem geliebten Ziergarten saß, und wie er so eifrig und zusammenhängend redete und offenbar auch wußte, wovon.

Noch während diese Gedanken durch Arnolds Kopf gingen, schien die einseitige Unterhaltung an ihr Ende zu kommen. Die beiden erhoben sich langsam von der Bank und näherten sich Arm in Arm dem schmiedeeisernen Tor, wo Arnold sie mit den Schlüsseln erwartete. Hier nun blieb der alte Mann plötzlich wie angewurzelt stehen, riß sich vom Arm seiner Begleitern los und starrte Arnold an. Sein hagerer Leib straffte und spannte sich wie bei einem Hund, der eine Beute wittert.

»Die Schlüssel! Wer hat Ihnen erlaubt, die Schlüssel zu nehmen?« herrschte er Arnold an, der ganz ruhig blieb, seinen Ankläger somit als senil behandelte, genau wie man es nach Floras Ansicht eben nicht tun sollte, und begütigend antwortete: »Ich bin der Verwalter. Mein Name ist Arnold Walters, und ich muß jetzt abschließen.« Er ließ dem Wort die Tat folgen und machte dann sofort kehrt, wobei er sich bewußt war, daß die hellen, stahlgrauen Augen jeder seiner Bewegungen folgten. Raschen Schrittes begab er sich in Richtung Hauptgebäude, wobei er das Paar mit Leichtigkeit hinter sich ließ und somit einer weiteren Diskussion aus dem Weg ging. Jetzt erinnerte er sich an Floras Bericht, wie der alte Mann etwas von Schlüsseln gefaselt hatte, als er eine Tür verschlossen fand, von der er glaubte, sie führe zu seinem vormaligen Büro. Armer Alter, immerzu Schlösser und Schlüssel im Kopf! Was allerdings verständlich war bei einem Mann, der einmal das Ganze hier unter sich gehabt hatte und für alles verantwortlich gewesen war. Fetzen der längst entschwundenen Autorität klebten noch an ihm, und gewiß würde das bis zu seinem Todestag so bleiben.

Arnold war es inzwischen schon einigermaßen gewohnt, abends noch Anrufe zu bekommen, oft noch recht spät; seit jener kurzen Aufregung um das Verschwinden ihres Vaters hatte Joyce es sich nämlich zur Gepflogenheit gemacht, jeden Abend wegen diesem oder jenem bei ihm anzurufen. Manchmal ging es um irgendwelche unbedeutenden Problemchen mit der Tageskasse oder die Bestellung neuer Vorräte für den Kiosk – Ansichtskarten und dergleichen. Öfter aber schien sie nur ein wenig plaudern zu wollen, und nicht selten fielen dabei lobende Worte über

Flora, die ja so wunderbar sei, ein richtiges Juwel. Sehr schmeichelhaft natürlich; aber wie so viele Eltern seiner Generation fand Arnold die Freude über solchen Lobpreis seiner Nachkommenschaft aus dem Munde Außenstehender ein wenig getrübt durch die eigene Verwirrung. Konnte die Rede wirklich von diesem ungezogenen, streitsüchtigen, arroganten und völlig ichbezogenen Geschöpf sein?

Ja, es konnte; und mögen solche Lobeshymnen auch noch so unerklärlich sein, in Elternohren klingen sie immer angenehm. Arnold genoß denn auch diese abendlichen Unterbrechungen seiner jeweiligen Tätigkeit, egal, ob er gerade an der Vorbereitung seiner nächsten Führung arbeitete oder sich in Radio Drei ein Konzert anhörte.

Also nahm Arnold, als kurz nach zehn das Telefon klingelte, ohne jegliche Bedenken den Hörer ab, sogar mit einem gewissen Gefühl der Vorfreude. Um so größer war darum der Schock, als die Stimme am anderen Ende der Leitung nicht Joyce war, nicht einmal Mildred. In letzter Zeit hatte er des öfteren mit Mildred über die Abholung ihrer restlichen Sachen gesprochen, aber bisher war noch nichts daraus geworden, und allmählich wurde er etwas ungehalten. Wenn sie doch nur nicht so unschlüssig wäre!

Aber es war eben nicht Mildreds Stimme. Es war überhaupt keine Frauenstimme, sondern eine Männerstimme, und eine allzu bekannte. Dieser Unterton boshafter Freude konnte nur aus einer Quelle kommen – von Norris, dem Obergärtner, Arnolds unerklärtem Feind, der unablässig auf der Lauer lag, um Arnold bei irgend etwas zu erwischen und ihn ins Unrecht setzen zu können.

»Ich nehme an, Sie wissen, daß in der Großen Halle noch das Licht brennt?« frohlockte er förmlich ins Telefon, hohntriefend. »Ich überlege manchmal, Mr. Walters, ob *ich* das Abschließen nicht übernehmen soll, da es Ihnen doch anscheinend zuviel wird. Es gehört natürlich nicht zu meinen Aufgaben, aber ...«

»Ich kümmere mich darum«, sagte Arnold kurz angebunden und knallte den Hörer auf. Er zitterte am ganzen Leib. Was war da passiert? Egal, was, es war seine Schuld, seine Verantwortung, aber ... Er wußte, wußte ganz genau, daß er alle Lichter ausgeknipst hatte, bevor er nach einem letzten Kontrollgang die Türen verschloß. Das war eine eingefahrene Routine, an die er sich Abend für Abend peinlich genau hielt; er konnte auch diesmal nichts vergessen haben, es war gar nicht möglich.

Aber egal, was da los war, er mußte unverzüglich hin und nachsehen. Hastig tauschte er seine Pantoffeln gegen ein Paar Schuhe aus und warf sich seinen Mantel über – zum Glück war Flora noch draußen, so daß er keine Erklärungen abzugeben brauchte. In solchen Fällen war es um so besser, je weniger man sagte. Er eilte ins Schlafzimmer und griff in das Schlüsselversteck hinter dem Kopfbrett des Bettes.

Die Schlüssel waren fort! Ungläubig tastete er wie wild zwischen Matratze und Zimmerwand herum, falls die Schlüssel irgendwie von ihrem Haken gerutscht waren. Das war zwar eigentlich nicht möglich, aber was bleibt einem anderes übrig, als an den unmöglichsten Stellen zu suchen? Bäuchlings auf dem Boden liegend, tastete er zwischen Staub und Fusseln unter dem Bett herum, ob sie vielleicht ganz hinuntergefallen waren.

Nichts. Er hatte ja auch die ganze Zeit gewußt, daß sie dort nicht sein konnten. Kaum eine Minute später war er aus der Wohnung und eilte halb im Laufschritt, mit pochendem Herzen, durch die Dunkelheit auf die hellen Lichtstreifen zu, die in großen Vierecken auf den Kiesweg fielen und sich weit bis auf den dunklen Rasen erstreckten.

Demnach war nicht nur ein einzelner Schalter versehentlich angeblieben, nein, die ganze Große Halle mußte vom einen Ende bis zum anderen hell erleuchtet sein. Und nicht nur das, auch die Türen waren allesamt unverschlossen. Die schwere Außentür flog weit auf, kaum daß er sie berührte. Immer noch klopfenden Herzens, beinahe atemlos, eilte er die dunkle breite Treppe hinauf, die in einem Bogen nach oben führte, und stieß die große geschnitzte Tür zur Großen Halle auf. Und da standen sie vor ihm, die Eindringlinge, völlig ungeniert im strahlenden Licht und ohne den mindesten Versuch, sich zu verstecken.

»Aber ich hatte mir die blöden Schlüssel doch nur mal ausgeliehen!« protestierte Flora, endlich wieder in der Wohnung, nachdem sie die Große Halle wieder in ihren gebührenden Zustand versetzt und Sir Humphrey nach Hause gebracht hatten. »Du brauchst doch deswegen nicht so einen Aufstand zu machen. Woher sollte ich wissen, daß du um diese Nachtzeit plötzlich nach ihnen suchen würdest? Ich dachte, du wärst mit dieser dämlichen Abschließerei längst fertig – sollst du das nicht um sieben machen? Jedenfalls sagst du mir das andauernd. Es ist einfach nicht fair!«

Sie schien fast den Tränen nah ob solch himmelschreiender Ungerechtigkeit, und der abschließende kindische Protest versetzte ihn wider Willen um etwa zehn Jahre in die Vergangenheit zurück, als er auf irgendeine kindliche Missetat vielleicht einmal etwas überreagiert hatte.

Hatte er jetzt überreagiert? Sein Wutausbruch war doch

zunächst einmal voll gerechtfertigt gewesen, wenn auch ein wenig untypisch für ihn. Er hatte sich immer als einen eher zurückhaltenden Menschen gesehen, dem nicht so leicht der Gaul durchging, aber diesmal, angesichts der Ungeheuerlichkeit von heute abend...

Aber genau das war natürlich der Kern des Problems. Flora konnte die Sache einfach nicht als eine Ungeheuerlichkeit ansehen. Eventuell ein bißchen gedankenlos, und vielleicht hätte sie die Schlüssel nicht nehmen sollen, ohne zu fragen, wo sie doch wußte, wie ihr Vater es mit Schlössern und Schlüsseln hatte, aber mein Gott, es war doch nichts passiert! Sie könne einfach dieses Theater nicht verstehen.

Nein, sie verstand es wirklich nicht. Sie tat nicht nur so, um ihn zu ärgern. Vergebens versuchte er ihr, nachdem sein Zorn ein wenig abgekühlt war, die Größe ihres Frevels begreiflich zu machen; wenn man seine Vertrauensstellung hier bedachte, das Ausmaß seiner Verantwortung für den Schutz der unersetzlichen Schätze, die hier zur Erbauung der ganzen Nation zusammengetragen worden waren, der ganzen Welt und der Nachwelt dazu...

Worauf sie nur nachsichtig, aber ohne jegliches Verständnis die Achseln zucken konnte. Anscheinend betrachtete sie die ganze Sache mit der Abschließerei als eine bloße Marotte ihres Vaters, bei der sie um des Friedens willen bis zu einem gewissen Grade auch mitzuspielen bereit war. Aber genug war genug.

»Wenn man etwas nur dadurch bewahren kann, daß man es hinter Schloß und Riegel tut, dann ist es das Bewahren nicht wert«, verkündete sie selbstgefällig. Er war überzeugt, daß es sich um ein Zitat aus diesem vermaledeiten Buch handelte und nicht auf ihrem Mist gewachsen war.

»Und überhaupt«, fuhr sie fort, »ich war schließlich mit Sir Humphrey zusammen, oder nicht? Er war hier mal *Kurator*, um Himmels willen, jahrelang, bevor du überhaupt hierherkamst. Er hat das *Recht*, in diesem Gebäude überallhin zu gehen – wohin er will. Es war für ihn entsetzlich frustrierend die ganze Zeit, und als ich ihm sagte, ich könnte für ihn an einen Schlüsselsatz herankommen – ach Gott, war er da aufgeregt! In die Große Halle wollte er als erstes. Du hättest ihn sehen sollen. Ganz langsam ist er da durchgegangen, hat die Eichentäfelung gestreichelt, als ob das ein herrliches Gefühl für ihn wäre; und all den Krimskrams mußte er anfassen und mir erzählen, daß diese Sachen von da oder dort stammten oder Kopien von irgendwas da oder dort wären – jedenfalls hat er's genossen. Er hatte ja irgendwie mit der Restaurierung zu tun gehabt oder so.«

Von den Wachsfiguren habe er nicht viel gehalten, sagte sie; die finde er vulgär und theatralisch.

»Er hat gemeint, man hätte ihn fragen müssen, bevor die aufgestellt wurden, und dann wollte er sie wegrücken. Er hat die kleinste gepackt – diese Königin oder wer das war, weißt du, der sie den Kopf abgeschnitten haben –, aber sogar die war viel zu schwer, er konnte sie nur ein bißchen kippen, und ich hatte schon Angst, sie könnte hinfallen und kaputtgehen. Da hab ich zu ihm gesagt, er soll lieber nichts verändern, ohne dich zu fragen; aber das hätte ich nicht sagen sollen, da ist er richtig wütend geworden. Er hat gemeint, das kann nur er beurteilen, er braucht deswegen niemanden zu fragen. ›Der Richter bin ich!‹ hat er gesagt und immer weiter an ihr gezogen und dauernd gemurmelt: ›Schafft mir die Lady Jane hinweg, hinweg mit Lady Jane.‹«

Arnold erkannte das Zitat; er war trotz allem ganz gebannt. Der verwirrte Alte mußte sich wohl eingebildet haben, er sei Oberrichter Morgan.

»Es war Richter Morgan, der Lady Jane Grey zum Tode verurteilt hat«, erklärte er Flora. »Es heißt, daß sie ihm von da an als Geist erschienen ist, und auf seinem Totenbett bildete er sich im Delirium ein, daß sie...«

»Ja, schön. Jedenfalls war sie zu schwer, wie gesagt, also mach nicht so ein Gesicht, Arnold, es ist nichts passiert. Sie sitzt noch genauso da, wie du sie zurückgelassen hast, mit Gebetbuch und allem...«

»Bibel«, konnte Arnold sich nicht enthalten dazwischenzureden. »Weißt du, damals war das protestantische Gebetbuch...«

Von Flora kam, nicht weiter überraschend, ein ungehaltener Seufzer.

»Meinetwegen Bibel, was spielt denn das für eine Rolle? Jedenfalls ist alles wieder genauso, wie es vorher war. Es ist nichts passiert...«

Jedenfalls nichts, was man jemandem hätte erklären können, der einfach nicht imstande war, es zu begreifen. Arnold seufzte und begnügte sich damit, seiner Tochter das halbherzige Versprechen zu entlocken, nie mehr die Schlüssel an sich zu nehmen.

»Nicht ohne zu fragen«, schränkte sie beiläufig ein, was ihn zu einer scharfen Erwiderung zwang:

»Nie, nie«, wiederholte er mit Nachdruck. »Überhaupt nie, unter gar keinen Umständen.«

»Na gut, meinetwegen«, willigte sie ein, offensichtlich um den alten Kleinigkeitskrämer bei Laune zu halten; dann schob sie sich die Haare aus dem Gesicht, nahm die Fernsehzeitung und begann sie lässig durchzublättern.

Arnold genügte das nicht; er nahm sich auf der Stelle vor, die Schlüssel nie wieder ihrem alten Versteck anzuvertrauen – oder irgendeinem Versteck überhaupt. Er mußte sie stets bei sich tragen, zu jeder Zeit.

16

Es war etwa eine Woche später, als Arnold den ersten Hinweis darauf bekam, daß in Joyces Haushalt doch nicht alles so glatt lief und Floras Rolle als selbsternannter guter Engel Probleme zu machen begann. Der Oktober war schon da; an den großen Bäumen begann das Laub sich gelb zu färben und abzufallen, und Arnold fühlte es feucht und glitschig unter seinen Füßen, als er die Allee entlang auf Joyces Kiosk zuging. Dies war einer der schönsten Momente des Tages, die Kaffeepause bei Joyce, wenn er seine Morgenrunde beendet hatte und bevor die ersten Besucher kamen. Immer erwartete ihn ein schönes heißes Täßchen Nescafé, den Joyce in ihrem Kabäuschen hinter dem braunen Jutevorhang an der Rückseite des Kiosks braute. Sie hatte dort auch stets eine große, wohlgefüllte Keksdose, in der sich jederzeit ein reichlicher Vorrat an Cremewaffeln befand, die er am liebsten mochte. Das Schwätzchen, das sie in diesen Pausen immer hielten, war angenehm und entspannend, egal, über welches Thema sie sprachen, ob Atomkrieg, Arnolds neuesten Knatsch mit Norris, dem Gärtner, die Marotten der Besucher und ihrer ungezogenen Kinder oder das Fernsehprogramm von gestern abend. Es war geruhsam und anspruchslos und immer sehr nett.

Aber an diesem Morgen stand ein gewisses Unbehagen zwischen ihnen, so daß ihnen nichts anderes einfiel, als übers Wetter zu reden.

»Ein bißchen kühl heute morgen«, sagte sie oder er, und: »Ja, der Herbst ist nicht mehr weit«, antwortete er oder sie. Arnold konnte aus diesem kurzen Wortwechsel erahnen, daß etwas nicht stimmte. Auf Joyces Lippen lag kein Lächeln; die Gesprächsfloskeln plumpsten schwer wie Steine zwischen sie und mündeten nicht in einen netten kleinen Plausch oder Meinungsaustausch. Während Arnold schweigend seinen Kaffee schlürfte und den erstbesten Keks nahm, der ihm zwischen die Finger geriet – er hatte in dieser gezwungenen Atmosphäre nicht den Mut, nach einer Cremewaffel zu suchen –, wartete er, daß Joyce ihm sagte, was los war. Stumpf resignierend nahm er an, daß es irgend etwas mit Flora zu tun haben würde; und so war es dann auch.

Nein, es war nicht so, daß Joyce nicht dankbar gewesen wäre für Floras Nettigkeit gegenüber dem alten Herrn; das war sie natürlich; es war geradezu hinreißend von dem Mädchen, all die Mühe auf sich zu nehmen... aber, nun ja... die Sache war die...

Und dann kam es alles heraus. Anfangs, zugegeben, da hatten Floras Dienste nichts als Gutes bewirkt.

»Es war einfach herrlich für ihn, so einen jungen Menschen zum Reden zu haben. Seine Studenten haben ihm nämlich sehr gefehlt, als er in den Ruhestand ging, und immer wenn er von diesen Spaziergängen mit Ihrer Tochter wiederkam, war er ganz aufgedreht, und sein Gedächtnis funktionierte so gut wie seit Jahren nicht mehr. Sie hat ihn nämlich dazu gebracht, über seine Arbeit zu reden, und ich denke, das hat irgendeinen Rest von seinem Verstand, der noch halbwegs intakt war, wieder aktiviert, und er redete vollkommen vernünftig, wenn er wiederkam – zum Beispiel über die Restaurierung des Mauerwerks am Westflügel – solche Dinge eben. Ich verstehe ja nicht viel davon, aber ich kann sehr wohl unterscheiden, ob jemand sinnvoll über etwas redet oder nicht. Und was er sagte, war sinnvoll, er brachte gar nichts durcheinander; und vor allem wußte er das selbst. Es war, als ob von seinem Verstand so etwas wie eine Wolke weggezogen worden wäre, er schien dann richtig freudig erregt.

Und damit fingen dann auch die Schwierigkeiten an, Arnold; er erregt sich viel zu sehr. Ich höre ihn nachts herumschreien, manchmal stundenlang am Stück; da hält er jemandem leidenschaftliche Vorträge – oder redet vielleicht vor einem Komitee, manchmal klingt es eher danach – über die Zuweisung von Geldern an die Marine oder den königlichen Haushalt – solche Sachen. Als nähme er wirklich teil an wichtigen politischen Entscheidungen der Tudorzeit, statt sie nur zu studieren und Vorlesungen darüber zu halten, was er ja früher gemacht hat. Vorletzte Nacht, da war es richtig ein bißchen beängstigend, da hat er eine ganze Stunde lang oder noch länger von Maria Tudors Baby geredet, das angeblich irgendwo versteckt gehalten werde, und über Pläne, es zu ermorden, um zu verhindern, daß die Katholiken weiter an der Macht blieben. Er hat wieder Wahnvorstellungen, Arnold, das merke ich genau. Ich meine, jeder weiß doch, daß Maria Tudor nie ein Kind hatte, daß es nur ihr eigenes Wunschdenken war, die arme Seele; und darum macht es mir angst, wenn mein Vater das von Zeit zu Zeit anscheinend ernst nimmt. Es macht mir ganz große Sorgen, weil es so ein schlechtes Zeichen ist. Aber abgesehen davon, ich möchte nicht, daß seinen früheren Kollegen zu Ohren kommt, wie weit es mit ihm abwärtsgegangen ist. Ich will nicht, daß er im Alter zum Gespött wird, nach all der großartigen Arbeit, die er geleistet hat, als er noch – na eben – als er noch bei Verstand war. Solche Dinge sprechen sich doch herum, und…«

Sie hielt stirnrunzelnd inne und zerkrümelte den Rest von ihrem Keks auf der Untertasse. Dann fuhr sie fort: »Ich weiß gar nicht recht, ob ich Ihnen das sagen soll, Arnold – aber ich kann Ihnen doch trauen, ja? Sie erzählen es niemandem weiter, nein? Also, vor ein paar Wochen hat ein Herr bei uns angerufen und wollte Sir Humphrey sprechen. Nun, es ist manchmal etwas schwierig, meinen Vater ans Telefon zu holen und dafür zu sorgen, daß er – na ja – vernünftig antwortet; also habe ich den Herrn gefragt, ob ich meinem Vater etwas ausrichten kann. Es stellte sich dann als ziemlich kompliziert heraus, aber ich habe es mir aufgeschrieben, soweit ich mitkam – etwas von einem Artikel in einer amerikanischen Zeitschrift, über den dieser Mann mit Sir Humphrey diskutieren wollte. Natürlich war ich ein bißchen besorgt, weil – Sie wissen ja – mein Vater solchen Dingen eigentlich nicht mehr gewachsen ist. Aber das wollte ich vor diesem Wildfremden doch nicht zugeben, und da habe ich eben versprochen, es ihm auszurichten.

Und ich hab's ihm ausgerichtet – wobei ich natürlich dachte, er wäre viel zu konfus und vergeßlich, um deswegen irgend etwas zu unternehmen. Aber – mein Gott, was habe ich da für einen Schrecken bekommen! Kaum hatte ich den Namen des Anrufers genannt, da hat er einen solchen Wutausbruch bekommen, wie ich ihn noch nie erlebt hatte! Er wurde richtig bleich vor Wut, ich dachte schon, er bekommt gleich einen Herzschlag, so hat er getobt und gewütet, daß dieser Mensch es wagt, ihn anzurufen. Er hat mir streng verboten, jemals wieder mit dem Mann zu sprechen, ich soll vielmehr sofort auflegen.

›Und wenn er es je wagen sollte, einen Fuß in dieses Haus zu setzen, bringe ich ihn um!‹ hat er gerufen.

Und das meinte er ernst. Das habe ich genau gemerkt. Meine Güte, hatte ich Angst! Er war offensichtlich in den Klauen einer dieser Wahnvorstellungen, und ich glaubte ihm alles versprechen zu müssen, was er wollte, nur um ihn zu beruhigen...

Aber es war schwierig, weil dieser Mensch noch ein paarmal angerufen hat. Ich wollte nicht unhöflich zu ihm sein, aber was sollte ich machen? Ich mußte ihn abwimmeln, und als er dann noch meinte, er wolle herkommen und mit Sir Humphrey reden – irgendwelche Unterlagen mit ihm durchgehen –, Himmel, da saß ich in der Klemme! Ich mußte es ihm verbieten. ›Nein‹, habe ich gesagt, ›Sir Humphreys Unterlagen sind nicht einsehbar, für niemanden.‹ Es war doch richtig von mir, da festzubleiben, Arnold, oder? Klar, wenn mein Vater erst mal tot ist, sieht die Sache vielleicht anders aus, aber im Moment muß ich ihn doch vor so etwas schützen, unbedingt. Sich derart aufzuregen ist das allerschlimmste für ihn, das löst bei ihm diese Wahnvorstellungen aus, und keiner weiß, was er alles anstellen kann, wenn so ein Anfall ihn erst richtig gepackt hat.

Ja, und das ist es jetzt, worüber ich mit Ihnen reden wollte, Arnold. Über Ihre Flora. Ich sage es so ungern, aber ich habe den Eindruck, daß sie alles tut, um diese Wahnvorstellungen noch zu unterstützen. Und das ist nicht recht, Arnold, es ist gar nicht recht. ›Gehen wir doch in den Wald und suchen es‹, habe ich sie einmal zu ihm sagen hören, als er es gerade wieder mit diesem eingebildeten Tudorbaby hatte. ›Wir müssen das arme Würmchen finden, bevor der Revisor merkt, daß es weg ist.‹ Und kaum hatte sie das gesagt, sah ich diesen schrecklichen Ausdruck in seine Augen treten, irgendwie fanatisch und verschlagen.

Da habe ich sie also zurückgerufen. ›Flora‹, habe ich gesagt, ›ich weiß, daß Sie es gut meinen, wenn Sie ihn in diesen Dingen ermuntern und seine Wahnvorstellungen wie ein Spiel behandeln, das Sie zusammen spielen, aber bitte, meine Liebe, Sie dürfen das nicht zu weit gehen lassen. Es ist nicht ungefährlich, wirklich nicht. Sie könnten sich sogar selbst damit in Gefahr bringen.‹«

»Und was hat sie dazu gesagt?« fragte Arnold, dem schon ganz flau wurde.

Joyce kniff die Lippen zusammen. »Sie war leider nicht sehr zugänglich«, antwortete sie steif. »Einige Dinge, die sie zu mir gesagt hat – ich war ziemlich außer mir. Ich bin es nicht gewohnt, daß man so mit mir redet.«

Da haben wir's schon wieder, dachte Arnold müde. Noch so ein vielversprechendes Projekt, das Flora kaputtgemacht hat.

»Ich nehme also an, Sie möchten nicht, daß sie weiter zu Ihnen kommt«, sagte er, wobei er sich schon fragte, wie er das in aller Welt verhindern sollte. »Ich nehme an, Sie...«

»Nein, nein, so habe ich das nicht gemeint!« unterbrach Joyce ihn rasch, und Arnold sah ihrem angstvollen Blick an, wie sie den Schaden, den seine Tochter vielleicht anrichten könnte, gegen die schöne Entlastung abwägte, die sie bot: die Minuten, die Stunden des Friedens; den gelegentlichen freien Abend, wenn Joyce ins Kino gehen oder für ein paar Stunden eine Freundin besuchen konnte. Wenn sie Flora das Haus verbot, war das alles vorbei.

»Nein, das will ich damit nicht sagen«, wiederholte sie. »Ich weiß doch, daß sie es nur gut meint, und schließlich ist sie noch so jung. Man kann auf jungen Schultern keinen alten Kopf erwarten, oder? Ich meine nur – ich überlege, ob *Sie* vielleicht ein Wörtchen mit ihr reden können.« Und dann zählte Joyce alle die Dinge auf, die in besagtem Wörtchen enthalten sein sollten: die Gedanken des alten Herrn von seinen historischen Phantasien abzubringen und auf die wirkliche, die normale Welt zu lenken; niemals mit ihm das Gelände zu verlassen; Joyce vorher immer genau zu sagen, wohin sie gehen würden; pünktlich zur vereinbarten Zeit zurückzukommen; ihn nicht mit Besuchern ins Gespräch kommen zu lassen, weil er so komische Sachen sagen könnte, daß es die Leute manchmal aufbrächte...

Während die Liste der Ge- und Verbote immer länger wurde, kam Arnold sich mehr und mehr wie eine dieser unglücklichen Prinzessinnen in den Märchen vor, denen unter Todesdrohung befohlen wurde, irgendeine unmögliche Aufgabe zu lösen, etwa ein Zimmer voll Stroh zu Gold zu spinnen.

Denn Arnold wußte recht gut, daß er Flora nie und nimmer dazu bringen würde, irgendeines von diesen Dingen zu tun oder zu lassen. Alles, was er ihr sagen könnte, würde nur das genaue Gegenteil bewirken. Sollte er das nun an Ort und Stelle vor Joyce zugeben, oder sollte er sie in ihrem rührenden Irrglauben bestärken, daß er irgendwelchen Einfluß auf seine Tochter ausüben könne? Die Frage, ob man auf Wahnvorstellungen eingehen soll oder nicht, stellt sich ja nicht nur im Umgang mit Irren.

»Und was das allerwichtigste überhaupt ist«, fuhr Joyce soeben mit großem Nachdruck fort, »machen Sie ihr bitte klar, daß sie sich auf keinen Fall darin einmischen darf, was er für Medikamente nimmt. Er bekommt doch Beruhigungsmittel, die verschreibt Dr. Foxe ihm seit einigen Monaten, um seine manischen Phasen in den Griff zu kriegen, und ich muß sagen, sie sind ein Gottesgeschenk. Meine Güte, es war so furchtbar! Einmal ist er morgens mit einem

Beil auf den Milchmann losgegangen; ich konnte gerade noch rechtzeitig dazwischengehen, um ein gräßliches Unglück zu verhindern. Er hatte sich in den Kopf gesetzt, die Milch wäre vergiftet und der Milchmann vom Kronrat bestochen, damit er sie vergiftet. Er litt doch unter dieser Zwangsvorstellung, daß er der rechtmäßige Thronerbe sei, ein Nachkomme von Maria Tudor; was natürlich gar nicht der Fall sein kann, da sie ja keine Kinder hatte; es war nur sein armes Gehirn, mit dem es so schrecklich bergab ging.«

Hier hielt sie inne und reichte ihm die Keksdose, nicht ohne die Kekse zuvor ein bißchen umzuschichten, so daß die Cremewaffeln oben lagen. Dann sprach sie weiter: »Die Sache ist die, Arnold, daß diese Beruhigungspillen ihn wirklich verändert haben. Von Anfang an – fast schon nach der ersten Pille war er insgesamt viel ruhiger – weniger schwierig und rastlos. Er macht zwar immer noch – komische Sachen eben, aber er wird nicht mehr gewalttätig, seit er sie regelmäßig nimmt. Darüber mußte ich wirklich mal mit Flora sprechen, weil sie doch diese Vorstellung hat, wir müßten sie absetzen. Sie stumpfen seine Geisteskräfte ab, meint sie, und in gewissem Sinne stimmt das ja wohl auch. Aber wenn er doch mit dem Beil auf Leute losgeht ...! Ich habe ihr das zu erklären versucht, nur war ich vielleicht nicht sehr diplomatisch ... Ich hatte Angst, und vielleicht habe ich mich da nicht gut ausgedrückt. Deshalb meine ich, ob *Sie* vielleicht mal mit ihr reden könnten, Arnold. Sie sind immerhin ihr Vater; auf Sie wird sie hören.«

Und zu diesem eklatanten Trugschluß hörte Arnold sich auch noch feige ja sagen. Nun, Joyce war offensichtlich sehr aufgebracht, und er fühlte sich für die Missetaten seiner Tochter indirekt verantwortlich; was also hätte er sonst tun sollen?

Das Gespräch mit Flora, das er noch am selben Abend führte, nahm Wort für Wort den schlimmen Verlauf, den er geahnt hatte. Sie fand die Geschichte mit dem Milchmann sehr lustig, regelrecht zum Quietschen. »Kannst du dir vorstellen, wie Joyce da mit fuchtelnden Armen zwischen die beiden gegangen ist, in ihrem schäbigen alten Morgenmantel, mit spitzen, kleinen Entsetzensschreien? Da kann doch jeder Mann zum Mörder werden!« Und woher Arnold überhaupt wisse, daß es sich so zugetragen habe, erkundigte sie sich. War er etwa dabeigewesen? Er habe doch nur Joyces Seite der Geschichte gehört.

Das stimmte. Aber Arnold mochte seine Phantasie noch so anstrengen, er konnte nicht finden, daß die andere Seite der Geschichte – vermutlich aus der Sicht des Beilschwingers – allzu beruhigend gewesen wäre. Er versuchte die Diskussion also wieder auf den Punkt zurückzubringen, den er als den wesentlichen ansah.

Ärztliche Verordnung. Wenn Sir Humphreys Arzt ihm Beruhigungsmittel verschreibe, dann doch wohl, weil er sie für notwendig halte, und es sei der Gipfel der Arroganz, wenn irgendein Laie diese ärztliche Entscheidung in Frage stelle.

Wieder lachte Flora; es war dieses ganz spezielle, harte Lachen, das sie anscheinend für Auseinandersetzungen mit ihrem Vater reserviert hielt.

»Ärztliche Entscheidung! Das soll wohl ein Witz sein! Als ob die Ärzte da irgendwas entschieden! Die stopfen ihre Beruhigungsmittel doch jedem rein, der sich über irgendwas aufregt. Wie man einem Kind den Schnuller gibt. Das ist doch leichter, als rauszukriegen, was los ist. Ich bin bisher die einzige, die mal rauszukriegen versucht hat, was mit Sir Humphrey los ist, und ich kann es dir ganz genau sagen: Es sind diese verdammten Pillen! Joyce und dieser Dr. Foxe haben sich miteinander verschworen, den Intellekt ihres Vaters zu zerstören. Nein, nicht bewußt, das habe ich nicht gesagt. Bewußt haben sie nur die besten und edelsten Absichten, daran zweifle ich überhaupt nicht. Es ist nur genauso, wie es in Die *Erzeugung des Irreseins* heißt« – hier knirschte Arnold stumm mit den Zähnen –, »sie haben beschlossen, daß er, nur weil er neunzig ist, senil sein muß; das ist seine Rolle, und darum setzen sie alles daran, ihn senil zu machen. Mit Suggestion allein, wie es die meisten sogenannten Betreuer tun, haben sie es nicht geschafft, also mußten sie auf Pillen zurückgreifen. Dreimal täglich stopft Joyce ihm die rein, um ihn dumm zu machen. Aber ab jetzt nicht mehr, vielen Dank! Ich hab das ganze Zeug heute nachmittag ins Klo geschmissen!«

Das hatte sie aber nicht; und als sie ihren Vater aufspringen und zum Telefon eilen sah, um Joyce von dieser neuen Katastrophe in Kenntnis zu setzen, gab sie das, wieder mit so einem kalten Lachen, auch zu.

»Ich wollte es aber, ich habe die Sünde im Herzen begangen. Ist das nicht das Entscheidende? Ich habe die Dinger überall gesucht, in allen Zimmern, im Bad, im ganzen Haus, aber wie sich herausstellte, schleppt Joyce sie immer in ihrer Tasche mit sich herum. Ist das zu glauben? Was denkt sie wohl, was ihnen sonst zustoßen könnte? Genau wie du immer diesen klappernden Schlüsselbund in der Tasche herumschleppst – manchmal denke ich, eure ganze Generation leidet an einer Art Massenparanoia ...«

»Wenn du dauernd Sachen an dich nimmst – oder ausleihst –, ohne zu fragen, müssen die Leute ja wohl besonders gut auf ihr Eigentum aufpassen. Du zwingst sie dazu ...«

»Das Mädchen, das auf Schritt und Tritt Paranoia sät, wie man den Hühnern Körner hinstreut!« Flora schien von diesem Selbstbild sehr angetan, denn sie lächelte ganz nett und natürlich. Arnold faßte neuen Mut und lachte mit ihr. Aber nur kurz. Die Sache war nicht zum Lachen.

»Dir ist anscheinend nicht klar«, sagte er, »daß diese Pillen nicht nur dazu da sind, den Umgang mit dem alten Herrn zu erleichtern, obwohl sie das zweifellos auch tun. Aber vor allem dienen sie seinem eigenen Schutz, sie sollen verhindern, daß er sich unter dem Eindruck irgendeiner Wahnvorstellung selbst Schaden zufügt. Er könnte irgendwann einmal eine scharfe Waffe in die Hände bekommen und sich ganz übel verletzen; er könnte versuchen, auf den Turm zu steigen, und sich dabei den Hals brechen – irgend so etwas. Und wenn du dich dann an seinen Medikamenten vergriffen hättest, wäre es deine Schuld! Stell dir mal vor, wie dir zumute wäre!«

Der Satz war noch nicht ganz heraus, als Arnold einfiel, daß »Schuld« ja heutzutage ein Tabuwort war. Niemand durfte sich wegen irgend etwas schuldig fühlen – junge Menschen schon gar nicht. Ihren Kindern Schuldgefühle einzuimpfen war das schlimmste Verbrechen, das Eltern begehen konnten, das würde Flora ihm jetzt ganz schnell unter die Nase reiben – und unweigerlich würde dies zu einer dieser Wo-ist-es-schiefgegangen-Diskussionen führen, aus denen nur das einstmalige Kind als Sieger hervorgehen konnte.

Rasch, bevor das alles eintreten konnte, wechselte Arnold geschickt auf ein völlig anderes und wesentlich erfreulicheres Thema über: die Teestube. Die Einnahmen waren diese Woche sehr gut gewesen; endlich schien das Ding einmal Gewinn abzuwerfen, und dieser Erfolg war zweifellos nur Floras großem Fleiß und Organisationstalent zu verdanken. Auf diesem Gebiet zumindest – mochte sie anderswo auch noch soviel Unfug machen – gebührte ihr uneingeschränkte Anerkennung und Dankbarkeit, und jetzt schien ihm der richtige Zeitpunkt gekommen, ihr das zu sagen.

Flora nahm die Belobigung zunächst mit angenehmer Überraschung, dann mit einem wegwerfenden Achselzucken entgegen.

»Das ist doch ein Kinderspiel, ich verstehe überhaupt nicht, was daran so kompliziert war«, meinte sie verächtlich, um dann nach einer kleinen Pause fortzufahren: »Übrigens war Mama heute wieder hier, wußtest du das schon? Mit ihrem Galan. Sieht ganz knackig aus und ist ein gutes Stück jünger als du.« Sie beobachtete ihn scharf. »Macht dir das was aus?«

Machte es ihm etwas aus? Arnold dachte darüber nach und versuchte sich diesen nebulösen knackigen Mann mit seiner, Arnolds, Frau an einem Teetisch vorzustellen, plaudernd und lachend. Er kramte in seinem Innern nach irgendeinem angemessenen Gefühl – Eifersucht? Groll? Gewöhnliche Wald-und-Wiesen-Neugier? – und fand keines. War er demnach so ein selbstloser Mensch, der sich sogar freute, wenn seine davongelaufene Ehefrau sich mit einem anderen Mann amüsierte? Eigentlich nicht. Arnold wußte zwar, daß er im allgemeinen lieber zufriedene als unzufriedene Menschen um sich hatte, aber das lag weniger daran, daß er so ein Heiliger gewesen wäre, als daran, daß zufriedene Leute seine Zeit nicht so beanspruchten. Jedenfalls nicht so unentwegt.

»Nein«, sagte er bedächtig nach diesem langen Nachdenken. »Nein, gar nichts.«

»Ach, du! Dir macht ja auch nichts etwas aus!« explodierte seine Tochter. »Das war schon immer das Ärgerliche in unserer Familie!« Und mit dieser Abgangszeile sprang sie aus ihrem Sessel und verließ türschlagend das Zimmer.

17

Erst als Gordon sie zu dieser dritten Fahrt nach Emmerton Hall einlud, begann Mildred sich ein ganz klein wenig zu fragen, ob Val vielleicht doch recht gehabt hatte.

»Der Mann führt irgendwas im Schilde«, hatte Vals Urteil gelautet, als sie – kurz vor Mitternacht – das Geschirr abzuräumen begann, auch diesmal ohne sich von Mildred helfen zu lassen, obwohl der Abendgast doch Mildreds und nicht Vals Bekannter gewesen war.

»Er benutzt dich, Mills! Sieh dich vor. Du kennst dich ja. Du bist so daran gewöhnt, für irgendeinen Mann den Fußabstreifer zu spielen, daß du so etwas nicht einmal merkst.«

Mildred war ein wenig erschrocken ob dieser unfreundlichen Bemerkungen über ihren Gast, denn nach ihrem Eindruck war der Abend doch wunderbar gelaufen. Soweit sie hatte feststellen können, hatten Val und Gordon sich ausgesprochen gut verstanden – an einem Punkt fast zu gut, da war Val regelrecht kokett geworden, und Gordon war darauf etwas bereitwilliger eingegangen als unbedingt nötig. Schon ehe der Abend begann, war deutlich geworden, daß Vals abschätzige Theorien über das männliche Geschlecht im krassen Widerspruch zu ihrem Verhalten standen, wenn sie sich einem leibhaftigen Vertreter dieser Gattung gegenübersah. Am frühen Nachmittag hatte Mildred ihre Freundin bereits dabei ertappt, wie sie sich die Haare aufdrehte; und später hatte Val eine wirklich unverantwortlich lange Zeit im Bad zugebracht, um mit einer neuen Gesichtspackung zu experimentieren. Und schließlich, kurz vor Gordons erwartetem Eintreffen, war sie aus ihrem Zimmer gekommen, prächtig anzusehen in einem chinesisch anmutenden, pfauenblauen Gewand mit Goldborten. Die weiten Ärmel fielen elegant bis kurz unter die Ellbogen, und der schimmernde hochgeschlossene Kragen ließ ihre schöne Gesichtsform sehr vorteilhaft zur Geltung kommen; ebenso die langen filigranen Ohrringe, die anmutig hin und her schaukelten, wenn sie sich bewegte, und die Mildred noch nie an ihr gesehen hatte. Überhaupt hatte sie von diesem ganzen Aufzug noch nie etwas gesehen; oder daß Val jemals Lidschatten und Lippenstift und einen dezenten pfirsichblütenfarbenen Puder aufgetragen hätte. Und als sie diese Erscheinung also nun zum erstenmal die Treppe herunterkommen und auf sie zuschreiten sah, entfuhr ihr ein unwillkürlicher Seufzer der Bewunderung.

»Ach, dieses olle Ding!« reagierte Val wegwerfend auf Mildreds kleine Beifallsrufe; und Mildred, so zum Schweigen gebracht und ein bißchen betreten im Bewußtsein ihrer eigenen, nicht sehr aufregenden Garderobe, bestehend aus einem Matrosenkleid mit weißem Kragen und Manschetten, machte sich mit den Getränken zu schaffen. Aus irgendeinem Grund zählte das nicht als Helfen, und Mildred durfte nach Belieben alles bereitstellen, was sie für angemessen hielt: trockenen Sherry, halbsüßen Sherry (aber keinen süßen, das ging nicht, obwohl sie selbst ihn am liebsten trank), dazu dreierlei verschiedene Nüsse. Und weil ihr Gast ein Mann war, natürlich auch Whisky. Da sie wußte, daß derartige Überlegungen todsicher Vals antisexistische Antennen aktivieren würden, behielt sie das allerdings lieber für sich und schlich sich heimlich in die Küche, um Eis zu holen, während Val letzte Hand an den Tisch legte.

Danach blieb für Mildred nichts weiter zu tun, als dazusitzen und mehr oder weniger aufgeregt zu sein, bis – sehr pünktlich – die Klingel ertönte.

Es war ein Glück, daß Gordon und Val sich auf Anhieb so gut verstanden, denn Mildred war durch das lange Bangen, was alles schiefgehen könnte, wie gelähmt und brachte kaum die Vorstellerei zuwege, geschweige denn, daß sie auch noch ein Gespräch hätte in Gang setzen können. Zum Glück hatte Gordon Schwierigkeiten bei der Parkplatzsuche gehabt, was immer ein guter Eisbrecher ist und fast die gleiche Funktion erfüllt wie in unkomplizierteren Zeiten das Wetter. Und so waren sie bald im Gespräch über ihre jeweiligen Autos, und Mildred brauchte nur noch zu lächeln und die Nüsse vom einen zum anderen weiterzureichen.

Auch beim Essen ging alles gut. Gordon hatte eine Flasche Beaujolais mitgebracht, den Val mit schmeichelhafter Kennerschaft gebührend lobte, und sie erhob auch gar keinen Einspruch dagegen, daß Gordon, ganz Macho, ihn entkorkte und in die Gläser schenkte, das sinnlose Vorkosten inbegriffen.

Weine. Autos. Immobilienpreise. Flughäfen. Urlaub. Amüsante Mißverständnisse mit Ausländern. Und gegen Ende der Mahlzeit Emmerton Hall. Wie hervorragend das Haus restauriert worden sei, und wie bemerkenswert die dort zusammengetragene Porträtsammlung! Von dem allen hatte Mildred, die doch immerhin *etwas* hätte wissen müssen, da sie wochenlang dort gewohnt hatte, keine blasse Ahnung, während Val, die ebensowenig Ahnung hatte, sich dennoch tapfer behaupten konnte, indem sie Sätze einwarf wie: »Ich finde es bewundernswert, was die

Leute damals alles auf die Beine gestellt haben, ganz ohne unsere moderne Technologie.« Woraufhin er sich natürlich munter über die verschiedenen Techniken auslassen konnte, die man im sechzehnten Jahrhundert tatsächlich schon beherrscht habe, oder die herrlichen langlebigen Farben, die sie aus verschiedenen Blumen und Kräutern gewonnen hätten, von denen manche giftig seien...

Nicht unbedingt Themen, bei denen man wirklich zuhören mußte, aber Mildred freute sich einfach am Klang der Worte ihres neuen Freundes, so kultiviert und wohlinformiert; ebenso genoß sie die Gelegenheit, bei Val mit ihm Eindruck zu machen. Nicht jede Frau von Mildreds Jahren und bescheidenen Vorzügen vermochte sich einen so präsentablen Mann anzulachen, und es freute sie, daß Val diesen Umstand zu würdigen wußte. Er verstand auch etwas von Musik, und gegen Ende des Abends spielte Val ihm einige ihrer Klassik-Lieblinge vor. Nun gut, es war Mildred noch nie aufgefallen, daß es Vals Lieblingsplatten waren, oder daß Val überhaupt je Musik hörte, außer was gerade zufällig im Radio lief, wenn sie bügelte. Diese Platten, die sie jetzt auflegte, mußten zu der bisher vernachlässigten Sammlung gehören, die ihr entlaufener Malcolm zurückgelassen hatte. Dennoch war es ein angenehmes Zwischenspiel, das von der Notwendigkeit befreite, sich Gesprächsthemen auszudenken, und der Abend endete durchaus erfreulich mit der Verabredung zu einem weiteren Ausflug nach Emmerton Hall am kommenden Sonntag. Aus Mildreds Sicht war also alles wunderbar gelaufen; und deshalb war es so ein Schock für sie, als Val, kaum daß der Gast gegangen war, so häßlich über ihn herzuziehen begann.

»Ich weiß nicht, was du meinst«, versetzte Mildred

standhaft. »Wie kann er mich ›benutzen‹, wenn er mich zu einem netten Ausflug in seinem Auto einlädt? Er weiß schließlich, daß ich an dem Anwesen interessiert bin – natürlich nicht aus denselben Gründen wie er, aber trotzdem... Außerdem ist das sehr praktisch, es sind noch so viele Sachen in der Wohnung, die ich holen möchte. Zunächst einmal alle meine Wintersachen. Arnold ist es bestimmt schon leid, daß sein ganzer Kleiderschrank damit vollgestopft ist...«

»Da fällt mir ein«, unterbrach Val sie, »ich habe dir ganz zu sagen vergessen, Mills, daß Arnold neulich angerufen hat, um zu fragen, was er mit deinem Zeug machen soll. Ich fürchte, ich habe ihm gehörig die Meinung gesagt.«

Welche Meinung? Vals Kopf war so vollgestopft mit Meinungen, die sich nicht immer ganz vertrugen, daß Mildred richtig nervös wurde. Sowenig sie zurückwollte zu ihrem Mann mitsamt seinem hirnrissigen, nervenzermürbenden Abenteuer, ihn sich zum Feind machen wollte sie auch nicht. Sie beide würden in den verschiedensten Angelegenheiten noch viel miteinander zu tun haben, etwa wegen des Verkaufserlöses für das Haus, oder mit ihren gemeinsamen Sorgen um Flora. Und natürlich auch wegen Mildreds Sachen. Das wollte sie wirklich alles so bald wie möglich geregelt sehen.

»Wann war das?« fragte sie ängstlich. »Ich meine, wann hat er angerufen?«

Val zuckte die Achseln. »Weiß ich nicht mehr genau. Samstag, glaube ich. Du warst gerade einkaufen oder so was. Wie hat er überhaupt herausbekommen, daß du hier bist? Ich dachte, du hieltest dich vor ihm versteckt.«

Es stimmte, Mildred hatte an jenem ersten turbulenten Nachmittag, als sie hier angekommen war, tatsächlich behauptet, daß sie sich irgendwo verstecken müsse. »Das ist ganz großartig von dir, Val«, hatte sie dankbar gerufen. »Ich weiß, hier bin ich vor ihm sicher, du wirst mich bestimmt nicht verraten!« Sie hatte das alles gesagt und auch so gemeint. Aber als dann die Tage vergingen und nichts passierte und Arnold keinerlei Anstalten machte, sie zu ihren ehefraulichen Pflichten zurückzuzerren, ja nicht einmal herauszufinden versuchte, wo sie steckte, da hatten ihre Ängste sich gelegt und waren abgelöst worden von – eben, dem Bedürfnis nach ihren Wintersachen. Der Herbst nahte.

»Na ja, so war das auch, anfangs«, räumte sie ein. »Daß ich mich vor ihm verstecken wollte, meine ich. Aber nachdem er jetzt anscheinend sowieso weiß, wo ich bin...«

»Ja, und genau das fand ich ein bißchen happig. Dich hier so einfach anzurufen, als ob nichts gewesen wäre! ›Wie kommst du auf die Idee, daß sie hier sein könnte?‹ habe ich ihn gefragt – und da schien er ganz verdutzt. Na ja, meinte er, das hätte er einfach als selbstverständlich angenommen; ich muß dir ehrlich sagen, Mills, da habe ich erst richtig rotgesehen! Immer wenn ein Mann irgend etwas, was mit seiner Frau zu tun hat, als selbstverständlich voraussetzt, fahre ich... Mein Gott, Mills, nun stell doch diesen Krug ab! Bitte! Hab ich dir nicht schon tausendmal gesagt, daß ich es nicht leiden kann, wenn man mir hilft?«

Es war jammerschade, daß so ein netter Abend in solch kleinlichem Gezänk enden sollte, und Mildred schlich sich niedergeschlagen zu Bett, wobei sie sich – allen Selbstbehauptungsprinzipien zum Trotz – unentwegt fragte, was sie wohl falsch gemacht hatte. Hatte sie Val im Lauf des Abends mit irgend etwas geärgert? War ihr Lob für Vals unbestreitbar exzellente Küche nicht überschwenglich genug ausgefallen? Es dauerte über eine Stunde, bis ihr kurz vor dem Einschlafen eine andere Möglichkeit einfiel: War es stinknormale Eifersucht? War Val beleidigt, weil sie in Gordons Pläne für einen Ausflug nach Emmerton Hall am kommenden Wochenende nicht einbezogen worden war? Es wäre höflich von ihm gewesen, sie ebenfalls einzuladen. Was hätte passender sein können als ein fröhlicher Landausflug zu dritt an einem sonnigen Herbstsonntag? Jetzt war es Mildred richtig peinlich für Gordon. Er hätte Val mit einladen müssen, wo sie doch praktisch seine Gastgeberin gewesen war. Oder war ihm das womöglich nicht ganz klar? Hatte er vielleicht nicht begriffen, daß Val, nicht Mildred, diese Ente gebraten, den Tisch mit den geschliffenen Weingläsern gedeckt, diese köstliche Fülle für die Avocados angerührt hatte? Oder vielleicht hatte er ja Val mit einladen wollen, sich aber gefragt... Noch ehe Mildred zu einer befriedigenden Schlußfolgerung gekommen war, übermannte sie der Schlaf, und anderntags schien das Thema erledigt zu sein. Val enthielt sich auch jeden Kommentars, als sie sah, wie Mildred sich am nächsten Sonntag für den Ausflug fertigmachte; und nach ihrer Rückkehr fragte sie sogar, ob sie einen schönen Tag gehabt habe.

Doch als der Ausflug sich dann am darauffolgenden Sonntag und dem Sonntag danach wiederholte, begann sogar Mildred sich zu fragen, worauf das alles hinauslaufen sollte. Inzwischen hatte sie ihre Wintersachen, ihre Stiefel und sogar die dicke Tartandecke abgeholt, da ihr Bett bei Val nicht allzu warm war, nun, da der Sommer zu Ende ging. Das alles hatte sie tun können, ohne Arnold ein einziges Mal leibhaftig zu begegnen. Bewerkstelligt hatten sie dies durch eine stillschweigende Abmachung, da die Vorstellung eines tatsächlichen Wiedersehens beiden gleichermaßen peinlich war. Sie hatten Zeit und Ort vereinbart, wo Arnold die gewünschten Sachen abstellen und Mildred sie abholen sollte. So ähnlich machten es wohl geschiedene Eltern bei der Übergabe ihrer Kinder zu den gerichtlich abgesegneten Besuchsterminen.

Flora hätte in dieser Angelegenheit natürlich behilflich sein können, sah aber nicht ein, wieso sie das sollte; und da weder Arnold noch Mildred darauf eine Antwort wußten, wurde das Thema fallengelassen. Überhaupt sah Mildred bei diesen wöchentlichen Besuchen kaum mehr von ihrer Tochter als von ihrem Mann. Und da sie bald die Peinlichkeit nicht mehr ertrug, in der Teestube von einer hochnäsigen, ernsten Kellnerin bedient zu werden, die zugleich ihre Tochter war, hielt sie sich von der Teestube fern. Zum Glück bedeutete das keinen Verzicht für Gordon, nur für sie selbst. Ihm lag nichts an Tee, er nutzte seine Zeit lieber so intensiv wie möglich, indem er sich fleißig Notizen zu den Ausstellungsstücken machte, die für ihn von besonderem Interesse waren, vor allem die herrlichen Tapisserien, die im Vorzimmer zur Großen Halle hingen. Mildred stellte die verbohrte Hingabe, mit der er sich diesem Hobby widmete, eigentlich nicht in Frage; Männer waren nun einmal so. Aber nach einer Weile mußte sie sich doch eingestehen, daß sie sich allmählich ausgeschlossen und in der Luft hängengelassen fühlte, vor allem nachdem auch noch die Aussicht auf ein Täßchen Tee, vielleicht mit Scones und echter Butter, entfiel.

Sie beklagte sich natürlich nicht; aber es bedeutete eben, daß sie ziemlich viel auf Bänken herumsaß, um ihre Füße zu entlasten. Dies ist nun eine Tätigkeit – oder Nicht-Tätigkeit, die bekanntlich müßigen Gedanken förderlich ist; und an diesem speziellen Sonntag hatte der müßige Gedanke, der ihr immer hartnäckiger im Kopf herumging, die Gestalt der müßigen Frage: Wozu bin ich überhaupt hier? Warum will Gordon mich bei sich haben, wo ich doch von allem nichts verstehe und nicht einmal intelligente Fragen stellen kann? Auch Auto fahren kann ich nicht. Diesen Überlegungen folgte auf dem Fuß die Erinnerung an Vals Worte nach der Abendeinladung: »Er benutzt dich, Mills. Sieh dich vor.«

Während sie so in den letzten Strahlen der Nachmittagssonne auf einer Bank am See saß und solchen Gedanken nachhing, geschah auf einmal etwas recht Merkwürdiges. Ein sehr großer, sehr alter Herr mit wüstem, schlohweißem Haarschopf blieb plötzlich vor ihr stehen und verneigte sich leicht.

»Um welche Stunde ward Ihre Gnaden zu Bett gebracht?« erkundigte er sich höflich.

Nun war Mildred es gewohnt, sich hilflos zu fühlen, wenn sie plötzlich von Fremden angesprochen wurde. Es kam immer wieder vor, und nie konnte sie schnell genug ihren Witz zusammenraffen und die richtige Antwort geben; dieses Mal war es nicht anders.

»Bedaure, ich bin hier selbst fremd«, war noch das Beste, was ihr einfiel; und dann wartete sie, daß er weiterging, um jemand anderen zu fragen.

Doch daraus wurde nichts. Statt dessen kam er einen Schritt näher und betrachtete sie genauer, wobei seine hellgrauen, glänzenden Augen plötzlich ganz abweisend und mißtrauisch dreinblickten.

»Madam, dies ist nicht die Zeit zum Tändeln!« wies er sie zurecht; und so war es allerdings. Es war die Zeit zum Fliehen. Oder um Hilfe zu schreien. So etwas in der Art.

Mildred blickte verzweifelt nach links und nach rechts; und siehe da, die Hilfe kam schon.

»Flora!« rief sie. »Flora, komm schnell her!«

18

Seit Monaten – nein, seit Jahren – hatte Mildred keine Gelegenheit mehr gehabt, sich beim Anblick ihrer Tochter so gründlich erleichtert zu fühlen. Gewöhnlich war sie kaum in der Lage, das Mädchen überhaupt richtig zu sehen, so dick war die Wolke mütterlicher Ängste, die zwischen ihnen hing. Aber diesmal erschien ihr Flora wie ein Schutzengel, und aus Mildreds Sicht verhielt sie sich auch so. Selbstsicher und lächelnd näherte sie sich Mildreds unheimlichem Fragesteller und streckte ihm die Hand entgegen.

»Kommen Sie«, sagte Flora, »wir müssen doch den Wald erreichen, bevor es dunkel wird«, und auf der Stelle ließ er sich ohne Widerspruch von ihr fortführen.

Von ihrer Bank aus konnte Mildred sehen, daß Flora ernst mit ihrem Begleiter sprach, während sie sich entfernten, aber sie hörte nicht, worüber sie sich unterhielten. Ihr Gefühl jedoch, daß sie selbst der Gegenstand dieses Gesprächs war, bestätigte sich, als Flora, jetzt schon ein ganzes Stück weiter weg, sich umdrehte und über die Schulter zurücksah, bevor sie weiter auf ihren Gefährten einredete.

Was redete? Erklärte sie ihm, daß die Dame auf der Bank ihre, Floras, Mutter war, und schalt ihn, weil er sie erschreckt hatte? Oder – wahrscheinlicher – machte sie ihm klar, daß es Zeitverschwendung sei, dieser dummen alten Kuh eine vernünftige Antwort entlocken zu wollen?

Immer noch zitternd, inzwischen auch steif vor Kälte – denn die Sonne war jetzt ganz fort, und ein kühler, scharfer Wind, Vorbote der Nacht, kräuselte das graue Wasser, das noch so blau und hell gewesen war, als sie hierherkam –, erhob Mildred sich von der Bank. Sie klemmte sich ihre Handtasche fest unter den Arm, als würde ihr so wärmer, und machte sich auf den Weg zum Hauptgebäude. Es mußte bald Schließungszeit sein. Gordon würde schon auf sie warten. Auch Arnold wäre jetzt darauf bedacht, die letzten verirrten Besucher vom Gelände zu schicken. Die alten Ängste, wie ihr Mann hier wohl mit seinen vielfältigen Pflichten sowie ihrem nicht näher definierten, aber lästigen Anteil daran zurechtkäme, begannen wieder an ihr zu nagen. Was natürlich lächerlich war. Es ging sie nichts mehr an, nichts und gar nichts.

O ja, sie warteten schon auf der Terrasse. Alle beide. Sehr zu ihrem Erstaunen standen sie beieinander, ganz in ein Gespräch vertieft, das sie erst abbrachen, als sie Mildred näher kommen sahen.

Sprachen sie über *sie?* Hatten sie einander irgendwie erkannt und sich um ihretwillen einander vorgestellt? Oder hatten sie nur zufällig über irgendein gelehrtes Thema zusammengefunden, angeregt durch die letzte Führung?

Offenbar beides.

»Ein interessanter Mann, ihr Gatte«, bemerkte Gordon, als er vorsichtig im Rückwärtsgang den immer noch überfüllten Parkplatz verließ, aber ehe Mildred darauf eingehen und klarstellen konnte, daß sie zu diesem Thema ausnahmsweise einmal ihre eigene Meinung hatte, setzte er ihr bereits Arnolds faszinierende Theorie darüber auseinander, wie die venezianischen Tapisserien zu der angegebenen Zeit sicher aus Italien hierhergebracht worden sein könnten, trotz der Wirren der piemontesischen Kriege.

»Ja«, sagte Mildred, als der Wagen, jetzt schneller, auf die Hauptstraße zufuhr. »Ja, das wird wohl so sein«, und: »Ja, Arnold weiß über so etwas sehr gut Bescheid.« Bald darauf nahmen die Lichter der Großstadt sie in die Arme und sie waren zu Hause.

Das heißt, bei Val. Mildred bat Gordon nicht ins Haus, und zwar aus einer ganzen Reihe von Gründen, unter denen die Überzeugung, er werde es ohnehin ablehnen, den obersten Platz einnahm. Zweifellos aus irgendeinem höflichen und durchaus plausiblen Grund, aber dennoch würde sie sich fragen müssen, ob er wohl anfing, sie langweilig zu finden.

Nachdem sie sich um diese Frage im Augenblick des Abschieds – mit dem üblichen keuschen Wangenküßchen und einem kurzen Händedruck – mit Erfolg gedrückt hatte, sah sie sich später am Abend erneut damit konfrontiert, als sie und Val sich dem unvermeidlichen Abgesang auf den heutigen Ausflug widmeten.

»Ich will ja nicht ungezogen sein«, meinte Val – nun, nicht so ungezogen zumindest, einem weiteren Austausch von Vertraulichkeiten einen frustrierenden Riegel vorzuschieben –, »ich will wirklich nicht ungezogen sein, aber was sieht er eigentlich an dir?«

Eine gute Frage. Sie ging seit geraumer Zeit auch in Mildreds Kopf herum, so daß sie sich durch die Bemerkung weniger gekränkt fühlte, als vielmehr froh war über die Gelegenheit, ihre Befürchtungen in Worte zu fassen.

»Hm…« Sie stockte und versuchte ihrer Selbstachtung zuliebe irgendein Licht am Ende des langen dunklen Tunnels zu sehen, den zu erkunden sie durch die Frage gezwungen war. »Also, unter anderem hat er mal gesagt, daß ich eine gute Zuhörerin bin, Val.«

Val lachte kurz auf, und das mit Recht, denn »Zuhörerin« war eigentlich eine gewaltige Übertreibung. Was Mildred in Gordons Gesellschaft tat, konnte man im Grunde nicht als Zuhören bezeichnen; vielmehr sonnte sie sich nur in *seiner* Zufriedenheit mit den eigenen Ausführungen und nährte diese, wann immer sie konnte, mit gescheiten kleinen Platitüden.

Aber vielleicht machte gerade das die gute Zuhörerin aus. Zaghaft unterbreitete sie Val diesen Gedanken, war aber über Vals barsche Antwort kaum überrascht.

»Du meinst, er hört sich selbst gern reden!« sagte sie. »Und du läßt ihn gewähren! Mills, wirst du denn nie etwas dazulernen?«

Was dazulernen? Val meinte natürlich, ihren eigenen Geschmack, ihre eigenen Ansichten zu vertreten; sich nicht dem Geschmack und den Ansichten irgendeines Mannes unterzuordnen.

Aber was Mildred im Laufe vieler Jahrzehnte wirklich gelernt hatte, war etwas anderes: Wenn man sich dem Mann in seinem Leben in allem, wirklich in allem beugte, was einem nicht wichtig war – wie der Transport von Tapisserien im sechzehnten Jahrhundert durch Piemont –, konnte man mit fast jedem Mann eine friedliche, angenehme Beziehung unterhalten, fast unbegrenzt. Wenn natürlich etwas aufkam, was einem wirklich etwas bedeutete, wie etwa Arnolds verrückter Berufswechsel…

Sie versuchte Val diesen Unterschied klarzumachen, wobei sie artig zugab, daß sie sich in diesem Fall nicht Arnolds Wünschen hätte beugen dürfen; aber wenn es um gewöhnliche, unwichtige Dinge ging…

Doch davon wollte Val nichts wissen.

»Genau das ist der springende Punkt, Mills!« rief sie,

wobei sie so kräftig auf die Armlehne ihres Sessels hieb, daß der Staub flog. »Indem du einem Mann in den sogenannten unwichtigen Dingen nachgibst, jahrein und jahraus, machst du es dir selbst unmöglich, dich in irgendeiner Frage gegen ihn durchzusetzen. Weil du keine Übung darin hast. Du weißt gar nicht, wie du es anstellen sollst. Das ist, als ob du ein Flugzeug fliegen wolltest, ohne vorher Flugstunden genommen zu haben.«

Da es nun wirklich Mildreds allerletzter Wunsch war, ein Flugzeug zu fliegen, und da sie nie im Traum daran gedacht hatte, Flugunterricht zu nehmen, war das kein gut gewähltes Beispiel. Aber Val ließ sich davon nicht beirren.

»Und darum mache ich mir solche Sorgen um dich, Mills, wenn ich mit ansehe, wie du wieder in dieselbe Falle rennst! Du verschließt die Augen vor der Tatsache, daß er ein aufgeplusterter Schwätzer ist, dem es völlig egal ist, ob er dich bis zum Gehtnichtmehr langweilt...«

»Also hör mal, Val!« mußte Mildred nun doch widersprechen. »Als er neulich hier zum Abendessen war, da schienst du doch...«

Aber was Val da geschienen hatte, war jetzt offenkundig nicht mehr von Bedeutung, denn sie erstickte Mildreds Protest mit einem erneuten Schlag auf die Armlehne; die Stäubchen tanzten golden um die Leselampe herum.

»Ich habe dich schon einmal gewarnt, Mills, und jetzt warne ich dich wieder. Er führt etwas im Schilde. Er seift dich ein, bis er dir den Todesstoß...«

Die Sprachbilder gerieten etwas durcheinander, aber die allgemeine Denkrichtung war klar. Mildred war eher belustigt als erschrocken, sogar ein klein wenig beruhigt. Immerhin würde ein Mann, der »etwas im Schilde führt«, sich nicht so leicht gelangweilt fühlen.

»Was könnte er denn im Schilde führen, Val?« fragte sie aus echter Neugier. Und Val, die sich offenbar schon ihre heimlichen Gedanken darüber gemacht hatte, antwortete wie aus der Pistole geschossen: »Wenn du mich fragst, ich halte ihn für einen professionellen Gauner. Meiner Ansicht nach will er irgend etwas aus eurem Emmerton Hall stehlen. Etwas richtig Wertvolles, und im Handumdrehen verkauft er es für Millionen und Abermillionen in Japan oder sonstwo. Ich habe gehört, daß die Japaner ganz verrückt auf westliche Antiquitäten sind. Weiß der Himmel, warum, und Geld spielt für sie keine Rolle. Also nimm lieber die Beine unter die Arme.«

Das sah Mildred nun eigentlich nicht so ganz ein; jedenfalls nicht aufgrund solch reiner Spekulationen.

»Aber wieso ausgerechnet ich?« fragte sie. »Selbst wenn das alles stimmte, was es natürlich nicht tut, wie könnte ich ihm dabei nützen?«

»Ist doch klar. Du kennst dich dort aus. Du hast die ganzen Wochen dort gewohnt und kennst den Laden in- und auswendig. Du weißt, um welche Zeit dein Mann immer abschließt, und in welcher Reihenfolge. Du weißt vermutlich, wo er die Schlüssel aufbewahrt. Und Gordon weiß inzwischen, wie leichtgläubig du bist. Er könnte dir alle Informationen, die er braucht, aus der Nase ziehen, ohne daß du es überhaupt merkst. Denk nur mal an diese verrückte Geschichte mit dem Schafsschädel. Eine Frau, die auf so etwas hereinfällt, fällt auf alles herein, wird er sich gesagt haben. Und noch etwas, Mills. Erinnerst du dich noch, wie er dich seinerzeit auf der Parkbank angequatscht hat und du dachtest, das sei reiner Zufall? Also, im Rückblick glaube ich keine Sekunde mehr an einen Zufall. Ich denke mir, er hat im Lokalblatt diese Meldung über dich und Arnold gelesen, daß ihr euch in Emmerton Hall eine neue Existenz aufbauen wollt, mitsamt einem Foto von euch beiden. Erinnerst du dich? DAS LEBEN BEGINNT MIT SECHZIG lautete die Schlagzeile.«

Und ob sich Mildred erinnerte. Damals hatte sie sich sehr aufgeregt. »Das Leben beginnt mit Sechzig«, direkt unter einem Foto von ihnen beiden. Das hieß doch, daß auch sie schon sechzig war, nicht nur Arnold, und sie war noch nicht sechzig. Sie wurde erst vierundfünfzig. Das konnte doch jede Frau in Rage bringen.

Aber Val hing immer noch ihren eigenen Überlegungen nach.

»Ich vermute, daß er da schon beschlossen hat, mit dieser Frau, die Emmerton Hall verwalten sollte, wo es so viele kostbare Schätze gab, eine Bekanntschaft anzuknüpfen. Und als du ihm dann praktisch auf dem Tablett serviert wurdest – ich meine auf dieser Bank im Park –, nun gut, wie es weiterging, wissen wir. Er hat beschlossen, sich an dich heranzumachen, dein Vertrauen zu gewinnen... Mills, du mußt ihn fallenlassen, wirklich. Du landest noch im Gefängnis, wenn du nicht auf dich achtgibst – wegen Mittäterschaft. Vor einem Richter hast du keine Chance, da bist du eine Ehefrau, die ihrem Mann durchgebrannt ist, was man als Beweis für deine kriminelle Veranlagung ansehen wird.«

Das klang ja alles recht aufregend. Besser jedenfalls, als fallengelassen zu werden, weil man langweilig war.

Vielleicht sprach aber doch etwas dafür, Gordon fallenzulassen. Lieber fallenlassen als fallengelassen werden, das erspart einem die Demütigung.

Wie sehr würde Gordon ihr fehlen? Als potentieller Liebhaber überhaupt nicht. Vier gemeinsame Ausflüge in

Folge, und immer noch dieses keusche Wangenküßchen – da stand ein solcher Ausgang wohl erst gar nicht in den Sternen. In dem Mittelding zwischen Erleichterung und Enttäuschung, das diese Erkenntnis in ihr weckte, überwog, wie sie feststellte, die Erleichterung. So blieb ihr wieder eine dieser Herausforderungen erspart, bei denen sich allzuleicht zeigen könnte, daß sie darin nicht gut war.

Also seine Gesellschaft? Trotz allem, was Val gesagt hatte, und obwohl sie selbst sich als unzulängliche Gesellschaft für einen Mann seines Kalibers empfand, hegte sie insgeheim das schöne Gefühl, daß sie zu den scheinbar einseitigen Gesprächen, die sie führten, eben doch etwas beitrug.

Von alledem konnte sie Val nichts erklären. Nicht einmal sich selbst.

»Ich werde mal darüber nachdenken«, sagte sie, und Val, die das als Zustimmung verstand, erging sich nun zufrieden in allgemeinen Überlegungen zur schwierigen Mann-Frau-Beziehung, insbesondere den Aspekten, vor denen ihre Freundin sich ganz besonders hüten müsse.

»Wozu braucht eine Frau in unserm Alter einen Freund? Seien wir doch einmal ganz, ganz ehrlich«, mahnte Val. Bestimmt nicht wegen Sex. »In unserer Generation steht uns der Sex bis hier«, erklärte sie, die Hand irgendwo auf Höhe ihrer Ohren. »Damit haben sie uns doch schon seit der Grundschule gefüttert bis zum Erbrechen.«

Obwohl in Mildreds Erfahrung solcher Überfluß nicht vorkam, akzeptierte sie das »wir« nachsichtig als Pluralis majestatis und wartete mit Bangen auf die Folgerungen, die sich aus dieser Einleitung ergaben. Zur Gesellschaft vielleicht? Schon als Mildred diese Möglichkeit schüchtern einwarf, war sie sich darüber im klaren, wie abgedroschen das klang, ein Vorschlag, der in Grund und Boden gestampft gehörte. Und das wurde er.

»Gesellschaft, Mills? Das soll wohl ein Scherz sein! Wenn ich von einer Frau höre, daß sie geheiratet hat, um Gesellschaft zu haben, kriege ich Anfälle! Ist denen nicht klar, daß ein Mann ihnen sehr viel mehr Gesellschaft vorenthält, als er selbst ihnen bieten kann? Nachdem er erst einmal entschieden hat, daß er deine Verwandtschaft nicht ausstehen kann, und alle deine Freundinnen verjagt hat, indem er jedesmal ein Gesicht zieht, wenn sie das Haus betreten – also, dann stellst du sehr bald fest, daß du zu lebenslänglich verurteilt bist, vierundzwanzig Stunden am Tag eingepfercht in eine Zweierzelle.«

Hatte Val das wirklich so erlebt? Und wenn, war es dann ein Wunder, daß ihr Mitgefangener die Flucht ergriffen hatte? Mildred öffnete schon den Mund, um sich danach zu erkundigen, aber Val war ja noch immer ganz, ganz ehrlich, vor allem im Hinblick auf Mildreds momentanes Dilemma.

»Wozu also braucht eine Frau einen Freund? Nicht wegen Sex. Nicht zur Gesellschaft. Mach dir nicht vor, es wäre eins von diesen beiden. Nein. Frauen brauchen ihn nur, um vor ihren Freundinnen damit anzugeben. Dieses Seht-mal-was-ich-mir-geangelt-habe. Zum Speien!«

Mildred erschrak ein bißchen, als sie das Körnchen Wahrheit in dieser Diagnose erkannte. Aber es war nicht die ganze Wahrheit, natürlich nicht. Während sie noch ihre Gedanken auf den Punkt zu konzentrieren versuchte, kam Val ihr bereits zuvor. Val hatte ja auch immerhin den Vorteil, sich schon vor langer Zeit mit diesem Thema befaßt zu haben, auf mancher feministischen Veranstaltung. Sie brauchte ihre Argumente nur aus der Tasche zu ziehen.

»Jede Beziehung zu einem Mann«, deklamierte Val, »ob innerhalb oder außerhalb einer Ehe, ist ein unbezahlter Ganztagsberuf. Der Mann ist im wesentlichen nur Beiwerk, ein Aushängeschild für deine persönlichen Vorzüge. Er ist eine gerahmte Urkunde für deine erfolgreiche Teilnahme am Wettbewerb erotischer Anziehung. Aber vergiß nicht, Mills: Das hat seinen Preis! Ein Mann in deinem Leben – irgendein Mann, ob Liebhaber oder nicht – ist wie ein teures modisches Kostüm, in dem dir entweder zu warm oder zu kalt ist, in dem du dich auf jeden Fall nicht frei bewegen oder dich irgendwie aktiv betätigen kannst. Laß dich also warnen, Mills! Laß dich warnen!«

Aber sie sagte das in aller Freundschaft, und bald saßen beide mit hochgelegten Füßen bei einer mitternächtlichen Tasse Kakao und beteiligten sich bequem von der Kulisse aus an einem derart simplen Fernsehquiz, daß sogar Mildred die Antworten auf fast alle Fragen dazwischenrufen konnte.

Wie sie so entspannt auf dem schäbigen, aber gemütlichen Sofa lag, neben sich ein elektrisches Heizöfchen, das freundlich vor sich hin summte, kam Mildred der Gedanke, daß dies doch die Momente im Leben waren, die sie am meisten liebte: die beruhigenden kleinen Zwischenspiele, die immer wieder zwischen den ernsten Tätigkeiten des Lebens aus den Ritzen hervorbrachen wie strahlende kleine Unkrautblüten aus dem Straßenpflaster, einfach nicht totzukriegen in ihrem engen und so trostlos wirkenden Gefängnis.

Ich habe es gern bequem, dachte sie. Ich liebe es, wenn die Dinge des Lebens alle schön im Bereich meiner Fähigkeiten liegen. Ich will nicht gefordert werden. Ich will nicht auf irgendeinem Gebiet besonders gut sein. Als wir heirateten, dachte ich, Arnold wäre auch so, er mit seinem sicheren, unaufregenden Beruf, an dessen Ende eine Pension wartete. Und über zwanzig Jahre lang habe ich ihn weiter so gesehen.

Aber das war ein Irrtum, nicht wahr? Es ist nicht fair, dachte sie verträumt, wenn Leute sich plötzlich ganz anders verhalten, als es ihre eigentliche Art ist. Wie Arnold. Wie Val, die sich für Gordons Besuch so herausputzte, nachdem sie die ganze Zeit so laut getönt hatte, man dürfe sich nicht bemühen, einem Mann zu gefallen. Und dergleichen mehr. Da mußte man sich doch fragen, was für Überraschungen Gordon unter seiner gelehrten, soliden Schale noch für sie bereithielt.

Ein unangenehmer Gedanke und alles andere als beruhigend. Warum sich den friedvollen Anblick damit verderben?

»Einer, der Kristalle studiert!« rief sie triumphierend – und einen Sekundenbruchteil früher als Val – auf die Frage nach der Bedeutung des Wortes »Kristallograph«. Sie fühlte sich ausgefüllt, bereichert durch diesen klitzekleinen Erfolg. Wie leicht es doch war, sich mit Leichtem zu befassen! Konnte es davon nicht mehr geben?

19

Um dieser gräßlich peinlichen Begegnung mit seiner Frau und ihrem neuen Freund so schnell wie möglich zu entfleuchen, murmelte Arnold eine rasche Entschuldigung, daß er früh abschließen müsse, und entschwand ins Verlies. Drei Sonntage hintereinander hatte er sorgsam jeden Kontakt mit Mildred vermieden – eine Aufgabe, die ihm dadurch erleichtert wurde, daß sie ebenso sorgsam jeden Kontakt mit ihm vermied. Dennoch war das Ganze ärgerlich. Warum kam sie nur immer wieder hierher? Dieses eine Mal, um ihre Sachen abzuholen – in Ordnung. In Ordnung auch, daß sie jemanden mit Auto gefunden hatte, der ihr beim Abtransport half. Aber am nächsten Sonntag wiederzukommen, und am Sonntag danach – das war zu viel! Zusätzlich wurde die Sache noch dadurch kompliziert, daß ihr Begleiter sich als Experte für italienische Tapisserien des sechzehnten Jahrhunderts entpuppte, ein Mann nach Arnolds Geschmack. Er hätte diesen Gordon Belfort gern ein bißchen näher kennengelernt; ihn vielleicht sogar zu einer Privatführung eingeladen, zu einer Zeit, wenn die Öffentlichkeit noch keinen Zutritt hatte. Es hätte vielleicht überaus lohnend werden können, zumal dieser neue Bekannte offenbar vor vielen Jahren einer von Sir Humphreys Studenten gewesen war; er hatte den großen Historiker in seiner Blütezeit persönlich gekannt. Seit Arnold hier war, machte es ihn traurig, daß er nur noch der kaputten Hülle dieses einst so brillanten Kopfes begegnen konnte; der verfallenen Ruine dessen, was Sir Humphrey einmal gewesen war. Eine Chance, an den Erinnerungen eines Mannes teilzuhaben, der Sir Humphrey Penrose in seiner großen Zeit persönlich gekannt hatte, wäre ihm darum ausgesprochen willkommen gewesen.

Aber es sollte nicht sein. Er war gerade drauf und dran gewesen, seine Einladung behutsam anzubringen, als er mitten im Satz durch den Anblick seiner Frau unterbrochen wurde, die auf sie beide zugestolpert kam, die Handtasche fest an ihre Rippen geklemmt, wie immer, wenn sie nervös war. Es war unmöglich, diese neue Bekanntschaft zu pflegen, wenn immer Mildred dabei war, deren Unwissenheit wie ein totes Gewicht auf jedem interessanten Gespräch lastete. Hatte sie es doch eben erst geschafft, eine fesselnde Diskussion einfach dadurch zu beenden, daß sie dastand, ein bis zwei Schritte entfernt, sich an ihrer Handtasche festhielt und nichts sagte.

Wie erholsam und friedlich ihm das Verlies jetzt vorkam nach dieser unerfreulichen Begegnung! Selbst die Folterinstrumente – die Streckbank, die Daumenschrauben, die eiserne Jungfrau – erschienen ihm wie alte Freunde, so still, so anspruchslos und inzwischen so vertraut.

Sie gehörten einmal gründlich gesäubert, vor allem die Eisenteile, die allzuleicht rosten konnten, wenn man sie zu lange vernachlässigte. Mit einem Wischtuch in der Hand nahm er sich eines nach dem anderen vor, polierte alle Schmutz- und Roststellen, überprüfte hier und da auch den Mechanismus. Die Schülergruppen – kleine Ghule alle miteinander – liebten es, wenn man die unheimlichen Räder und Zahnstangen langsam in bedrohliche Bewegung setzte. »Uhhh« und »Ahhh« stöhnten sie dann andächtig und kicherten abwehrend. Manch einer hielt sich auch in gespieltem – oder vielleicht echtem? – Entsetzen die Augen zu, aber immer waren die Finger ein bißchen gespreizt, damit man doch hindurchlugen konnte. Arnold fragte sich manchmal, worin diese Faszination bestand; war es wirklich nur gewöhnlicher, beklagenswerter Sadismus? Oder hatten heranwachsende Kinder vielleicht ein echtes körperliches Bedürfnis nach Schock und Horror, damit ihre Nebennierendrüsen sich richtig entwickelten? Vielleicht war ohne solche frühen Erlebnisse der Adrenalinausstoß das ganze Leben lang zu schwach und träge, was dann zu Lethargie und Depressionen führte? Wenn das stimmte, war es ein guter und triftiger Grund für die hechelnde Gier, mit der die lieben Kleinen diese grausigen Relikte umschwärmten.

Nicht daß die Erwachsenen ihnen in ihrer (etwas verschämten) Begeisterung für archaische Scheußlichkeiten allzusehr nachgestanden hätten! Das Interesse am Verlies und seinem schaurigen Inhalt hatte sich noch verdoppelt, seit die Damen vom Museum für Magie und Hexerei bei den nachmittäglichen Führungen gelegentlich für ihn einsprangen, wenn er die eine oder andere Runde nicht mehr schaffte. Im Verlies, so behaupteten sie, gehe der Geist einer alten Frau um, die vor dreihundert Jahren darin gestorben sei, angeklagt der Hexerei. Tapfer sei sie gestorben, habe nicht um Gnade gefleht, sondern bis zum letzten Atemzug ihren Trotz und Hohn hinausgeschrien. »Gegen meinen Willen, Ihr Herren, habt Ihr mich hergebracht an diesen Ort, um meinen Tod zu wirken; und wahrlich, ich sage Euch, gegen Euren Willen werde ich hierbleiben. Meinen sterblichen Leib mögt Ihr vernichten, doch meine Seele, da sie unsterblich ist, wird leben, um *Eure* Vernichtung zu wirken, jedes einzelnen von Euch.«

Hatte sie die Vernichtung eines jeden einzelnen dieser ungenannten Herren gewirkt? Jedenfalls waren sie schließlich alle gestorben, jeder einzelne, das stand fest; darüber hinaus aber war über keinen von ihnen etwas bekannt. Nicht daß diese historische Wissenslücke die Hexendamen in irgendeiner Weise abgeschreckt hätte; sie waren um Beweise eigener Machart nicht verlegen. Die eine oder die andere brachte dann auch einmal einen Apparat mit, der aussah wie zwei durch ein Kabelgewirr miteinander verbundene Kakaodosen. Dies, so erklärte die Vorführerin, sei ein Phantometer und so konstruiert, daß es ein leises, regelmäßiges Klicken von sich gebe, wenn ein Geist in seiner Nähe vorbeischwebe. Dann nahm sie in jede Hand eine der Kakaodosen, schloß die Augen und gebot Ruhe. Nach einer angemessenen Zahl von Sekunden, in denen die Spannung auf Fiebertemperaturen stieg, ließ sich, man höre und staune, das Klicken vernehmen: leise zuerst, kaum hörbar; dann lauter... lauter... lauter, wenn das Gespenst aus der Ostwand hervorkam und sich der Mitte des Gewölbes näherte, wo der Apparat stand, dann wieder leiser... leiser... leiser, wenn es seinen Weg fortsetzte und schließlich durch die Westwand wieder entschwand.

Nun gut, es lockte die Massen an. Eine eigene Eintrittskarte fürs Verlies schien angezeigt. Es würde den nachmittäglichen Einnahmen ein erfreuliches Plus bescheren; allerdings würden die Besucher an den Tagen, wenn Arnold die Führungen selbst machte, in Sachen Gespenster und anderer geheimnisvoller Erscheinungen leider etwas zu kurz kommen.

Um keinen Preis – auch nicht um zusätzlicher Einnahmen willen – würde Arnold sich auf derartigen Humbug einlassen. Abgesehen von dem lächerlichen Phantometer entbehrte schon die Geschichte an sich jeder Plausibilität. Eine im siebzehnten Jahrhundert wegen Hexerei angeklagte Frau wäre auf dem Scheiterhaufen verbrannt worden, vor den Augen riesiger Menschenmengen, nicht in der Heimlichkeit eines Verlieses. Der ganze Sinn der Hexenverfolgungen war es doch, ein öffentliches Schauspiel daraus zu machen, zur Abschreckung für jede andere Frau, die sich von ihrer angeborenen Intelligenz und Intuition dazu verleiten lassen könnte, allzu schlau sein zu wollen.

Natürlich war Flora da wieder völlig anderer Meinung. Und als Arnold sich an diesem Nachmittag in seine Wohnung zurückwagte – nachdem er sich vergewissert hatte, daß Mildred und ihr Begleiter längst weg waren –, begann die ganze Diskussion von neuem.

»Woher weißt du denn, daß dieses Phantometer ein einziger Humbug ist?« begehrte sie von ihm zu wissen. »Damit willst du doch nur sagen, daß du nicht verstehst, wie es funktioniert! Also, ich für meinen Teil verstehe nicht, wie ein Laserstrahl funktioniert, bei Augenoperationen und so, aber daraus ziehe ich doch nicht den voreiligen Schluß, daß es lauter Humbug ist und diese Operationen nie klappen können.«

Soweit richtig. Arnold wußte auch nicht, wie ein Laser funktionierte. Er versuchte seiner Tochter jedoch zu erklären, daß man angesichts einer Technik, die man nicht verstehe (und davon gebe es von Jahr zu Jahr mehr, so daß auch der gebildetste Laie nicht mehr mitkomme), eben das Urteil der Experten auf diesem Gebiet akzeptieren müsse. Dazu seien Experten schließlich da – um dem Laien die Erkenntnisse zu präsentieren, zu denen man durch ungeheuer komplizierte Experimente und Überlegungen gelangt sei.

»Und woher weißt du, daß die Erkenntnisse der Phantometrie nicht auch das Ergebnis ungeheuer komplizierter Experimente und Überlegungen sind? Wer sind denn die Experten für Gespenster und Magie? Du, der du dich nie dazu herabgelassen hast und dich auch nie dazu herablassen wirst, dich mit diesem Thema zu befassen? Oder diese Mitglieder der Vereinigung für Magie und Hexerei, die sich solcher Fragen angenommen und sie jahrelang eingehend studiert haben? Hast du schon mal deren Bibliothek gesehen? Regale über Regale, vom Fußboden bis zur Decke, alle vollgestopft mit Büchern über derartige Sachen: Geister, Parapsychologie, außersinnliche Wahrnehmung, Jenseitserfahrungen, Telekinese. Welches Recht hast du, der du nicht eines von diesen Büchern gelesen hast, das alles als Humbug abzutun?«

Arnold begann sich zu langweilen und zuckte die Achseln. Wahrscheinlich hatten diese albernen Frauen auch noch keines dieser Bücher gelesen. Und Flora wollte ja überhaupt nur streiten, wie so oft, allein um des Streitens willen.

»Schon gut, Flora, wenn du unbedingt an diesen Unsinn glauben willst, werde ich meine Zeit nicht damit vertun, dir…«

»Ich habe nicht gesagt, daß ich daran glaube. Ich sage nur nicht, daß ich nicht daran glaube. Ich kann das eine wie das andere nicht beweisen. Und du auch nicht. In solchen Fällen ist es genauso irrational, zu glauben, daß etwas nicht wahr ist, wie zu glauben, daß es wahr ist.

Aber eines will ich dir sagen. Sir Humphrey glaubt, daß sich in diesem Verlies etwas Seltsames verbirgt. Er hat so allerlei gesehen. Und gehört. Diese Tür in der Ostwand, die ja immer verschlossen sein soll, weil die Treppe dahinter gefährlich ist – also, die ist *nicht* immer verschlossen, denk darüber, wie du willst. Er hat sie schon langsam aufgehen sehen, öfter als einmal. Er hat etwas da herauskommen sehen, tief in der Nacht. Er kennt nämlich die Dinge, die hier früher mal passiert sind... was man über diese Wendeltreppe da hinuntergeschafft hat. Er weiß das. Für so etwas ist er Experte.«

»War Experte«, verbesserte Arnold sie. »Du solltest wirklich nicht vergessen, daß er jetzt ein sehr alter Mann ist, Flora, wirr im Kopf und voller Phantastereien. Du tust ihm gar nichts Gutes, wenn du seine Wahnvorstellungen unterstützt.«

»Das *sind* keine Wahnvorstellungen! Und woher willst du wissen, was ihm guttut und was nicht?« Flora wurde richtig böse. »Und von wegen Experten! Wer ist Experte für Sir Humphreys Geisteszustand? Du, der du noch keine drei Worte mit ihm gewechselt hast? Oder ich, die ich schon stundenlang mit ihm geredet und mir seine Ideen angehört habe, mich wirklich für ihn interessiere und schon jede Menge über ihn nachgedacht habe? Weißt du, Arnold, es gibt auf der Welt nichts Unlogischeres als euch logische Leute. Ihr glaubt alles zu wissen, und darum ist alles, was ihr nicht wißt, allein schon deswegen Unsinn.«

In gewisser Hinsicht war es eine Erlösung, als Flora sich gleich nach dem Abendessen verabschiedete. Joyce war zum sechzigsten Geburtstag einer Freundin eingeladen und hatte sich zum erstenmal seit Jahren in der Lage gesehen, eine solche Einladung anzunehmen. »Es kann spät werden«, hatte sie Flora gewarnt, und in ihrem freudig erregten Ton war Stolz über ihre eigene beispiellose Kühnheit mitgeschwungen. Flora, wie immer durch nichts zu erschüttern, hatte ihr versichert, das sei schon in Ordnung. »So spät, wie Sie Lust haben.«

Arnold argwöhnte – obwohl er es tunlichst vermied, sich Gewißheit zu verschaffen –, daß Joyce dazu übergegangen war, Flora fürs Vaterhüten zu bezahlen. Wieviel es war, und ob es den gängigen Preisen entsprach, wußte er nicht, wollte er auch nicht wissen. Alles wissen mochte auf alles vergeben hinauslaufen oder nicht, es setzte einen auf jeden Fall der Gefahr aus, sich Vorwürfe einzuhandeln, wenn etwas schiefging.

Wie so oft an einem ruhigen Abend, den er ganz für sich allein hatte, fühlte Arnold sich früher als sonst von Schläfrigkeit übermannt. Bevor er aber zu Bett ging, gönnte er sich zur Entspannung ein langes warmes Bad. Das hatte er verdient. Es war ein anstrengender Tag gewesen: zuerst der sonntägliche Massenandrang, dann diese peinliche Begegnung mit Mildred; und damit nicht genug, zum Schluß auch noch diese ermüdende Diskussion mit seiner Tochter. Wenn er auf die letzten Wochen zurückblickte, mußte er feststellen, daß die meisten ihrer Gespräche aus Diskussionen bestanden hatten, meist ziemlich sinnlosen, bei denen man nie zu einem Ergebnis kam. Für Flora war das nur ein Spiel, dessen war er sich gewiß; eines, bei dem sie aus dem einfachen Grund, daß sie jung war und seine Ansichten mühelos als veraltet und typisch für seine Generation hinstellen konnte, schließlich gewinnen mußte. Oder vielleicht war es auf einer tieferen Ebene ja auch ein Spiel, das sie nur deshalb mit ihm trieb, weil sie wirklich nicht wußte, wie sie sonst eine Beziehung zu ihm herstellen sollte. Oder er zu ihr?

Während ihm das durch den Kopf ging, fühlte er, wie das Wasser, in dem er lag, langsam abkühlte, und als er den Hahn aufdrehte, um dem abzuhelfen, mußte er zu seinem Ärger feststellen, daß es da nur noch lauwarm herauskam.

Widerstrebend und vor Kälte bibbernd, stieg er aus der Wanne, rubbelte sich mit Höchstgeschwindigkeit trocken und zog seinen Schlafanzug an. Er wollte nicht aufbleiben und auf Flora warten – der Himmel wußte, wann sie wiederkommen würde, und sie hatte ja jetzt ihren eigenen Wohnungsschlüssel. Natürlich nicht die Schlüssel zum Anwesen; diese trug er immer bei sich. Er hatte sie für alle Fälle sogar mit ins Bad genommen.

Um elf lag er im Bett, und noch bevor es zwölf war, schlief er schon. Kurz vor dem Einschlafen bekam er noch halbwegs mit, daß die Haustür leise geöffnet und wieder geschlossen wurde.

Gut. Flora war also wohlbehalten zurück. Wenn es irgendwelche Probleme gäbe, hätte Joyce inzwischen angerufen.

Wie es heißt, suchen die Träume uns nicht wahllos zu jeder Nachtstunde heim. Sie kommen in Zyklen, etwa alle anderthalb Stunden, und wenn man mitten in einer dieser Traumphasen aufgeweckt wird, erinnert man sich lebhaft an diesen Traum und kann ihn in allen Einzelheiten erzählen. Andernfalls verblaßt er während des nachfolgenden Schlafs, und am Morgen erinnert man sich an nichts mehr.

Nach dieser Rechnung muß es gegen halb zwei gewesen sein, als Arnold seinen beängstigenden Traum hatte. Und er erwachte aus ihm tatsächlich mit dem Gefühl, daß etwas ihn geweckt hatte. Mehr noch, er konnte sich in Übereinstimmung mit der Theorie auch lebhaft an seinen Traum erinnern und hätte ihn in allen Einzelheiten erzählen können, nur daß er natürlich nicht die Absicht hatte, dies zu tun. Wer möchte sich schon anderer Leute

Träume anhören? Und in diesem speziellen Fall wäre es auch gar nicht möglich gewesen, einem anderen Menschen den Horror begreiflich zu machen, der diesen Traum begleitete, während er sich in unbarmherzigem Galopp zum Alptraum entwickelte.

Er hatte geträumt, er sei wieder im Verlies. Daran war nun nichts Überraschendes, denn er hatte erst nachmittags da unten gearbeitet. Aber in dem Traum war das Verlies düsterer als sonst; das war zunächst das einzige, was ihn beunruhigte. Er versuchte die Neonbeleuchtung anzuknipsen, fand aber irgendwie die Schalter nicht. Was sogar im Traum völlig absurd war, da er ja sehr genau wußte, wo die Schalter sich befanden, nämlich ganz praktisch in Handhöhe neben der schweren Eichentür. Und doch schienen sie einfach nicht da zu sein. Seine Traumhand glitt auf den rauhen Steinen auf und ab; aber da war nichts.

Ganz besonders ärgerlich wurde das durch den Umstand, daß auf der Fläche eines der alten Folterinstrumente (es mußte die Streckbank sein) die Oktoberabrechnungen seines Amtes lagen: das heißt, des Rechnungsamtes in der Stadtverwaltung, wo er fast sein Leben lang gearbeitet hatte. Im Traum wußte er, daß er die Aufgabe hatte, diese Abrechnungen zu prüfen und noch heute dem Hauptamt darüber zu berichten. Es war eine höchst vordringliche Aufgabe. Mit jener Beklommenheit, die ihn auch in seinen Buchhaltertagen in regelmäßigen Abständen heimgesucht hatte, gab Arnold die vergebliche Suche nach den Lichtschaltern auf, zog seinen Bürostuhl (ja, der befand sich irgendwie im Verlies) an die Streckbank, das offenbar als Schreibtisch diente, und betrachtete, so gut es ging, die Stapel mit eng betipptem Papier. Von irgendwoher kam ein schwaches graues Licht; es reichte gerade, um die Überschriften zu erkennen, aber die Zahlenkolonnen, soweit er sie überhaupt entziffern konnte, ergaben keinerlei Sinn. Seine Beklommenheit wuchs; und plötzlich, von einer Sekunde auf die andere, überschritt sie irgendeine dunkle Schwelle in seinem Gehirn und wurde von bloßer Beklommenheit zur Angst.

Er hörte Atmen. Es war sehr leise, kam aber näher. Jemand stand hinter ihm. Er fühlte eine leichte Berührung am Hals, dann noch eine. Er spürte das Tasten langer, weißer Finger, wobei er nicht wußte, wie er durch bloßes Fühlen hätte feststellen können, daß sie lang und weiß waren; darüber wunderte er sich nicht einmal, wie das in Träumen so geht. Er wußte jetzt, daß man ihn erdrosseln würde. Die Finger, die so leicht um seine Ohren herumtasteten, hatten eine schreckliche geheime Kraft in sich, während sie Anstalten machten, sich um seine Kehle zu schließen.

Und noch immer konnte er sich nicht rühren. Die Lähmung des Alptraums hatte alle seine Glieder erfaßt, seine sämtlichen Muskeln waren noch im Schlaf gefangen und einfach nicht zu gebrauchen. Er war wie ein Leichnam, an dem ein Leichenhallenwärter sich zu schaffen machte; wie ein Mordopfer, dessen Angreifer sich vergewisserte, daß er wirklich tot war, sein Atem völlig stillstand.

Und da endlich konnte er schreien. In Wirklichkeit war es natürlich nur ein leises Stöhnen; aber genau im selben Moment hörten die Finger zu tasten auf, und Arnold war wach und lag wohlbehalten im Bett.

Da lag er, schwitzend vor Erleichterung, und erwartete fest, daß die letzten Spuren der Angst, die ein böser Alptraum stets hinterläßt, nun endlich verblaßten.

Doch die Erleichterung war kurzlebig. Während er noch

den letzten Schlaf abschüttelte, spürte er eine Luftbewegung wie von einem kleinen Windhauch, der durchs Zimmer strich. Er setzte sich mühsam auf, knipste die Nachttischlampe an und sah sich um.

Alles schien in bester Ordnung. Dennoch blieb das drückende Gefühl, daß etwas nicht stimmte, selbst jetzt noch, nachdem er richtig wach war, und das erste, wonach er tastete – da der Gedanke daran ihn nie ganz losließ –, war der Schlüsselbund.

Ja, der Schlüsselbund war da; er lag nicht nur einfach unter dem Kissen, sondern befand sich wohlverwahrt im Kissenbezug, wo keiner herankommen konnte, ohne ihn zu wecken.

Ohne ihn zu wecken? Aber er war ja aufgewacht! Diese Finger im Traum – waren sie wirklich nur Traum gewesen? Oder hatte jemand, der wußte, wo die Schlüssel waren, danach gesucht?

Flora natürlich! Seine mißratene, bösartige, gewissenlose Tochter! Hatte sie versucht, die Schlüssel zu stehlen, wohl in Verfolgung irgendeines angeblich segensreichen Plans, der es erforderte, daß sie mitten in der Nacht wieder einmal irgendeinen Teil des Gebäudes aufschloß? So etwas hatte sie ja schon einmal getan. Er traute es ihr zu. Er traute ihr überhaupt alles zu. Und zweifellos war sie diejenige, die noch am ehesten wußte, wo er gewöhnlich die Schlüssel versteckte.

Empörend! Er zog sich seinen Morgenmantel an, eilte über den Flur und betrat, nicht eben leise, das Zimmer seiner Tochter; nur um festzustellen, daß Flora nicht da war. Natürlich war sie nicht da! Und genau in diesem Augenblick, als er noch zögernd in der Tür stand, klingelte das Telefon.

»Hallo, Dad?« Als könnte sie kein Wässerchen trüben. Nannte ihn sogar »Dad«. Welchen Grund konnte dieser ungewohnt freundliche, kein bißchen zänkische Ton haben? Er hätte ihn zu gern für bare Münze genommen, aber wie sollte man das wissen?

»Hör mal, Dad, ich hab dich hoffentlich nicht geweckt.« (Eine eitle Hoffnung um halb zwei Uhr morgens, sollte man meinen, aber was zählt, ist ja die Absicht.) »Ich dachte nur, ich sollte dir lieber Bescheid sagen, daß ich heute nacht nicht mehr nach Hause komme. Nur damit du dir keine Sorgen machst, meine ich...«

Was steckte hinter dieser unbegreiflichen Rücksichtnahme? Es war ihm zuwider, in solchen Begriffen zu denken, aber wie hätte er anders gekonnt nach allem, was sich zwischen ihnen schon abgespielt hatte? Er gab sich einen Ruck, um vorurteilslos die Begründung anzuhören, die sicher jetzt folgen würde; und sie klang in der Tat durchaus plausibel. Joyce war anscheinend soeben erst von der Geburtstagsfeier nach Hause gekommen – »Toll! Jetzt haut sie mal auf den Putz!« – und hatte vorgeschlagen, daß Flora, da es schon so spät war, für den Rest der Nacht dablieb und auf dem Wohnzimmersofa schlief.

Alles sehr vernünftig und einleuchtend. Arnold legte auf, höchst erleichtert darüber, daß seine unerfreulichen Verdächtigungen sich als völlig unbegründet erwiesen hatten. Zu Joyces Cottage waren es zehn Minuten zu Fuß, von hier aus einmal quer über das dunkle Gelände. Somit bewies Floras Anruf schlüssig, daß sie nicht die Urheberin dieses Alptraums gewesen sein konnte, aus dem er erst vor fünf Minuten erwacht war. Diese tastenden Finger mußten einfach zu dem Traum gehört haben und waren so unwirklich gewesen wie alles übrige.

Er wandte sich vom Telefon ab, ganz schwach vor Erleichterung – und sah sich Auge in Auge mit einer hochgewachsenen, hageren Gestalt, die stumm in der Tür stand.

20

Daß Sir Humphrey Penrose verrückt war, hatte Arnold nie bezweifelt; aber nie hätte er das aus dem Anblick dieser aufrechten, gebieterischen Gestalt geschlossen, die jetzt vor ihm stand. Angetan mit einem hermelingesäumten Gewand aus dunkelrotem Samt, wie es einem hochstehenden Edelmann der Tudorzeit bei feierlichen Anlässen zukam, wirkte er nicht nur geistig normal, sondern auch ruhig, herrisch und entschlossen. Unter seiner juwelenbesetzten Mütze blitzten und funkelten die silbrigen Augen im Schein der Lampe, als er sich jetzt in Bewegung setzte und langsam und ungeheuer würdevoll auf Arnold zugeschritten kam. Merkwürdigerweise empfand Arnold nicht direkt Angst; eher so etwas wie ungläubige Ehrfurcht. Er fühlte sich in diesem Augenblick in der Gegenwart wahrer Größe.

Aber nur in diesem Augenblick. Als der alte Mann näher kam und sich beim Gehen sein Gewand öffnete, kamen darunter die Beine einer Schlafanzughose und ein Paar abgetragene Pantoffeln zum Vorschein.

Bei diesem Anblick wurde Arnold sofort wieder von Angst gepackt. Dahin war alle Größe, dahin die ruhige, gebieterische Selbstsicherheit. Hier stand wirklich ein Verrückter, ein seniler alter Narr, der sich wie ein Kind als Edelmann des sechzehnten Jahrhunderts verkleidet hatte, sogar – o ja – mit einem Schwert an der Seite. Einem echten Schwert! Der Lichtschein funkelte auf der rasiermesserscharfen Schneide, während die zitternde alte Hand auf dem juwelenbesetzten Griff ruhte. Stammte es aus der

Rüstkammer? Aus einer lange gehüteten Privatsammlung oben im Cottage? Im Augenblick erschien das nicht so wichtig. Viel wichtiger war im Moment, daß diese gefährliche, handliche Waffe sich im Besitz eines Irren befand, der unter Gott weiß für welchen Wahnvorstellungen und Phantasien litt.

»Für Flora ist das sicher nur ein Spiel«, hatte Joyce bei einer Gelegenheit einmal gemeint, »aber für ihn ist es tödliche Wirklichkeit«; und Arnold zweifelte nicht daran, daß sie recht hatte. Spielte der alte Mann auch jetzt seine eingebildete Rolle in irgendeinem tollkühnen Unternehmen, das mit jener blutbefleckten Zeit der Intrigen und Gegenintrigen, Verschwörungen, Verfolgungen und Morde zusammenhing, die zwischen dem Tod des Kindkönigs Eduard VI. und der Thronbesteigung der Königin Elisabeth lag? War er auch jetzt umgeben von Feinden, Verrätern, tückischen Verschwörern? Und wenn ja, war Arnold einer von ihnen?

Verrückte soll man bei Laune halten, so die gängige Weisheit. Man soll sie besänftigen, indem man sich auf ihre Phantasien einläßt; aber wie macht man das, wenn man nicht weiß, worum die Phantasie sich dreht? Oder welche Rolle einem selbst darin zugedacht ist? Mit nie dagewesener Inbrunst wünschte Arnold sich für einen kurzen Augenblick Flora herbei, Flora mit ihrem angeblichen Einfühlungsvermögen in den alten Mann, ihrer Vertrautheit mit seiner verdrehten Denkweise. Sie könnte ihm das alles wahrscheinlich ausreden, ihn dazu bringen, diese gefährliche Waffe wegzulegen; ihn überzeugen, daß ihr Vater kein Ketzer oder Lakai des Thronrats war, oder was Sir Humphrey sonst noch alles in ihm sehen mochte.

Das Schwert zerteilte blitzend die Luft, und Arnold

sprang unwillkürlich einen Schritt zurück. Er wußte, daß es unklug war, Angst zu zeigen, aber er hatte keine Zeit zum Nachdenken gehabt. Wie stark dieser Alte war! Und wie um seine Macht, seine hohe Fechtkunst zu demonstrieren, schwenkte er das Schwert noch ein paarmal vor Arnold hin und her, dann legte er es vorsichtig, liebevoll auf den kleinen Rosenholztisch und betrachtete ein paar Sekunden lang nachdenklich die schimmernde Schneide.

Dann blickte er auf, und in seine Augen trat ein Ausdruck der Verwirrung.

»Meine Brille?« jammerte er. »Die nehmen mir immer meine Brille weg. Warum können sie meine Sachen nicht in Ruhe lassen?« Und er stieß ungehalten das Schwert von sich weg, als ob es ihn bei der Suche behinderte. »Meine Brille... meine Lesebrille. Warum können die meine Sachen nicht in Ruhe lassen?«

War dies der Augenblick zum Eingreifen? Vorsichtig wagte Arnold sich einen Schritt vor und faßte Sir Humphrey am Arm. »Kommen Sie mit«, sagte er. »Sie müssen jetzt nach Hause. Dort wird auch Ihre Brille sein. Ich helfe Ihnen.«

Aber nach ein paar Schritten riß der alte Mann sich los.

»Wo bin ich hier? Wohin bringen Sie mich?« herrschte er Arnold an, plötzlich wieder mit klarer, gebieterischer Stimme. Und dann: »Ihr habt sie versteckt. Ich weiß es. Die königliche Hofdame hat mich vor dieser Schurkerei gewarnt. Ihr habt sie unter dem Kopfkissen versteckt!«

Bestimmt nicht die Brille. Er sprach jetzt anscheinend von den Schlüsseln. Sein verwirrtes Gehirn mußte sich wieder auf den eigentlichen Zweck seines Hierseins besonnen haben: die Schlüssel zu stehlen. Warum ihn nicht dazu bringen, es zu gestehen?

»Was soll ich unter dem Kopfkissen versteckt haben?« fragte Arnold. Nur weil er verrückt ist, muß ich mich doch nicht von ihm zum Affen machen lassen! Sowie er zugibt, daß er hinter den Schlüsseln her ist, werde ich ihm die Meinung sagen. Und Flora – von wegen königliche Hofdame! Ich bin mir verdammt sicher, daß sie hinter dem allen steckt!

Aber der alte Mann sagte nichts von irgendwelchen Schlüsseln. Er starrte nur blöde vor sich hin; und jetzt verstand Arnold, daß sein Schweigen nichts damit zu tun hatte, daß er den versuchten Diebstahl nicht zugeben wollte; er hatte ganz einfach vergessen, wozu er hergekommen war.

Welch klägliches Ende eines Einbruchs! Was hatte Flora sich dabei gedacht, so einer verrückten Eskapade auch noch Vorschub zu leisten? Das mußte sie ja wohl getan haben; wie sonst hätte ihr wirrer Schützling in Erfahrung bringen können, daß Arnold die Schlüssel nachts unter seinem Kissen hatte? Oder den Weg durch den dunklen, herbstlichen Garten zu dieser Wohnung gefunden?

21

Flora, den Tränen nah ob der Ungerechtigkeit dieser Vorwürfe, stritt alles ab.

»Ich wußte ja nicht mal, daß er draußen war!« beteuerte sie. »Ich habe nichts gehört. Ich habe ihn zu Bett gebracht, und dann habe ich unten ferngesehen – also, ich nehme doch nicht an, daß ich die ganze Zeit neben seinem Bett stehen und Wache halten soll, oder?«

»Natürlich nicht, Liebes«, versuchte Joyce sie zu beruhigen. »Es ist nicht Ihre Schuld. Er muß sich still davongeschlichen haben, das tut er manchmal, er ist sehr schlau. Ihr Vater weiß nur noch nicht, wie schlau alte Leute sein können, wenn sie senil werden.«

»Er ist nicht senil!« fauchte Flora sie an, und Joyce verzog schmerzhaft das Gesicht. Hatte sie nicht eben erst die Partei des Mädchens ergriffen? Die Diskussion um das nächtliche Abenteuer schien in ein Gezänk aller untereinander ausarten zu wollen; kein Wunder auch, denn es war vier Uhr in der Frühe, und keiner von ihnen hatte zwischendurch geschlafen – es sei denn, man wollte Arnolds kurze Alptraumepisode als Schlaf bezeichnen.

Inzwischen hatten sie zu dritt ein gewisses Bild vom Ablauf der Ereignisse zusammengestückelt. Joyce, noch in ihrem Abendkleid aus schwarzem Satin, das einen cremefarbenen Spitzenbesatz um Hals und Schultern hatte, konnte nicht viel dazu beitragen, da sie erst kurz vor zwei Uhr nach Hause gefunden hatte. Nicht direkt »auf den Putz gehauen«, wie Flora mutmaßte, vielmehr war sie ahnungslos in eine Falle gegangen, die erfahrenere Partybesucher tunlichst zu vermeiden trachten: dankbar das Mitfahrangebot eines anderen Gastes anzunehmen, der dann aber im weiteren Verlauf des Abends derart in Stimmung kommt, daß er erst in den frühen Morgenstunden aufbricht.

»Ich hätte es so ungezogen gefunden, einfach ohne sie zu gehen«, lamentierte Joyce. »Ich meine, nach so einem freundlichen Anerbieten. Es sind ja immerhin fast fünf Kilometer, und der letzte Bus war schon lange weg. Außerdem machte sie den Eindruck, daß sie jeden Moment gehen wollte. Ich meine, sie hatte schon ihren Mantel aus dem Schlafzimmer geholt und gesagt, was es für eine schöne Party gewesen war und das alles – und dann kam sie mit immer wieder jemand anderem ins Gespräch über irgend jemandes Ehe, die in die Brüche gegangen war. Ihr kennt das ja.«

Arnold kannte das natürlich nicht. Als Autofahrer war er eher mit der anderen Seite der Medaille vertraut – das mühsame Loseisen aller ihm zugewiesenen Passagiere von ihren jeweiligen Trink- und Gesprächspartnern zu einer ihm vernünftig erscheinenden Zeit.

Er verstand jedoch, wie so etwas zugehen konnte, und Joyce wußte sich ja auch gar nicht genug dafür zu entschuldigen.

»Ich hab ja so ein schlechtes Gewissen. Ich wollte nie, daß Flora so lange aufbleiben mußte, denn ich hatte ihr doch gesagt, daß ich spätestens um Mitternacht wieder da wäre, nicht wahr, Flora? Es ist alles meine Schuld. Ganz allein meine Schuld. Wenn ich um Mitternacht wieder dagewesen wäre, hätte das alles gar nicht passieren können!«

Hätte es aber doch. Was heißen soll, daß sich an dem Teil der nächtlichen Vorgänge, den Arnold für den sträflichsten hielt, nichts geändert hätte. Der hatte sich nämlich lange vor Mitternacht zugetragen, und Flora entschuldigte sich nicht einmal dafür. Im Gegenteil, sie schien sich regelrecht zu brüsten mit ihrer Untat – oder ihrem Samariterdienst, wenn man es von dieser Seite sehen wollte.

»Kurz vor zehn«, erklärte sie, »gerade als ›Family Fortunes‹ zu Ende ging, ist Sir Humphrey (der schon lange vor neun zu Bett gegangen war) auf einmal in höchster Erregung ins Wohnzimmer gestolpert gekommen und hat gemeint, im Verlies geht irgend etwas vor, er hat ein Kind schreien hören. Er weiß schon die ganze Zeit, daß sie das Kind dort gefangenhalten, und heute hat er die einzige Chance, es von dort zu befreien, während die Wachen bei ihrem Gelage sind.

Anscheinend hat er die Party, auf der Joyce war, mit irgendeinem Gelage der Wachen durcheinandergebracht. Natürlich sind da jetzt gar keine Wachen, das weiß ich auch – er muß noch halb im Schlaf gewesen sein und irgendwie geträumt haben –, aber er war jedenfalls ganz furchtbar aufgeregt. Und es hätte natürlich wirklich irgendwo ein Kind sein können, das sich verlaufen hatte, er könnte wirklich ein Kind schreien gehört haben. Da dachte ich, am besten geht man mal hinaus und guckt nach, damit er wieder Ruhe findet. Ich konnte ihn gar nicht so leicht dazu bringen, sich was Warmes anzuziehen, so außer sich war er; aber wir haben es dann doch hingekriegt und sind losgezogen.

Das Verlies war ganz dunkel und still, als wir hinkamen. Ich bin an der Brustwehr entlanggekrochen, um durch dieses Gitter zu sehen, aber es war natürlich pechfinster, und ich sah gar nichts. Totenstill war es, ich war ganz sicher, daß da niemand drin war, und das hab ich ihm auch gesagt. Aber er war noch immer nicht zufrieden. Wir müßten hinein, hat er gemeint, und das ganze Ding genau durchsuchen, jeden Winkel; er sei überzeugt, daß sie das Kind da versteckt hielten.

›Es gibt geheime Räume da unten‹, hat er geflüstert, ›von denen keiner etwas weiß, nur ich kenne sie. Ich muß hinein, ich muß!‹

Das hieß natürlich, die Schlüssel mußten her. Ich hab gedacht, sogar du, Arnold, würdest sie uns bestimmt für ein paar Minuten ausleihen, wenn du sähst, in welchen Ängsten er lebte. Aber als wir in die Wohnung kamen, warst du im Bad, du meine Güte, und da hab ich gedacht, es ist am einfachsten – ich meine, es spart viel Ärger –, wenn ich sie mir einfach für ein paar Minuten hole und gleich wieder zurücktue, bevor du überhaupt was merkst. Ich wußte ja, wo du sie immer hast – unterm Kopfkissen. Aber – verdammt noch mal! – da waren sie nicht! Du hattest sie sogar mit ins Bad genommen – ich konnte es gar nicht fassen! Wie paranoid kann man noch werden? Ich wollte gerade schon an die Badezimmertür hämmern und dich fragen, was das eigentlich soll, da sah ich auf einmal, daß Sir Humphrey lächelte. Er hatte sich auf dem Bett ausgestreckt und sah ganz friedlich und entspannt aus, als wäre gar nichts passiert.

›Welches Kind?‹ fragte er mich, als ob er das Ganze schon vergessen hätte. Er mußte also doch nur schlecht geträumt haben. Ist das ein Wunder, nach all diesen widerlichen Pillen, die sie in ihn reinstopfen? Er war mittlerweile ganz furchtbar müde und schläfrig, und ich konnte ihn nur noch aus deinem Bett locken und aus der Wohnung bugsieren. Es ging ihm aber gleich wieder besser, sobald wir draußen waren. Er liebt doch die Sterne so sehr, und die schienen heute nacht so hell. Ein ganz großer, sehr heller

Stern kam soeben über den Bäumen hoch; das ist der Sirius, hat er gemeint, und der war es sicher auch. Er weiß ja so viel, sein Kopf ist ganz voll mit Tausenden von hochinteressanten Sachen. Er hat so ein wunderliches Wissen...«

Soeben über den Bäumen. Anfang Oktober um elf Uhr abends. Sehr wahrscheinlich war das der Sirius gewesen. Der alte Mann hatte recht gehabt und sogar noch den richtigen Namen gewußt. Die Scherben seines einstmals so hohen Intellekts klirrten und klapperten noch immer unter seiner Schädeldecke und fügten sich wahllos immer wieder neu zusammen. Manchmal fanden sich die richtigen, manchmal verfehlten sie einander in der dunklen Nacht seines Verstandes.

Ein wunderliches Wissen, hatte Flora gesagt. Eine Pest, hätten andere, weniger erleuchtete Gemüter es vielleicht eher genannt, vor allem, wenn die Narrenpossen des Alten ihnen gerade erst den Nachtschlaf geraubt hatten. Gott sei Dank lag dieser jetzt wieder in seinem eigenen Bett und schlief – höchstwahrscheinlich; Joyce war vor ein paar Minuten erst oben gewesen und hatte nachgesehen, und sie war gähnend wieder heruntergekommen und hatte gemeldet, daß alles in Ordnung sei.

»Nur einer von seinen Anfällen«, hatte sie erklärt, das Gesicht ganz klecksig vor Müdigkeit und von den letzten Spuren eines selten benutzten und ungeschickt aufgetragenen Lidschattens. »Es kommt nicht wieder vor, zumindest nicht heute nacht. Die nächsten Tage wird er jetzt ganz brav sein, wartet nur ab. Es tut mir so schrecklich leid, Flora, daß es gerade passieren mußte, als Sie hier waren. So ein gemeines Pech aber auch!«

War es nur Pech? überlegte Arnold. Oder hatte Flora es in ihrer überlegenen Weisheit und psychiatrischen Einsicht unterlassen, ihm die Schlaftablette zu geben, die sein nicht-reformierter, nicht-ganzheitlicher, nicht-alternativer Arzt ihm verschrieben hatte?

Sie würden es nie erfahren; und Arnold für seinen Teil hatte auch nicht die Absicht, es in Erfahrung zu bringen. Jedenfalls nicht jetzt. Er wollte nur nach Hause und versuchen, wenigstens noch ein, zwei Stündchen zu schlafen, bevor die Tagesarbeit wieder begann.

22

Arnold hatte sich für seine freien Stunden nach dem Lunch einen schönen langen Nachmittagsschlaf zum Ausgleich für die verkorkste Nacht versprochen; aber es sollte nicht sein. Die Hexendamen, die zugesagt hatten, heute nachmittag die Führung zu übernehmen, ließen ihn im Stich. Und das im allerletzten Moment. Sie hätten sich den *nächsten* Montag notiert, nicht *diesen* Montag, beteuerte die eine mit der schrillen Stimme, als er sie anrief, um zu fragen, warum sie nicht gekommen seien, denn inzwischen strömte schon das Publikum herbei. Er habe das ganz, ganz falsch verstanden, belehrte ihn die Stimme, schriller denn je in dem absoluten Wissen, recht zu haben. Diesen Donnerstag hätten sie ihren Basar – ob er denn ihre Ankündigung nicht bekommen habe?

Nein, das hatte er nicht. Und er konnte sich auch nicht recht vorstellen, was Hexen auf einem Basar so feilzubieten hätten. Kröten vielleicht? Liebestränke? Im ersteren Falle säße ihnen der Tierschutzverein auf der Pelle, im letzteren das Rauschgiftdezernat. Aber das war ja nicht sein Problem. Sein Problem war die heutige Führung, auf die er sich nicht vorbereitet hatte, und zu der er auch nicht die geringste Lust verspürte, weil er so müde war, so betäubt vor lauter Schlafmangel.

Zum Glück waren es heute nur ganz normale Leute, die kaum die Nasen aus ihren Broschüren hoben und ganz damit beschäftigt waren, die Abbildungen darin mit dem in Einklang zu bringen, was sie vor sich sahen. Arnold wußte, daß seine Ausführungen nicht so hilfreich waren, wie sie hätten sein sollen; er hetzte die Leute förmlich durch die Räume und enthielt ihnen die prickelnden Anekdötchen vor, die sie für ihr Geld erwarten durften. Er verzichtete sogar auf die gut eingeübte und stets beliebte Demonstration der adligen Tischsitten im sechzehnten Jahrhundert, als man nämlich nur mit dem Messer aß und statt der heutigen Gabel einfach die linke Hand benutzte.

Ein Segen, daß heute keine Schülergruppen kamen. So war sein schlimmster Plagegeist ein halbgebildeter Besserwisser mit Halbglatze und Brille, der ihn unbedingt über das wahrscheinliche Datum belehren zu müssen glaubte, zu dem Maria Tudor hier für kurze Zeit geweilt habe, was nach Arnolds Wissen im Frühjahr 1551 gewesen sein mußte. Aber er wußte auch, daß dies umstritten war, und verspürte nicht die mindeste Lust, darüber mit diesem Zwischenrufer zu debattieren, der beide Hände voller Notizzettel hatte und mit wahllos von überall hergenommenen Zitaten um sich warf.

»Da könnten Sie recht haben, Sir«, schien ihm der schnellste Ausweg zu sein; aber natürlich war es seinem Widersacher um alles andere als um einen raschen, mühelosen Sieg zu tun. Er wünschte sich eine lange Debatte, die ihm Gelegenheit gab, sein angesammeltes Wissen so vorteilhaft wie möglich zur Geltung zu bringen, auch wenn er die anderen Besucher damit zu Tode langweilte. Am Ende blieb nichts anderes übrig, als den Mann sein Sprüchlein aufsagen zu lassen und die verlorene Zeit hinterher wieder hereinzuholen.

»Warum sind die Folterinstrumente nicht in Betrieb?« verlangte ein empörter kleiner Junge zu wissen, als Arnold die Gruppe in Rekordzeit durchs Verlies zu scheuchen versuchte. Die junge Frau, die offenbar die Mutter des Fragestellers war, schloß sich der Klage mit der Bemerkung an: »Und was ist mit den Gespenstern? Letztes Mal hatten wir hier ein Gespenst. Draußen auf dem Schild steht: TÄGLICH SPUKVORFÜHRUNGEN.«

Unnötig zu sagen, daß dies nicht offizieller Bestandteil der Führung war. Die Hexendamen mußten das Schild aufgehängt haben, als sie letztesmal hier waren. Doch Arnold, der nicht mit dem Warenauszeichnungsgesetz in Konflikt kommen wollte, gab eine kurze Zusammenfassung der gängigen Legende zum besten – enttäuschend offenbar für die Spukfreunde, langweilig für alle anderen – und scheuchte dann die ganze Bande so rasch, wie es die Höflichkeit gestattete, wieder die steinerne Treppe hinauf ins Freie.

Bis er die herumliegenden Abfälle eingesammelt und die schwere Tür verschlossen hatte, machte auch die Teestube schon Feierabend, und Flora kam nur wenige Minuten nach ihm in die Wohnung, die übliche Plastiktüte voll Geld lässig am Handgelenk. Er hatte es gänzlich aufgegeben, sich darüber aufzuregen. Wozu denn auch? Mit einem großen Theater wegen so etwas hatte er nichts zu gewinnen, aber alles zu verlieren. Er begriff nämlich mehr und mehr, daß seine Tochter ihm, trotz ihrer ärgerlichen Angewohnheiten, immer unentbehrlicher wurde. Woher sollte er nur, wenn sie beleidigt hier abzöge, eine neue Kraft für die Teestube bekommen, die so tüchtig und fleißig war und sich mit so minimaler Bezahlung zufriedengab?

Flora ließ die Tüte achtlos auf den Boden fallen, so daß die Münzen darin höchst unmelodisch klimperten, streifte ihre Schuhe ab und warf sich mit einem theatralischen Seufzer der Erschöpfung aufs Sofa. Um gerecht zu sein, sie war vielleicht wirklich erschöpft. Immerhin hatte sie eine mindestens so gestörte Nacht hinter sich wie er, auch wenn sie morgens natürlich bis in die Puppen geschlafen hatte. Jedenfalls war er schon fort gewesen, bevor sie aufstand.

»Schönen Tag gehabt, Flora?« Über die Teestube zu plaudern schien ihm ungefährlicher als ein Nachruf auf die Erschütterungen der letzten Nacht. Flora mußte inzwischen ja begriffen haben, daß der alte Mann wirklich verrückt war und alle ihre amateurhaften Bemühungen um eine Linderung seines Zustandes, indem sie seinen Selbsttäuschungen Vorschub leistete, schlimmer waren als nur vergeblich. Geradezu gefährlich. Aber es konnte nur schaden, ihr das jetzt unter die Nase zu reiben. Flora war ja nicht dumm. Er sollte sie ihre Lehren aus den Ereignissen der vergangenen Nacht lieber selbst ziehen lassen. Wann hätte ein »Ich hab's dir ja gesagt« schon jemals einen fruchtbaren Dialog gezeugt?

»Ich hab's dir ja gesagt!« rief Flora und wischte damit die diplomatische Erkundigung ihres Vaters nach dem heutigen Tag als das Ablenkungsmanöver beiseite, das sie auch war. »Und Joyce hab ich es auch gesagt, wieder und wieder – ich hab's euch beiden gesagt, daß diese Beruhigungspillen und das ganze Zeug ihm nur schaden, und letzte Nacht habt ihr es ja selbst gesehen! Er war so durcheinander, daß er nicht einmal mehr wußte, wozu er hier in die Wohnung gekommen war. Ich kann nur hoffen, daß Joyce ihre Lehren daraus gezogen hat!«

Das hatte sie wohl. Wahrscheinlich war sie in diesem Augenblick am Telefon und fragte den Arzt, ob sie im Hinblick auf den hochverwirrten Zustand ihres Vaters die Dosis erhöhen dürfe.

Solch diametral entgegengesetzte Lehren kann man aus ein und denselben Fakten ziehen. Einen Augenblick lang empfand Arnold nur große Hoffnungslosigkeit, nicht nur in bezug auf sich und seine Tochter, sondern auf die ganze hadernde, zänkische Welt. Obwohl er eigentlich beschlossen hatte, nicht alles noch schlimmer zu machen, indem er eine Diskussion begann, konnte er es sich doch nicht versagen, eine Lanze für den gesunden Menschenverstand zu brechen. Vorsichtig und sachlich versuchte er Flora auf ein paar Umstände hinzuweisen, die sie offenbar ignorierte. Etwa daß der geistige Verfall bei Sir Humphrey schon lange begonnen hatte, bevor er die Beruhigungsmittel bekam; und vor allem, daß diese Medikamente nicht nur dazu gedacht seien, ihn für seine Umgebung pflegeleichter zu machen, sondern auch zu seinem eigenen Schutz.

»Sieh mal, Flora, wenn diese Phantasien nur in seinem Kopf herumgeisterten, wenn er nur friedlich dasäße und sich unmögliche Situationen zusammenträumte, dann wäre es nicht schlimm, ihn darin zu bestärken. Aber so ist es ja nicht. Er beginnt seine Phantasien mehr und mehr auszuleben, und das wird ihn demnächst noch einmal in böse Schwierigkeiten bringen. Ist dir klar, daß es ein echtes Schwert war, womit er heute nacht herumgefuhrwerkt hat? Er hätte jemanden damit umbringen können. Er glaubt sich wirklich von Verschwörern umgeben, die ihn vernichten wollen. Er glaubt tatsächlich im sechzehnten Jahrhundert zu leben.«

»Und woher weißt du, daß er da nicht lebt?« fuhr Flora auf, aber gewiß nur, um ihren Vater zu ärgern. »Woher weißt du, daß er nicht einen veränderten Bewußtseinszustand durchmacht, in dem die Zeitdimension sich auf sich selbst zurückkrümmt – eine Art Kehre im Raum-Zeit-Kontinuum …?«

Wieder so ein idiotisches Buch! Es stimmte ja gar nicht, daß die neue Generation von Schulabgängern ohne Literatur auskam. Im Gegenteil, sie schien auf bedrucktes Papier mit vielsilbigem Unsinn richtig erpicht zu sein. Denn es war ja nicht Flora allein. Sie konnte es nicht allein sein. Verlage wollten schließlich Geld verdienen und brauchten eine Leserschaft, die in die Hunderttausende ging, nicht nur Flora. Junge Menschen in aller Welt mußten solchen Humbug regelrecht in sich hineinfressen. Besuchten horrend teure Seminare zu derartigen Themen, setzten sich Gurus zu Füßen, die – grauenhafter Gedanke – womöglich selbst glaubten, was ihre Münder verkündeten.

Es war also nicht Flora allein. Es war eine ganze Generation. Und das machte es noch schlimmer. Oder nein, es machte es nicht schlimmer, es machte es besser, denn es bedeutete, daß seine Tochter nicht ihrerseits verrückt war. Jemand mußte ja nicht verrückt sein, um einer verrückten Modeströmung zu folgen. Man denke nur an die Reifröcke; sie waren wohl die verrücktesten und unpraktischsten Kleidungsstücke, die je geschaffen wurden, und doch waren die Frauen, die sie trugen, weder verrückt noch unpraktisch. Im Gegenteil, sie hatten durch und durch vernünftig die Macht der gesellschaftlichen Forderungen an sie erkannt und ganz praktisch entschieden, daß es für sie von Vorteil war, sich ihr zu beugen; und welche Strafen es für sie nach sich ziehen würde, wenn sie es nicht täten. Ebenso mußte in Flora das Bedürfnis stecken, die Modetorheiten ihrer Generation mitzumachen.

»Hast du mal *Time-Warp* gesehen?« fragte sie ihn jetzt, wobei sie wohl mit Sicherheit wußte, daß er den Film nicht kannte. »Da war doch dieser junge Rechtsanwalt, der meinte, er hätte von seinem Großvater ein Riesenvermögen erben müssen. Er – der junge Anwalt – hatte alles ganz genau untersucht und war zu dem Schluß gekommen, daß sein Großvater von einem betrügerischen Geschäftspartner um dieses Vermögen gebracht worden war. Wenn sein Großvater nur einen guten juristischen Beistand gehabt hätte, wäre der Schwindel aufgeflogen, und er hätte sein Geld bekommen und es seinen Nachkommen vermacht. Also dachte er – der junge Anwalt, meine ich – er dachte, wenn doch nur ich schon dagewesen wäre, um ihn zu beraten! Und dann befand er sich, allein durch die Intensität dieses Gedankens, plötzlich in einer Zeitverwerfung; er war fast hundert Jahre in die Vergangenheit zurückgegangen und konnte jetzt den Prozeß für seinen Großvater auf der ganzen Linie gewinnnen. Der betrügerische Partner wurde bloßgestellt und bekam eine lange Gefängnisstrafe, und der Großvater kriegte das Geld.

Du kannst dir sicher schon denken, wie es ausging, nicht wahr, Arnold? Der junge Anwalt kehrt triumphierend in seine eigene Zeit zurück und will sein Erbe antreten – und da muß er feststellen, daß es ihn gar nicht gibt. Sein Vater war überhaupt nicht geboren worden, weil der nämlich gar nicht wirklich der Sohn des Großvaters war. Der betrügerische Partner hatte die ganze Zeit ein Verhältnis mit der Frau des Großvaters gehabt, und als er in den Knast kam, war es damit natürlich aus, also...«

Arnold hörte geduldig bis zum Ende zu. Fiktive Berichte über Zeitreisen gebe es seit H.G. Wells im Dutzend billiger, sagte er, aber Romane seien eben nur Romane...

»Ich weiß, daß es nur ein Märchen ist«, räumte Flora gnädig ein, »aber das beweist doch nicht, daß es Unsinn ist, oder? Es könnte ein Körnchen Wahrheit in der Idee stecken, daß jemand sich, indem er einen Gedanken intensiv genug denkt, aus der Zeitdimension hinauskatapultieren, in die Vergangenheit zurückgehen und dort etwas verändern kann …«

»Womit er Gefahr läuft, hinterher feststellen zu müssen, daß es ihn gar nicht gibt«, erwiderte Arnold. »Das heißt, er würde das nicht einfach nur riskieren, er müßte sogar fest damit rechnen. Denk doch mal an den Schmetterlingseffekt, oder wie sie das nennen. Wenn es so ist, daß in Brasilien ein Schmetterling mit den Flügeln schlägt und damit in Japan einen Wirbelsturm auslösen kann, wie uns die Wetterleute erzählen, dann würde doch der kleinste Eingriff in die Vergangenheit wahrscheinlich unsere ganze Gegenwart auslöschen, uns selbst eingeschlossen.«

Wenn er gehofft hatte, es würde Flora beeindrucken, daß ihr Vater mit so etwas Neumodischem wie dem Schmetterlingseffekt vertraut war, so sollte er enttäuscht werden. Sie ignorierte seinen Einwurf völlig und entwickelte ihren eigenen Gedankengang weiter.

»Es gibt da eine Theorie«, erklärte sie – und Arnold wußte zu seinem großen Ärger, daß es sie wirklich gab –, »wonach es eine unendliche Anzahl von parallelen Universen gibt, und alles, was in unserem Universum nicht passiert ist, kann in einem der anderen trotzdem passiert sein, wenn du verstehst, was ich meine. Nach dieser Theorie könnte Maria Tudor das Kind, das sie in unserem Universum nicht bekommen hat, in einem der anderen doch bekommen haben. Man muß jetzt nur noch diese beiden Universen miteinander in Kontakt bringen, dann wird so gut wie alles möglich. Aber hör mal, Arnold, ich kann hier nicht herumhängen und weiterdiskutieren.« (So eine Frechheit!) »Ich muß für morgen noch Scones backen. Die

Wetterleute haben uns Sonnenschein angedroht! Da kommen die Leute wieder zu Tausenden.«

Seufzend erhob sie sich vom Sofa, stieg in ihre Espadrillos und ging langsam zur Tür. Schon fast draußen, blieb sie noch einmal stehen und drehte sich halb zu ihm um.

»Ich bin schwanger«, teilte sie ihm mit. »Hab ich dir das schon gesagt?«

Natürlich nicht. Das wußte sie auch. Aber sie schien doch wenigstens verlegen zu sein. Dazu hatte sie auch allen Grund.

Sie blieb weiter in der Tür stehen, halb mit dem Rücken zu ihm, aber offenbar darauf wartend, daß er etwas sagte.

Doch was? Sein erstes, unzensiertes Gefühl war ein ungerichteter Groll gewesen, so ein »Warum muß mir das passieren?«. Aber an dessen Stelle trat sehr bald die Erkenntnis, daß es ja gar nicht ihm passierte, sondern Flora; und an diesem Punkt setzte dann Wut auf den daran beteiligten jungen Mann ein, wer immer es war. Vermutlich dieser mickrige, nichtsnutzige Trev. Was das schon für ein nichtsnutziger Name war!

Aber nichts von alledem eignete sich als angemessene Reaktion für einen Vater, der soeben ein solches Geständnis vernommen hatte. Egal, was er sagte, es wäre das Falsche, das wußte er schon. Es würde wieder einmal etwas sein, was von einem Menschen seiner Generation eben zu erwarten war.

»Was gedenkst du zu tun?« war noch das Beste, was ihm einfiel; und Flora drehte sich langsam wieder um und kam ins Zimmer zurück.

»Zu tun? Hm, ich weiß es nicht. Nichts Besonderes. Hierbleiben wahrscheinlich. Weiter in der Teestube aushelfen. So was.«

Ein Rätsel war immerhin gelöst: warum Flora hergekommen war und so eifrig in einem schlechtbezahlten und gewiß nicht erträumten Beruf arbeitete. Sie brauchte ein Dach über dem Kopf. Ein Haus, wo sie sich um ihr Kind kümmern konnte und nicht rausfliegen würde. Ein schlichtes und durchaus verständliches Motiv. Und sie hatte sich in ihrer Not an ihn gewandt. Bei diesem Gedanken durchströmte ihn eine so warme Freude, daß alle anderen Überlegungen für den Moment vergessen waren.

Aber nicht lange. Die Empörung kehrte zurück, und ebenso die Wut. Dieser verdammte Trevor! Was dachte er sich dabei, Flora so sitzenzulassen? Und das hatte er ja ganz offensichtlich. Aber Arnold wußte, daß er an sich halten mußte, sich zwingen, ganz furchtbar taktvoll zu sein. Nach den Absichten dieses ungehobelten Lümmels zu fragen, würde nicht nur zu nichts führen, es würde ihm nur völlig zu Recht den Vorwurf eintragen, wieder einmal typisch für seine Generation zu sein.

»Weiß Trevor das?« fragte er, gewissermaßen stellvertretend für alle die Fragen, die er ihr gern gestellt hätte.

Flora zuckte die Achseln. »Mehr oder weniger«, murmelte sie, und Arnold mußte mächtig gegen seine erneute Wut auf den abwesenden jungen Mann ankämpfen.

»Hm«, begann er vorsichtig. »Und wie denkt er darüber? Wird er zu dir halten? Dir helfen, das Baby großzuziehen?«

»Ach, das denke ich schon. Er hat Kinder eigentlich gern, also wird das bei ihm schon in Ordnung gehen. Ich glaube sogar, er freut sich richtig, daß ich ein Baby bekomme. Das findet er lustig. Es ist ja nicht seins.«

Und wenn es noch so typisch für seine Generation war, Arnold mußte sich wirklich zuerst einmal fragen, ob er richtig gehört hatte. Er ließ es sie wiederholen, genauer erkären; und alles, was recht ist, sie bemühte sich, das zu tun.

»Nun ja, sieh mal, es ist doch eine ziemlich kalte Dusche, wenn so ein Junge erfährt, daß er ein Mädchen geschwängert hat, nicht? Er macht sich vor Angst in die Hose, und dann rennt er weg, so weit ihn seine Füße tragen. Er wird doch nicht bleiben und warten, daß er eine Vaterschaftsklage an den Hals bekommt, oder? Das wäre dumm von ihm. Aber wenn er nicht der Vater ist – nun, das ist doch was anderes, da kann ihm keiner an den Kragen. Er kann dableiben und das Mädchen so oft sehen, wie er will, und ihr können sie nicht mal die Sozialhilfe streichen. Er kann sogar um das Kind herum sein, wenn er will – ihm Spielzeug schenken und so. Trev würde das Spaß machen, das weiß ich. Er würde nur nicht so gern den Kopf in eine Schlinge stecken, das ist alles. Und *ich* möchte nicht der Henker sein. Die Henkerin, müßte ich wohl eher sagen!« Hier lachte sie einmal kurz und humorlos, bevor sie fortfuhr: »Sieh mal, wenn du einen Jungen liebst, dann willst du ihm doch nicht sein Leben ruinieren, oder? Ich will das jedenfalls nicht. Mir ist klar, daß es in *deiner* Generation der höchste Ausdruck romantischer Liebe war, jemandem das Leben zu ruinieren, aber bei uns … Ach, Dad, ich wollte, ich könnte dir das begreiflich machen!«

Doch Arnold war froh, daß sie es nicht konnte. Er brauchte noch irgendwelche Prinzipien, an denen er sich festhalten konnte.

Und sie hatte ihn wenigstens »Dad« genannt, nicht »Arnold«, bevor sie sich umdrehte und aus dem Zimmer stürzte.

23

Mildred ließ ganz aufgeregt den Hörer fallen.

»Val! Val!« rief sie. »Stell dir vor! Flora ist schwanger! Im April soll es kommen, das ist doch genau die schönste Zeit im ganzen Jahr, wenn alle Blüten sprießen und die Primeln...«

Val sah von dem Stapel Umschläge auf, die sie gerade mit den Adressen abgängiger oder säumiger Mitglieder des Selbstbehauptungskurses beschriftete. Als stolze Besitzerin sowohl eines Textverarbeitungsgeräts als auch eines Fotokopierers sah sie sich oft mit solchen Arbeiten betraut, während Mildred, die gar keine Geräte bedienen konnte und auch keinerlei Anstalten machte, es zu lernen, immer ungeschoren davonkam. Und weil darin eine gewisse Ungerechtigkeit lag, konnte Val sich jetzt die Chance nicht entgehen lassen, der Jubelstimmung ihrer Freundin ein wenig die Luft herauszulassen.

»Gratuliere«, sagte sie trocken. »Und wann feiern wir die Abtreibung? Hoffentlich bald. Sie muß doch schon im dritten Monat sein.«

»Aber Val!« Mildred war bei diesen herzlosen Worten richtig die Kinnlade heruntergeklappt, aber in ihrem Innern war die Freude ungeschmälert. »Sei nicht so gräßlich! Du weißt doch, wie ich mir die ganze Zeit gewünscht habe, daß Flora schwanger wird. Das wird sie seßhaft machen, verstehst du? Es gibt ihr ein Ziel im Leben, eine sinnvolle Beschäftigung. Sie hat dann endlich jemanden zum Liebhaben. Denn uns liebt sie nicht, schon seit Jahren. Und ich glaube auch nicht, daß sie irgendeinen von diesen sonderbaren jungen Männern je geliebt hat: Ich meine, die sind schon sehr sonderbar. Aber ein Baby...!«

Val bereute ihre bissige Bemerkung schon ein wenig. Sie schob ihre Umschläge und Adreßaufkleber beiseite und begann mit Mildred die Vor- und Nachteile dieser neuen Entwicklung durchzusprechen. Frühlingsblüte sei ja ganz schön, aber wer solle für das Kind aufkommen?

»Ich!« erklärte Mildred trotzig. »Ich bekomme ja dieser Tage irgendwann die Hälfte vom Verkauf des Hauses. Und vielleicht – was würdest du dazu sagen, Val? – ob wir sie und das Kind hier aufnehmen könnten? Für eine Weile, meine ich, bis sie wieder auf den Beinen ist? Wenn sie Rosemarys früheres Zimmer mieten könnte – ich meine, es steht doch leer, und Rosemary kommt ja nicht mehr nach Hause.«

Das stimmte. Vals Tochter hatte ihre Mutter seit Monaten nicht mehr besucht und sich nicht einmal herabgelassen, ihr zu schreiben.

»Keine Nachricht ist gute Nachricht«, pflegte Val tapfer zu behaupten; und natürlich ist da etwas Wahres dran, wenn einem nichts wichtiger ist, als sich selbst Ärger zu ersparen. Aber das traf auf Val nicht ganz zu; das eingetrocknete Verhältnis zu ihrer Tochter machte ihr hin und wieder schon noch zu schaffen. Mildred sah, wie das Gesicht ihrer Freundin sich umwölkte, und redete rasch weiter.

»Aber es ist ja noch viel zu früh, um etwas Endgültiges zu entscheiden. Außerdem hat Flora vielleicht auch eigene Pläne...« Noch während sie das sagte, mußte sie selbst ganz erstaunte Augen machen. Flora und Pläne! Statt leichtsinnig, verantwortungslos, fast gleichgültig von einer Katastrophe in die andere zu stolpern – nachdem sie jetzt auch an das Baby denken mußte, würde Flora sich doch gewiß ändern? Sie würde eine umsichtige und verantwortungsbewußte junge Frau werden.

Die Vision einer so plötzlich und wie von Zauberhand umgewandelten Tochter verschlug Mildred fast den Atem. Und in diese Vision hinein mischte sich auch noch ein verschwommenes Bild ihres eigenen, wie von Zauberhand umgewandelten Ichs, nicht durch irgendwelche Kurse für Selbstbehauptung oder Lebensgestaltung, sondern durch die Aussicht, von der geplagten und verschmähten Mutter zur geliebten und liebenden Großmutter zu werden. Wen das nicht verwandelte!

»Ich muß sie sehen – ich muß mit ihr sprechen«, erklärte sie. »Ich muß ihr sagen, wie ich mich freue!« Und diesmal unterdrückte Val ihre irrationalen kleinen Eifersuchtsanwandlungen und bot ihr sogar an, sie zum Bahnhof zu bringen. Denn diesmal würde Mildred natürlich mit der Bahn und allein nach Emmerton Hall fahren. So etwas war nichts für Gordon. Jedenfalls war das nicht anzunehmen. Mildred mußte sich sagen, daß sie doch immer noch sehr wenig über ihn wußte; jetzt war aber gewiß nicht die Zeit, dies zu ändern. Ihre Gedanken waren ganz auf ihre bevorstehende Reise und die dazugehörigen Vorbereitungen gerichtet, von denen einige recht mühsam waren, zum Beispiel die Nachmittagszüge herauszufinden. Zum erstenmal seit Jahren hatte Mildred keinerlei gemischten Gefühle ob der bevorstehenden Begegnung mit ihrer Tochter, denn war die Flora ihrer Phantasie nicht schon wundersam gewandelt?

Mildred hatte gehofft, Flora allein anzutreffen, wenn sie die Teestube verließ, aber sie kam zu spät. Samstags verkehrten nur wenige Züge, und bei jedem mußte man in Midford umsteigen, wo sie fünf mögliche Bahnsteige zur freien Auswahl hatte, auf denen weder Personal noch irgendwelche Anzeigetafeln zu sehen waren.

»Ack wu nabbel ton Frin!« befahl eine unsichtbare Dame von irgendwoher in Dachhöhe, und dann, noch gebieterischer: »Eggel lan Vutor tardi Maam!« Und Mildred, von Natur geneigt, Befehlen blind zu gehorchen, hatte zuerst ein paar Schritte in die eine, dann in die andere Richtung gemacht, bevor sie merkte, wie sinnlos das war, und wieder stehenblieb. Endlich faßte sie sich ein Herz und fragte einen anderen Reisenden, wo ihr Zug denn wohl abfahren könnte.

»Über die Brücke«, sagte der erste mit einer ausladenden Gebärde des Armes, unter dem keine Aktentasche klemmte. »Da drüben.«

»Den haben Sie gerade verpaßt«, warf ihr die nächste Informantin vor, eine ältere, verdrießliche Frau, die Mildred dabei anglotzte, als hätte sie es versäumt, ihre Hausaufgabe in Geographie abzuliefern. »Bis kurz vor fünf fährt da kein anderer mehr hin.«

Was sich leider als zutreffend erwies, aber es gab Mildred immerhin reichlich Gelegenheit, weitere Erkundigungen zu dem Bahnsteig einzuholen, der für sie am ehesten in Frage kam, um sich dann, dem Mehrheitsvotum folgend und müde, aber unbesiegt, am richtigen Ort einzufinden, als der richtige Zug einfuhr.

Auch der Bus ließ sich Zeit, und als Mildred endlich in Emmerton Hall ankam, war der Nachmittag schon weit fortgeschritten. Die Teestube war bereits geschlossen, und bis zur Schließung der Haupttore war es keine Stunde mehr.

Ihre Handtasche fest unter den Arm geklemmt, stand Mildred bibbernd auf dem Kiesweg vor der Teestube. Nicht daß es direkt kalt gewesen wäre – es war ein wunderschöner Herbsttag gewesen, mild und golden, und die Luft war noch warm, obwohl der blutrote Feuerball der Sonne über den Baumwipfeln für den morgigen Tag Regen verhieß.

Nein, es lag nicht am Wetter, daß Mildred fror. Sie hatte sich, fiebernd vor Erregung, auf diese spontane Reise gemacht, durch und durch gewärmt von einem Gefühl der Hoffnung und des Neubeginns. Und nun stand sie hier, kaltgestellt, ausgesperrt! Zu spät! Da die Teestube geschlossen war, konnte sie sonst nirgendshin.

Die Wohnung kam natürlich nicht in Frage. Dort wäre Arnold, und das würde alles verderben. Sie wollte Flora allein sehen – sie in die Arme nehmen, sich einmal richtig mit ihr aussprechen, den Jahren der Entfremdung ein Ende machen. Es wäre wirklich ihr allerletzter Wunsch gewesen, diesen Augenblick mit Arnold zu teilen, einem peinlich berührten und wahrscheinlich mißbilligenden Dritten, der schon mit seiner Gegenwart ein trautes Gespräch unmöglich machen würde.

Außerdem wären sie dann mit anderem beschäftigt. Sie würden die Einnahmen zählen und ins Teebuch eintragen, das Abendessen vorbereiten...

Es blieb nur eins: sich so unauffällig wie möglich hier herumzutreiben, bis Arnold herauskäme, um zur Schließungszeit seine abendliche Runde zu machen. Das wäre ihre Chance, rasch in die Wohnung zu gehen und, wenn sie Glück hatte, Flora allein anzutreffen.

Bis dahin mußte sie fast eine Stunde irgendwie ausfüllen. Die Massen verliefen sich jetzt, und die Luft wurde spürbar kühler. Ziellos und zu keinem anderen Zweck, als die Zeit totzuschlagen, spazierte Mildred betrübten Sinnes hierhin und dorthin, stets bemüht, sich möglichst unsichtbar zu machen, indem sie sich, so gut es ging, unter die nachmittäglichen Besucher mischte, die noch auf dem Gelände umhergingen – aber leider in Richtung Ausgang. Bald wären keine mehr da, unter die sie sich mischen könnte. Sie mußte eine andere Möglichkeit finden, sich unsichtbar zu machen, mit anderen Worten ein Versteck, von dem aus sie nichtsdestoweniger sehen konnte, wenn Arnold aus der Wohnung kam.

Der düstere, dumpfige Bogengang, von dem aus eine Treppe ins Verlies hinunterführte, erschien ihr vielversprechend. Er lag jetzt schon tief im Schatten und würde noch schattiger werden, wenn die Sonne unterging. Zum Glück hatte sie ihren dunklen Mantel an – sie hatte es nicht für nötig befunden, sich gut anzuziehen, da sie ja nicht mit Gordon kam. Dunkel vor den dunklen Steinen, würde sie kaum zu sehen sein, sofern nicht jemand direkt nach ihr suchte. Außerdem konnte sie sich noch weiter nach unten verziehen, wenn sie Arnold auf die Terrasse herauskommen sähe.

Es war ermüdend, hier im Halbdunkel herumzustehen und nichts weiter zu tun zu haben, als die Augen offenzuhalten und jeden Passanten genau zu beäugen, ob es auch nicht Arnold war. Die Füße taten ihr schon weh, und die Treppenstufen waren zu kalt und feucht und schmutzig, als daß sie sich hätte daraufsetzen wollen. Sie sah den rötlichen Dunst des Abends über den Bäumen hinter dem Park aufsteigen, von dem Bogengang eingerahmt wie ein Bild. Näher zum Haus hin leuchtete der gemähte Rasen in einem traumhaft schönen Grün, wie alles Grüne, kurz bevor das Tageslicht verblaßt, in dieser letzten Stunde, bevor die Dunkelheit alle Farben hinwegstiehlt. Sie sah auch noch ein paar leuchtende Blumen in den großen Kübeln um die Terrasse herum: rosa und cremeweiße Geranien und hell- oder dunkelrote oder gestreifte Petunien. Auch diese schienen, wie der hypergrüne Rasen, von einem übernatürlichen Licht übergossen.

Und genau in diesem Moment hörte sie, wie hinter ihr ächzend die Verliestür geöffnet wurde: das Knarren der schweren Riegel, das Mahlen des großen Schlüssels, der sich im Schloß drehte; und als sie sich in panischem Schrecken umdrehte, ging das massive Portal schon langsam auf.

Angst? Und ob! Angst, daß es Arnold sein könnte, womit ihr ganzer schöner Plan, wie sie ihre Tochter allein sehen könnte, durchkreuzt wäre; und eine noch größere Angst, daß er es nicht wäre. Von diesem düsteren, schrecklichen Ort, wo nach der Legende noch die Geister der Gefolterten umgingen – wer oder was mochte da hervorkommen? Mildred war nicht etwa abergläubischer als der Durchschnittstourist; sie war eben nur in einer Situation, in der es nicht mehr um Leichtgläubigkeit oder ihr Gegenteil ging. Der Verstand wird, wenn er sich mit dem völlig Unbekannten konfrontiert sieht, zu einem beklagenswert schwachen, unzulänglichen Werkzeug. Der Verstand verlangt Fakten, feststehende Regeln, Vergleichsmaßstäbe; ohne diese ist er so ohnmächtig wie ein Traum.

Unter schaurigem Knirschen von uraltem Holz auf uraltem Stein ging die Tür weit auf, und ein Schwall von Dunkelheit schien daraus hervorzuquellen und schwemmte eine Gestalt mit heraus, die so knochendürr war, daß sie für eine ohnehin schon fiebernde Phantasie tatsächlich einem alten Grab entstiegen sein konnte.

Zu verängstigt, um auch nur zu schreien, konnte Mildred lediglich ein schwaches Stöhnen von sich geben – und augenblicklich packte eine Knochenhand mit furchtbarer Kraft ihr Handgelenk, während eine andere sich über ihren Mund legte und eine Stimme ihr ins Ohr zischte: »Still, Euer Gnaden! Die Stunde ist gekommen! Still, wenn Ihr Euer Kind lebend wiederzufinden hofft!«

Mein Kind? Flora? Flora in einer schrecklichen Gefahr? Wo war das Mädchen da nur wieder hineingeraten? Wer...? Wo...? Was...?

Fragen lassen sich weder stellen noch beantworten, wenn Stille geboten ist. Und wenn man gar nicht mehr weiß, was los ist, kann Sichfügen der einzige Ausweg sein. Wie eine Marionette an Schnüren – oder vielleicht eher wie ein Hündchen an der Leine, das auch nicht weiß, wohin es geht, aber einer übermächtigen Autorität unterworfen ist – leistete Mildred keinen Widerstand, als der geheimnisvolle Fremde sie mit fester Hand unnachgiebig die glitschigen Stufen hinunter in die Dunkelheit zog. Wo sie ihre Tochter finden würde? In welch unbeschreiblicher Not? ›Wenn Ihr Euer Kind lebend wiederzufinden hofft‹ – was widerfuhr dem Mädchen dort unten in dieser undurchdringlichen Finsternis, in die sie jetzt traten?

Mildred, die hinter ihrem Führer hertaumelte, stieß mit dem Fuß gegen etwas Hartes, Unverrückbares, Jahrhundertealtes. Der Sockel eines schrecklichen, großen dunklen Etwas mit Stacheln...

»Flora!« hätte sie um ein Haar geschrien, doch sie wagte den Ton nicht von sich zu geben. Denn was mochte nicht alles geschehen, während das Echo ihrer Stimme erstarb?

»Wenn Ihr Euer Kind lebend wiederzufinden hofft... Wenn Ihr Euer Kind lebend wiederzufinden hofft...«

Und in ebendiesem Augenblick ließ die knochige Hand ihren Arm los, und sie fühlte den Lufthauch einer Bewegung. Die große Eichentür schloß sich hinter ihnen, und sie hörte, wie der schwere Eisenschlüssel sich langsam und knirschend in dem alten Schloß drehte.

Einige Augenblicke stand sie reglos da, gelähmt von einem so totalen Nichtverstehen, daß es fast ihre Angst verdrängte.

Und plötzlich ging das Licht an. Zuerst die nackten Leuchtröhren an der Decke, dann nacheinander die kleinen grünen Lämpchen, die da und dort an den Wänden angebracht waren, um irgendeine alte Schrift anzuleuchten, die ein gelangweilter oder verzweifelter Gefangener vor langer Zeit in die Steine geritzt hatte.

Blinzelnd in der plötzlichen Helle sah Mildred jetzt endlich ihren Angreifer vor sich – ihren Führer, Floras Retter, oder was immer er sein mochte –, und sie erkannte ihn.

24

Hager, kerzengerade und sehr, sehr alt – eine Verwechslung dieser weißhaarigen Gestalt war ausgeschlossen, obwohl sie jetzt anstelle des normalen und ziemlich schäbigen Anzugs ein umgürtetes grünes Gewand trug, das auf dem Fußboden schleifte. Es war derselbe Fremde, der Mildred damals am Nachmittag, als sie auf dieser Bank saß, angesprochen und ein paar unverständliche Worte mit ihr gewechselt hatte, bevor er – ebenso unverständlich – in Floras Begleitung im Wald verschwunden war. Damals schienen die beiden miteinander auf gutem Fuß zu stehen, er und Flora; und in seinem hohen Alter hatte er Flora doch sicher nichts zuleide tun wollen oder können! Nein, natürlich nicht, denn jetzt wollte er sie ja retten – aber vor wem? Vor was? Mildred sah sich in der nun hell erleuchteten Kammer nach allen Seiten um, konnte aber von ihrer Tochter nichts entdecken. Hielt man sie irgendwo außer Sicht versteckt, eingekerkert in irgendeiner Geheimzelle hinter diesen massiven Mauern? Aber wer? Und warum?

Mildred gewahrte jetzt, daß ihr sonderbarer Gefährte nicht mehr riesig vor ihr aufragte, sondern sich ehrerbietig vor ihr verbeugte ... sogar vor ihr auf ein Knie niederging und demütig zu ihr sprach, nachdem Stille jetzt offenbar nicht mehr so wichtig war.

»Verzeiht mir, Euer Gnaden«, sagte er, »daß ich Eurer Majestät heilige Person jüngst so unhöflich behandelt habe, doch völlige Stille wurde uns auferlegt, wie Eure Hoheit gewiß verstehen. Das liebliche Kind, das Ihr einst geboren, unser neuer Prinz aller Englande, befindet sich wohlversteckt an jenem heimlichen Ort, von dem Ihr Kenntnis habt...« Er zeigte mit unbestimmter Gebärde hinter sich, zur Ostwand. »Und sowie die Nacht hereinbricht, werdet Ihr ihn im Schutz der Dunkelheit, an Eurem Busen wohlgeborgen, in den Wald bringen, ohne die Begleitung selbst Eurer Damen. Dort in der Tiefe des Waldes warten meine Mannen. Die Rosse stehen bereit, und vor Morgengrauen werden wir im Schloß sein, hoch über dem Meer, uneinnehmbar von allen Seiten. Von dort werden wir alle Engländer zur Verteidigung des neugeborenen Prinzen aufrufen, des künftigen Königs.«

Der Mann war eindeutig verrückt. Mildred erinnerte sich jetzt, daß auf dem Anwesen ja wirklich ein verrückter alter Mann herumlief, der senile Vater von Joyce, die am Eingang die Eintrittskarten verkaufte. In dem ganzen Trubel, in den sie hier eingespannt gewesen war, hatte Mildred die Existenz dieses alten Vaters nur halb in ihr Bewußtsein aufgenommen, und gesehen hatte sie ihn nie. Wahrscheinlich hielt man ihn die meiste Zeit im Haus versteckt, damit er keinen Ärger machte. Das wäre ja auch nur vernünftig, oder? Und heute mußte er irgendwie ausgerissen sein.

Mildred hätte sich dafür ohrfeigen können, daß ihr das alles nicht schon früher eingefallen war, denn es hätte ihr einige Seelenqualen erspart. Dieser ganze Unsinn hatte natürlich überhaupt nichts mit Flora zu tun. Es handelte sich eindeutig um irgendein Phantasiekind, das zu retten er sich einbildete – ein Baby offenbar, für dessen Mutter er Mildred hielt. In ihrem Alter! Auf eine verrückte Weise war das ja schmeichelhaft. Und erst jetzt, als sie sich schon mit einem leichten Lächeln zu ihm umwandte, um ihn über seinen Irrtum aufzuklären, begriff sie, daß keineswegs schon alles ausgestanden war, auch jetzt nicht, nachdem ihre Angst um Flora beschwichtigt war. Sie wußte zwar jetzt, daß der Mann lediglich verrückt war – aber er wußte es nicht. Sie wußte jetzt, daß kein Kind in Gefahr war, daß dies alles nur in seiner Phantasie existierte – aber er nicht. Was mochte er sich sonst noch alles zusammenphantasieren, hier unten in diesem schrecklichen Verlies mit der Streckbank und noch so einem großen, wie eine Egge mit Eisenzähnen gespickten Ding, das unter den nackten Leuchtröhren groteske Schatten auf den unebenen alten Fußboden warf?

Bisher hatte er irgendeine königliche Hoheit in ihr gesehen, die Anspruch auf die größtmögliche Ehrerbietung hatte; aber bei einem Irren konnte sich das jeden Augenblick ändern, und dann hielt er sie womöglich für etwas völlig anderes. Eine Gefangene, die auf der Streckbank verhört werden sollte? Das Ding funktionierte nämlich irgendwie noch. Sie hatte es in Aktion gesehen, denn das gehörte zur Führung. Sie hatte diese furchtbaren Walzen sich drehen sehen, während die Touristen sich in verschämter Sensationsgier immer näher herangedrängt und hin und wieder kleine Entsetzensschreie von sich gegeben hatten, echte oder vorgetäuschte.

Sie mußte hier raus, und zwar schnell, bevor seine Stimmung umschlug und mit ihr seine ganze Phantasiewelt sich veränderte.

»Entschuldigen Sie«, sagte sie rasch, wobei sie das ungute Gefühl hatte, daß dies wohl nicht der Ton war, in dem eine Königin sprach. «Ich fürchte, ich muß jetzt gehen. Ich… ich habe eine Verabredung«, setzte sie noch stotternd hinzu, während sie sich vorsichtig zur Tür bewegte. Und erst als sie schon mit dem eiskalten Eisenring zu kämpfen begann, der hier offenbar als Türgriff diente, erinnerte sie sich an das Knirschen des Schlüssels in dem eisernen Schloß.

Sie war gefangen, eingesperrt mit einem Verrückten. Einem Verrückten, dessen Zorn sie wahrscheinlich schon erregt hatte, indem sie sich nicht in sein Phantasiebild einfügte, und jetzt erst recht durch ihren offensichtlichen Wunsch, hier wegzukommen. Die blassen, schimmernden Augen beobachteten sie, wie sie sich gegen die verschlossene Tür drückte. Er kam langsam einen Schritt auf sie zu, und wieder schlossen sich die knotigen alten Finger um ihr Handgelenk. Wie eine Boa constrictor sich in diesen Naturfilmen langsam und bedächtig um ihr Opfer schlingt. Was hätte sie in diesem Augenblick nicht alles darum gegeben, diese beruhigende Musik zu hören, die dem Verschlungenwerden durch eine Schlange wohl angemessen war, ganz zu schweigen von David Attenboroughs fröhlicher Stimme, die einem das schöne Gefühl vermittelte, daß alles seine Ordnung hatte!

Nichts hatte seine Ordnung. Und man konnte nicht einfach den Fernseher ausschalten. Sie befand sich unmittelbar in der Sendung, ganz allein und auf Gedeih und Verderb diesem furchtbaren Wesen ausgeliefert. Er würde sie zu irgendeinem Geständnis zwingen, hier in dieser Schrekkenskammer, diesem Hort erzwungener Geständnisse.

Blieb nur noch Schreien. Laut. Aus voller Lunge. Irgend jemand würde doch wohl draußen vorbeigehen und sie hören – und Hilfe holen – irgend etwas …

Es ging tatsächlich jemand vorbei. Zwei Leute, genauer gesagt, so ziemlich die letzten Besucher, die zum Ausgang eilten, bevor dort abgeschlossen wurde.

»Wie realistisch das klingt – diese Schreie!« sagte der eine befriedigt zum anderen. »Die kommen aus der Folterkammer – findest du nicht, die machen das richtig gut?« Und damit gingen sie weiter, angeregt plaudernd über ihre Erlebnisse des heutigen Nachmittags, während Mildred schrie, und noch einmal schrie.

25

Mildreds Schreie verstummten. Die knochige Hand hielt noch immer ihren Arm gepackt, aber es lag nur eine gewisse Ungehaltenheit, gewiß keine Drohung in der Art, wie der Mann sie mißbilligend schüttelte.

»Meine verehrte Dame, bitte beruhigen Sie sich! Sie machen ja die ganze Gruppe verrückt! Diese Vorrichtungen hier, sie wurden seit mindestens dreihundert Jahren nicht mehr benutzt, sie sind nur noch von historischem Interesse. So, und wenn ich nun fortfahren darf...« Damit wandte er sich von Mildred ab wie von einer unerledigten Arbeit und schien einen unterbrochenen Vortrag vor einem imaginären Publikum wiederaufzunehmen, das sich um die Streckbank versammelt hatte.

»Wie ich sagte, der Metallrahmen, der dieses Instrument trägt, stammt aus den Eisengießereien von Staffordshire und reicht zurück bis in die zweite Hälfte des fünfzehnten Jahrhunderts. Die Eisenwerke von Staffordshire gehörten in dieser Periode zu den fortschrittlichsten in ganz Europa. Ein weiteres schönes Beispiel für ihre Arbeit werden wir gleich sehen, wenn wir in den Garten hinauskommen. Das schmiedeeiserne Tor zum Ziergarten wurde...«

Es wäre nicht ganz richtig, zu behaupten, daß Sir Humphreys irrender Geist durch Mildreds Schreie aus dem sechzehnten Jahrhundert in die Gegenwart zurückgerissen worden wäre, denn dies war nicht die Gegenwart. Es war die Blütezeit seiner Karriere, in die er zurückgekehrt war; die Zeit seines Ruhmes, die erregenden Jahre der Entdeckungen und Restaurationen in seinem geliebten Emmerton Hall. Er führte wieder die ersten Besuchergruppen herum und zeigte ihnen die Herrlichkeiten, die unter seiner Mitwirkung identifiziert und wiederhergestellt worden waren. Kein Wunder, daß er für alberne Frauen nichts übrig hatte, die im Verlies hysterische Anfälle bekamen. Wenn sie sich nicht für die Wahrheiten der Vergangenheit interessierten, mit all ihren Licht- und Schattenseiten, dann hätten sie sich der Führung gar nicht erst anschließen sollen, zumal diese mehr für Fachleute und ernsthafte Interessenten gedacht war als für müßige Touristen.

Und so ging die imaginäre Führung durch das Verlies weiter. Mildred trottete als einziges Publikum brav hinter Sir Humphrey her, während er auf eine imaginäre Schar von Interessenten und Experten einredete, von denen die meisten schon lange tot waren; und mit ihnen all ihr Expertenwissen.

Wie traurig! Inzwischen empfand Mildred, deren Ängste sich ein wenig gelegt hatten, so etwas wie Mitleid für den alten Mann; aber ihr wurde doch auch immer unbehaglicher. Wie lange würde das hier gehen? Was würde noch passieren? Früher oder später mußte er doch merken, daß sein Publikum dahingeschrumpft und nur noch Mildred übrig war. Und dann?

Bis dahin hielt sie es jedenfalls für das klügste, ihn bei Laune zu halten und sein Spiel mitzuspielen. Nein, es war mehr daran als der Wunsch, ihn bei Laune zu halten, mehr als Klugheit. In der Gegenwart von Irren fühlt der Normale sich immer irgendwie im Nachteil. Er ist ein illegaler Einwanderer in ein fremdes Land, dessen Sprache er nicht versteht. Er ist ein Laie, befaßt mit einem Projekt, dessen Sinn und Zweck sein Begriffsvermögen übersteigt; er versucht sich als Arbeiter in einem Handwerk, für das er nicht ausgebildet ist. Der Irre ist in dieser Situation der Fachmann. Er ist derjenige, der weiß, was er tut und warum er es tut und wie es weitergehen wird. Der Normale kann nur hinter ihm herstiefeln und tun, was man ihm sagt.

Also stiefelte Mildred hinter ihm her. Sie hörte einen gelehrten Vortrag über das Schmieden von Stahl im sechzehnten Jahrhundert, die neuen Techniken, mit denen die rasiermesserscharfen Schneiden von Schwertern und Entermessern gehärtet wurden. Sie sah, wie er so eine Waffe aus dem Schaukasten hinten an der Wand nahm und liebevoll mit den Fingern über die blitzende Schneide fuhr, ganz leicht und sehr geschickt, gerade so, daß er sich nicht dabei verletzte. Es war erstaunlich – richtig unheimlich – anzusehen, mit welcher Sicherheit und Fertigkeit diese knotigen alten Finger sich bewegten, ohne im mindesten zu zittern. Sie erfuhr auch etwas – oder eigentlich erfuhr sie nichts, weil die Angst ihre Aufnahmefähigkeit blockierte – über Abbau und Bearbeitung von Steinen... über die Knappheit an Eichenholz, nachdem Englands Wälder für Schiffbau und Holzkohlegewinnung völlig kahlgeschlagen worden waren. Und jetzt ging es um Messing, oder vielleicht Kupfer – Mildred sah den erhobenen Finger, hörte die Stimme und nahm absolut nichts in sich auf.

Schließlich aber geriet die Phantomführung ins Stocken. Der alte Mann ließ Sätze unvollendet, die Pausen dazwischen wurden immer länger. Er schien den Faden zu verlieren; sein Blick begann fragend umherzuirren; und Mildred fühlte sich von panischer Angst gepackt. So irrational und lächerlich es auch war, aber das Gedränge des nichtvorhandenen Publikums hatte ihr ein Gefühl der Sicherheit gegeben, und nun grübelte sie verzweifelt, wie sie verhindern könnte, daß dieses Publikum immer weiter zusammenschmolz. Irgendwie mußte sie den alten Mann wieder auf Touren bringen. Vielleicht konnte sie ihn in seine Rolle als Vortragsredner zurückholen, wenn sie – gewissermaßen aus dem Publikum heraus – eine intelligente Frage an ihn richtete.

»Wer hat das geschrieben?« fragte sie, indem sie wahllos auf eine dieser jammervollen Wandinschriften zeigte, die jemand dort in den Stein geritzt hatte, wo sie jetzt von einem dieser gespenstisch grünen Lämpchen angestrahlt wurde:

Mein Vertrauen ist auf den Herrn, daß er mich erlösen wird von meinen Ketten.

Während sie das vorlas, hatte sie das Gefühl, die Worte als fernes Echo von den alten Mauern ringsum widerhallen zu hören. Aus irgendeinem Grund gab sie ein nervöses Kichern von sich, dabei hatte sie sich noch nie in einer Situation befunden, die weniger komisch gewesen wäre; und als ihr Mentor nicht sofort antwortete, redete sie wie unter Zwang weiter: »Ist er denn von seinen Ketten erlöst worden, wer immer das war? Ich will es doch hoffen!«

Sie konnte die Veränderung, die in dem alten Gesicht vor sich ging, richtig beobachten, denn sie geschah so langsam. Es kostete Sir Humphrey volle zwanzig Sekunden, sich vom Vortragsredner des zwanzigsten Jahrhunderts wieder in einen Edelmann des sechzehnten Jahrhunderts zurückzuverwandeln, der sich in der Gegenwart seiner Königin befand.

»Verzeiht mir, Euer Gnaden, aber es geziemt Eurer nicht, Eure königlichen Lippen mit den Worten des Bösen zu besudeln. Haben Euer Gnaden nicht die Jahreszahl gesehen, die hier steht – 1559? Ein Datum, das erst vierzig

Jahre nach unserer Zeit kommt. Der Gefangene, der diese Worte schreiben wird, ist noch nicht geboren. Die Mächte des Bösen waren am Werk, um in die uns verschlossene Zukunft vorzudringen. Das ist Nekromantie – es ist Prophetie und gegen die Gesetze in Eurer Majestät Königreich. Wendet den Blick ab, Euer Gnaden, die bösen Geister sind allerorten. Habt acht, daß sie nicht Unglück bringen über das große Wagnis dieser Nacht!«

Hier legte er eine Pause ein und verharrte ein paar Sekunden völlig reglos. Dann: »Horcht! Wir wurden verraten! Sie kommen, hört Ihr sie nicht? Horcht!«

Mildred horchte, aber außer dem Zischen, mit dem ihr Gefährte die Luft einzog, und dem Brausen in ihren eigenen Ohren hörte sie nichts. Und dennoch schien irgend etwas im Anzug zu sein, sie schien es mit einem anderen Sinnesorgan als Augen oder Ohren wahrzunehmen. Sogar als Sir Humphrey schon das Schwert ergriff, dessen Schärfe er vor kurzem erst demonstriert hatte, fühlte Mildred, wie ihr Körper sich spannte und in Kampfbereitschaft ging, obwohl er so etwas im Laufe ihres geruhsamen Vorstadtlebens nie hatte tun müssen. Unbegreiflich, daß er so etwas überhaupt konnte.

»Fürchtet Euch nicht, Euer Gnaden!« flüsterte Sir Humphrey. »Auch wenn sie mich der Folter anheimgeben, werde ich nichts enthüllen. Das Versteck für Euer holdes Kind ist sicher. Tretet zurück, meine Gebieterin, eh daß sie die Tür aufbrechen. Zurück … zurück! Fürchtet nichts, denn ich bin bei Euch bis in den Tod! Mit meinem letzten Tropfen Blutes will ich Euren heiligen Leib verteidigen!«

Noch nie hatte jemand Mildred angeboten, sie bis zum letzten Blutstropfen zu verteidigen, und ihr fiel darauf nichts zu sagen ein. Aber sie folgte der Anweisung und trat in eine Nische, die sich bequemerweise gleich hinter ihr befand, während Sir Humphrey, das Schwert bereit, einen Schritt nach vorn trat, das Gesicht zur Tür gewandt. Wie hoch aufgerichtet er da im grellen Licht stand, wie unnatürlich groß!

Und nun wurde Mildred, die sich ganz in die finstere Nische verkrochen hatte, Zeugin des mit Sicherheit seltsamsten Kampfes, der je in diesem finsteren Gemäuer ausgetragen wurde. Hell blitzte der Stahl, als Sir Humphrey sich auf seinen imaginären Widersacher stürzte; schwarz wehte die Pelerine hinter seinem Rücken, als das Schwert die Luft zerschnitt, nicht einmal, sondern wieder und wieder, Hieb um Hieb, geführt mit solcher Entschlossenheit und Präzision, daß Mildred im Getümmel des Spiels von Licht und Schatten tatsächlich die dunkle Gestalt eines bewaffneten Gegners zu erkennen glaubte.

Aber es war natürlich niemand da, nur das Schattenspiel, das der umnachtete Recke mit seinem wilden Gefuchtel veranstaltete.

So hypnotisch, so fesselnd war dieses verwirrende Schauspiel, daß es die Qualität eines Traums bekam; und so dauerte es ein paar Sekunden – vielleicht sogar eine ganze Minute –, ehe Mildred gewahr wurde, daß noch etwas anderes vor sich ging in dieser großen, düsteren Kammer, etwas Neues, und ganz woanders als dort, wo dieser wütende Scheinkampf tobte. Von der Ostwand her schien eine Bewegung auszugehen, und als sie herumfuhr und angstvoll in diese Richtung sah, kam es ihr im Halbdunkel so vor, als ob das dunkle Gemäuer selbst sich bewegte, die Mauer selbst sich auflöste.

Was natürlich nicht der Fall sein konnte. Und so konzentrierte sie jetzt ihren Blick auf diese seit langem nicht mehr benutzte Tür, hinter der (wie sie einmal gehört hatte) die Überreste einer steinernen Treppe, deren Benutzung jetzt zu gefährlich war, sich im Dunkeln nach oben wanden.

War es eine optische Täuschung, eine momentane Verzerrung ihrer überreizten Sinne, oder sah sie diese Tür tatsächlich leicht erbeben und sich in ihrem Eichenrahmen ruckend bewegen? Hörte sie wirklich so ein Knirschen und Schaben, ein Geräusch wie von rostigen Riegeln, die sich in ihren Halterungen verschoben? Und nun wurden die Geräusche lauter... ein fremdartiger Luftzug wehte um ihre Schläfen; und Mildred, die reglos in ihrer dunklen Nische kauerte, sah fassungslos mit an, wie die Tür ganz langsam aufging. Zoll für Zoll verbreiterte sich der Spalt und gab eine finstere Öffnung frei, aus der, wie die Gerüchte wissen wollten, der Geist einer gefolterten Frau in Zeiten von Not und Unglück hervorkam, die »weise Frau«, die Hexe, die in dieser schrecklichen Kammer den Tod gefunden hatte und nun den Ort ihrer Hinrichtung wieder aufzusuchen pflegte, um Rache zu üben an ihren Scharfrichtern und deren Nachkommen.

Soweit die Legende. Und Mildred hatte, wie jede vernunftbegabte Frau, natürlich nie daran geglaubt. Aber es kam der Moment, da bloßer Unglaube ihr nichts nützte. Breiter und immer breiter wurde die Öffnung, und nun erschienen für einen Augenblick zwei bleiche Finger vor dem dunklen Holz. Sie verschwanden fast unverzüglich wieder, um gleich von neuem tastend aus der Dunkelheit hervorzukommen, vielleicht auf der Suche nach einem gespenstischen Türgriff, und sich um die schwere Tür zu krallen, die sich bewegte.

Mildred hielt es nicht mehr aus. Egal, was da aus dieser

finsteren Öffnung hervorkommen würde, sie könnte den Anblick auf keinen Fall ertragen; und in einem blinden Reflex riß sie die Hände vors Gesicht, während ihre Augen sich von selbst ganz fest schlossen.

Wie lange sie so kauerte, zu angsterfüllt, um sich zu bewegen, wußte sie hinterher nicht mehr zu sagen. Es mochten mehrere Minuten gewesen sein, vielleicht aber auch nur Sekunden, bis in ihr Bewußtsein drang, daß es still geworden war. Die Tür in der Ostwand knirschte und quietschte nicht mehr. Das Poltern und Trampeln und Schwirren der imaginären Schlacht war verstummt. Als es weiter still blieb, nahm sie vorsichtig die Hände vom Gesicht und öffnete die Augen.

Es war genau der falsche Moment, sie zu öffnen, denn Sekunden danach gingen die Lichter aus. Ganz kurz nur hatte sie noch Sir Humphreys Körper auf dem Steinboden liegen sehen, alle viere von sich gestreckt, die voluminöse Pelerine in einem großen Halbkreis um ihn herum ausgebreitet; sie hatte gerade Luft holen wollen, um zu schreien, als plötzlich alles dunkel war.

Die Finsternis war total, die Stille ebenso. Für ein paar lange Augenblicke war Mildred überzeugt, sie sei vor Angst gestorben, und dies wäre nun wirklich der Tod, diese totale Dunkelheit, die totale Stille, diese Lähmung aller ihrer Glieder, sogar ihrer Stimme.

Doch es war nicht der Tod. Es war etwas anderes. Denn jetzt kratzte ein neuer Laut an der Stille, ein Geräusch, als käme jemand – etwas – langsam, zielbewußt und sehr, sehr vorsichtig über den steinernen Fußboden angekrochen.

Und jetzt war Mildred endlich in der Lage zu schreien.

Sie schrie. Und schrie. Und schrie.

26

Noch vor Abschluß seiner abendlichen Kontrollrunde hatte Arnold schon aus mehreren Quellen vernommen, daß seine Exfrau heute nachmittag wieder gesichtet worden war. In letzter Zeit betrachtete er sie als seine Exfrau, obwohl sie das natürlich nicht war, sie war strenggenommen noch immer seine Frau, und in gewissen Abständen machte er sich – wie jetzt – die Mühe, sich das ins Gedächtnis zu rufen. Denn als seine Frau konnte sie natürlich immer noch mit einer gewissen Berechtigung alle möglichen Ansprüche an ihn stellen, alle möglichen Probleme mit ihm besprechen wollen. Vor allem stellte sich ja jetzt dieses neue und drängende Problem, daß ihre gemeinsame Tochter schwanger war.

Er wünschte sich von ganzem Herzen, er hätte noch etwas länger gewartet, bis er es Mildred mitteilte. Er hatte den Anruf schon bereut, noch ehe er den Hörer wieder auflegte, und jetzt im Rückblick konnte er es nur seiner typisch männlichen Hilflosigkeit angesichts eines im Kern so weiblichen Problems zuschreiben. Klar, daß Mildred es früher oder später erfahren mußte; irgendwann würde Flora es ihrer Mutter ja auch selbst sagen; aber was hatte ihn nur geritten, den schwarzen Tag unnötig vorzuverlegen?

Nein, schwarzer Tag ist nicht angebracht (korrigierte er sich im stillen). Peinlicher Tag war zutreffender. Peinlich, weil seine eigenen Gefühle selbst jetzt, nach einer knappen Woche, immer noch so durcheinander waren, daß er sich gar nicht recht entscheiden konnte, für welches Vorgehen er sich nun eigentlich stark machen sollte. Daß es darüber eine Auseinandersetzung mit seiner Frau geben würde, stand fest. Was immer Mildred im Sinn hatte, es war mit Bestimmtheit irgend etwas völlig Unpraktikables, und er hätte dem gern etwas Handfestes entgegenzusetzen gehabt. Vor allem fürchtete er, daß Mildred jetzt schon in seiner Wohnung auf ihn warten könnte; womöglich zusammen mit Flora, und die beiden würden bereits an irgendeinem ebenso romantischen wie utopischen Plan herumschmieden, so daß er dann als herz- und gefühllos dastände, wenn er die Schwachstellen darin aufzeigte. Oder – ebenso denkbar – sie befänden sich mitten in einer ihrer Mutter-Tochter-Diskussionen über das Recht eines Menschen, zu tun, was er für richtig halte. Das hieß, was Flora für richtig hielt.

Der Oktoberabend dämmerte herein, und als Arnold über die mittlerweile leere Terrasse ging, hörte er Schritte hinter sich: schwerfällige, aber eilige Schritte. Er drehte sich um und sah Joyce. Sie war ohne Mantel, ihr Haar war völlig aufgelöst, und sie rannte so schnell, wie ihre schweren, ungeübten Beine sie nur trugen.

»Arnold!« keuchte sie, sowie sie in Hörweite war. »Mein Vater! Sir Humphrey – er ist wieder weg! Er muß sich davongeschlichen haben, als Ida am Telefon war. Oh, er ist ja so schlau...!« Hier holte sie erst einmal Luft und schob sich das feuchte Haar aus der Stirn. »Und da hab ich gedacht, ob Flora...? Hat Flora...? Wissen Sie, ob Flora...? Ist sie schon aus der Teestube zurück?«

Arnold sah auf die Uhr. »Das nehme ich an. Sie müßten dort mit dem Aufräumen inzwischen fertig sein. Kommen Sie mit – wir sehen mal nach.«

Die Teestube war zugeschlossen, dunkel und leer, wie

Arnold vermutet hatte. Auch die Wohnung war dunkel und leer, als sie dorthin kamen. Seine Ängste, Mildred könnte dort sitzen und auf ihn warten, waren also unbegründet; aber für Joyce war das natürlich kein Trost.

»Was soll ich nur tun?« rief sie wieder und wieder. »Oh, was soll ich nur tun?« Arnold, der verstand, daß diese Frage eigentlich nicht an ihn gerichtet, sondern eher eine Anrufung des Schicksals oder irgendeiner himmlischen Macht war, die gerade zuhören mochte, versuchte keinen Ärger in sich aufkommen zu lassen. Auch dann nicht, als der nachfolgende Dialog Wort für Wort denselben Verlauf nahm wie schon einmal, als dieser schwierige alte Mann verschwunden war. Polizei – Fürsorge – Altersheim – diese Kette eskalierender Katastrophen beherrschte immer noch ihr Denken und schloß jedes sinnvolle Vorgehen, das Arnold gern in Gang gesetzt hätte, von vornherein aus. So waren sie mit dem Problem auf sich allein gestellt, und Arnold mußte derjenige sein, der die Dinge in die Hand nahm.

»Gehen Sie nach Hause«, drängte er sie. »Er könnte ja jeden Augenblick wiederkommen, und Sie möchten doch nicht, daß er dann ein leeres Haus vorfindet, nein? Inzwischen versuche ich Flora irgendwo aufzutreiben und zu hören, ob sie etwas weiß. Ich rufe bei Pauline oder Tracey an und frage, wann sie aus der Teestube gegangen ist, und ob sie zu ihnen gesagt hat, daß sie etwas vorhabe. Machen Sie sich keine Sorgen, Joyce. Er ist bestimmt wohlauf. Ihr Vater, der hat neun Leben!«

Eine etwas unglückliche Formulierung vielleicht, bezogen auf einen alten Mann von über neunzig Jahren. Ein Leben für jedes Jahrzehnt, und das letzte demnach schon angebrochen? Aber Joyce schien da keine Verbindung zu ziehen – wie sollte sie auch, da es doch gar keine gab? Sie schien Arnolds Rat nur zu gern zu befolgen und alles Weitere ihm zu überlassen.

Pauline war ausgegangen, und Tracey – ans Telefon gerufen von ihrer kleinen Schwester, die aus voller Lunge schrie: »Für dich, Trace! Dieser Mann, der immer wegen irgendwas sauer ist!« – war alles andere als hilfreich.

Ja, Flora, sei heute etwas früher von der Arbeit weggegangen, räumte sie ein, »aber mit dem Geld stimmt alles, Mr. Walters, das hab ich in die Kasse gelegt und den Schlüssel mitgenommen. Ich habe auch die Innen- und die Außentür abgeschlossen.«

Sie war recht stolz auf sich, sie hatte die Initiative ergriffen und das Richtige getan. Dafür gebührte ihr ein Lob, doch Arnold machte dazu keine Anstalten, und so war es kein Wunder, daß ihre Antworten auf seine nächsten Fragen etwas einsilbig ausfielen. »Nein, keine Ahnung, Mr. Walters. Nein, sie hat nichts gesagt. Nur daß ihre Mutter gekommen ist. Ach ja, Mr. Walters«, hier schlich sich jetzt ein schadenfroher Ton in ihre Stimme, »und der Freund ihrer Mutter war auch da, ich habe ihn gesehen. Er ist den ganzen Nachmittag hier herumgeschlichen, wußten Sie das schon? Er kommt ziemlich oft hierher, nicht?« Sie legte eine Pause ein, wahrscheinlich in der Hoffnung, eine Reaktion von ihm zu vernehmen, und als diese ausblieb, kehrte sie wieder in ihrem barschen Ton von vorhin zurück. »Nein, Mr. Walters, ich weiß es nicht. Nein, sie hat nichts von Sir Humphrey gesagt, warum sollte sie auch? Und nichts für ungut, Mr. Walters, aber ich kann jetzt nicht länger reden. Ich muß ...«

Arnold stand nicht der Sinn danach, sich von so einer

dummen Gans vor den Kopf gestoßen zu fühlen. Er rief als nächstes Joyce an, um ihr den leider negativen Bericht zu übermitteln und sie, so gut er konnte, aufzurichten. Er meinte das auch ehrlich, weil er wirklich überzeugt war, daß der alte Querkopf schon wieder aufkreuzen würde.

»Sie bleiben am besten, wo Sie sind, Joyce«, wiederholte er, »und ich gehe mal das Gelände absuchen. Zum Glück haben wir ja heute nacht einen schönen hellen Mond.«

Den hatten sie. Vollmond. Erntemond. Die große helle Scheibe ging soeben über den östlichen Zinnen auf und warf gezackte schwarze Schatten über den Hof, schimmerte hell auf dem stillen Wasser des Springbrunnens. Zur Schließungszeit, wenn die Besucher fort waren, wurde die Fontäne in dem wenig erfolgreichen Bemühen, Wasser zu sparen, immer abgestellt, und so lag der runde Teich nun glatt wie ein Spiegel im fahlen, silbrigen Licht. Kein Fisch regte sich, und die schimmernde Wasserfläche gab der ganzen Szene, gleich einem Foto ihrer selbst, etwas Traumhaftes, als Arnold mit dem komischen Gefühl, sich in unbekanntes Land zu begeben, weiter durch den Torbogen schritt. Das war schon merkwürdig, denn der Weg, den er nahm – über die Terrasse und durch den Park –, war ihm ja keineswegs unbekannt, im Gegenteil. Er war seit Monaten ein Stück seines Alltags. Es mußte am Mondschein liegen, der alles so unwirklich erscheinen ließ. Mondschein kann eine solche Wirkung haben, besonders vielleicht der Erntemond.

Das Gras war feucht unter seinen Füßen, und die ganze Weite des Parks wirkte grau, aller Farben beraubt, schien aber dennoch zu leuchten, besonders dort, wo ein dünner weißer Dunst dicht über dem hohen Gras schwebte, das den Wald säumte.

Keine Eulen heute nacht; die Zeit der Vogelrufe ging zu Ende; nur als Arnold unter die Bäume trat, sagte ihm ein harscher, zeternder Schrei, gefolgt von erschrockenem Flügelschlagen, daß noch nicht alles Waldleben im Schlaf lag. Er trug sich schon seit einiger Zeit mit der Absicht, die Vogelwelt in diesem Teil des Landes zu studieren, die jeweiligen Rufe und Gesänge unterscheiden zu lernen; er war sogar schon so weit gegangen, in Joyces Kiosk eines der Büchlein zu diesem Thema zu kaufen, hatte aber bisher noch keine Zeit gefunden, einmal richtig darin zu lesen.

Ein Stückchen tiefer im Wald hielt er inne, da die Licht- und Schattenmuster zu seinen Füßen hier einer tieferen Dunkelheit Platz machten. Jetzt mußte er sich entscheiden, ob er von seiner Taschenlampe Gebrauch machen sollte oder nicht, denn ihr Licht konnte dem Gesuchten sein Kommen verraten.

Wenn Sir Humphrey hier irgendwo war – und eine starke Ahnung sagte Arnold, daß der alte Mann wohl diese Richtung gewählt hatte –, würde er sich über Arnolds Dazwischenkommen freuen? Wenn er sich bereits verlaufen hatte, völlig verwirrt war und gar nicht mehr wußte, wozu er hergekommen war und wo er sich befand, dann würde er vielleicht – oder doch nicht? – dankbar sein für das Licht und einen freundlichen Menschen, der ihn nach Hause begleitete. Andererseits... Arnold sah im Geiste plötzlich dieses grimmige Adlergesicht vor sich, die blassen, schimmernden Augen, und eines stand für ihn jetzt zweifelsfrei fest: Mochte auch alles andere in diesem alten, sich zersetzenden Gehirn bereits abgestorben, geschrumpft und unbrauchbar geworden sein, der Stolz lebte noch, ein unauslöschbarer heller Kern, der unerschrocken die Festung hielt gegen das unbarmherzige Nahen der Nacht.

Nein, er wäre nicht dankbar.

Und dann konnte auch Flora bei ihm sein. Getreu ihrer unerschütterlichen Überzeugung, daß die Irren das gleiche Recht hätten wie die Gesunden, sich frei bewegen zu dürfen, konnte sie ihm durchaus zu dieser heutigen Eskapade verholfen haben. (»Wenn ihm danach ist, im Wald spazierenzugehen, warum soll er dann nicht im Wald spazierengehen? Nur weil es ihm gefällt, sich nicht an Dinge zu erinnern, an die er sich nach anderer Leute Meinung erinnern müßte – ist das ein Verbrechen? Ein Verbrechen schlimmer als Mord, daß man es mit lebenslangem Kerker bestraft?«)

Diese sattsam bekannte Diskussion war zwischen ihm und seiner Tochter schon so oft geführt worden, daß er sie mittlerweile auswendig zu kennen glaubte. Er wußte genau, was sie beide sagen würden. Das ist ja alles schön und gut, Flora, aber kannst du dir denn nicht denken, welche Sorgen die arme Joyce sich machen muß, wenn sie nicht weiß, wo er ist und was er gerade tut? Und warum, Arnold, ist es wichtiger, daß Joyce sich keine Sorgen machen muß, als daß Sir Humphrey sich frei bewegen darf?

Und so weiter. Eine Einigung war nie zu erzielen. Aber zu *einer* Entscheidung hatte er inzwischen immerhin gefunden, während er hier auf diesem immer schmaler werdenden, immer enger sich windenden Weg entlangging: Er würde die Taschenlampe doch benutzen. Sollte Sir Humphrey davon halten, was er wollte. Arnold knipste sie an und setzte seinen Weg fort, auf dem der Lichtstrahl jetzt immer den kleinen Flecken feuchtes Laub ausleuchtete, auf den er als nächstes treten würde, wohingegen alles andere erst recht in undurchdringlicher Dunkelheit verschwand. Die blaßgrauen Silhouetten der dicken Baumstämme, der etwas hellere Streifen Weg zwischen dem verschwommenen Dunkel der Sträucher auf beiden Seiten – alles fort, nur dieses hellen kleinen Lichtkleckses wegen, der jedem einzelnen seiner Schritte voranleuchtete. Aber er fand es sicherer so. Irgendwo konnte ein Hindernis auf dem Weg herumliegen, über das er sonst womöglich stolpern und sich böse verletzen würde.

Auf ein solches Hindernis stieß er tatsächlich, und obwohl die Taschenlampe es hell anleuchtete, wäre er um ein Haar darüber gestolpert. Jedenfalls taumelte er und griff haltsuchend in das unsichtbare Laub am Wegrand. Seine Hand blutete häßlich von den Dornen, in die er gegriffen hatte, doch er bemerkte die klebrige Nässe nicht, denn sein Blick verharrte wie festgenagelt auf dem Lichtkreis, aus dessen Mitte, angestrahlt wie ein berühmtes Kunstwerk, der weiße Schädel zu ihm aufstarrte.

Schon wieder der Schafsschädel! Dieser elende »Charlie«. Arnold hatte bei dieser zweiten Begegnung mit dem Ding irgendwie länger gebraucht, es zu erkennen, und der Schrecken, der ihm bis ins Mark gefahren war, hatte um einige Sekunden länger vorgehalten. Er zitterte immer noch, als er seinen Weg endlich fortsetzte, erfüllt jetzt von bösen Vorahnungen und einem noch gestaltlosen, ungerichteten Zorn. Ungerichtet deshalb, weil er sich vorerst noch nicht genau vorstellen konnte, worüber er zornig sein mußte; auf wen, das wußte er allerdings sehr genau. Flora! Mit ihren halbverdauten, pseudorevolutionären Ideen aus zweiter Hand ermunterte sie einen hilflosen, senilen alten Mann dazu, sich in die größten Schwierigkeiten zu bringen, die früher oder später sein Leben bedrohen würden, sehr wahrscheinlich auch das Leben anderer. Freiheit für Irre erforderte die unablässige Wachsamkeit der Gesunden – und genau diese Wachsamkeit versuchte Flora beständig zu hintertreiben.

Und jetzt sah er sie ... über die mondhelle Lichtung, die sich weiter vorn auftat, kam sie angerannt und rief mit einer Stimme, in der so viel Liebe lag, wie er seit Jahren nicht mehr von ihr zu hören bekommen hatte: »Gott sei Dank...! Ich kriegte ja schon langsam Angst...!« Dann aber wendete er den blendenden Strahl seiner Taschenlampe von ihren Augen ab, und sie erkannte ihn, worauf ihre Stimme sich schlagartig veränderte, als hätte ein böser Zauberspruch die Wörter in Kröten verwandelt.

»Ach... du! Du...! Was hast du mit ihm gemacht? Wo ist er? Ihr habt ihn wieder eingesperrt, gerade als er...« Und nun brach sie zu seiner Bestürzung auch noch in Tränen aus und warf sich auf den Boden, mitten ins nasse Laub, während das Mondlicht durch das Filigranmuster der Äste bizarre Muster auf ihren schlanken Rücken malte. Ihr Anorak, tagsüber von einem grellen Smaragdgrün, wirkte unter dem gebrochenen Silberglanz jetzt fahl und grau.

Arnold kniete sich neben ihr auf die weiche, feuchte Erde und fühlte, wie sein Zorn unter der Macht ihrer Tränen dahinschmolz. Flora weinte fast nie, jedenfalls nicht in seinem Beisein. Er begann auf sie einzureden, fast planlos, versuchte sie davon zu überzeugen, daß er Sir Humphrey nicht gesehen habe, auch keine Ahnung hatte, wo er sein könnte oder worum es überhaupt ging. Worum ging es denn überhaupt?

Die Geschichte, die Flora ihm unter Tränen erzählte, entsprach ungefähr dem, was Arnold schon gefürchtet hatte. Wieder einmal hatte sie in unverantwortlicher Weise den absurden Phantasien des Alten Vorschub geleistet, ihm sogar versprochen, ihm bei der Rettung des nichtexistenten Anwärters auf den nichtexistenten Tudorthron zu helfen. Die beiden hatten das imaginäre Baby nach Dunkelheit auf diese Waldlichtung bringen wollen, wo eine Reiterschar bereitstehen sollte, um es sicher auf irgendein fernes Schloß zu schaffen. Von wo aus dann vermutlich irgendein Aufstand zugunsten des rechtmäßigen Thronerben organisiert werden sollte. Von diesem Punkt an wurde das Drehbuch etwas nebulös, und an seine Stelle trat Floras unmittelbare Wut und Enttäuschung darüber, daß dem widersinnigen Spiel schon gleich zu Anfang durch das Fehlen des Hauptdarstellers ein Ende bereitet worden war – gerade als die imaginäre Handlung beginnen sollte, war Sir Humphrey nicht da.

Geschehen war offenbar dies: Flora war zum Cottage gegangen, was sie recht oft tat, wenn die Teestube schloß, und hatte angeboten, mit dem alten Mann einen Abendspaziergang zu machen. Joyce, die dieses Angebot sonst nur zu gern annahm, hatte diesmal aber nein gesagt, jetzt nicht, ihr Vater habe sich nicht wohl gefühlt und müsse ruhen.

»Im Rückblick«, sagte Flora, die jetzt mit gekreuzten Beinen dasaß und mit unruhigen Fingern nasses totes Laub siebte, »im Rückblick finde ich jetzt, daß ich von Sinnen gewesen sein muß, mich damit abspeisen zu lassen. Ich hätte Joyce sofort zur Rede stellen und darauf bestehen sollen, daß ich ihn selbst sehen durfte. Aber dumm, wie ich war, habe ich auf ihr Wort vertraut und bin wieder weggegangen, um später noch einmal wiederzukommen. Und als ich dann wiederkam, war es zu spät. Er war verschwunden. Die Aufregung kriegte ich schon mit, bevor ich überhaupt da war – Ida und Joyce rannten überall herum und suchten ihn, gaben sich gegenseitig die Schuld: ›Aber ich war doch höchstens zwei Minuten am Telefon‹ – ›Sie wissen ganz genau, daß die Haustür nie unverschlossen bleiben darf‹, und so weiter. Es war echt zum Lachen – jedenfalls hab ich das da noch gedacht. Aha, dachte ich, er hat ihnen eine Nase gedreht, gut gemacht! Und natürlich hatte ich als selbstverständlich angenommen, daß er schon allein hierhergekommen wäre, ohne auf mich zu warten. Aber als ich dann hier ankam und nichts von ihm zu sehen war... und ich wartete und wartete... und es immer dunkler wurde und *du* dann hier auftauchtest! Entschuldige, daß ich so fies zu dir war, Arnold, aber es war so eine Enttäuschung für mich, als es nur du warst. Und jetzt weiß ich nicht, was ich machen soll. Keiner weiß, wo er ist – was kann da nur passiert sein? Er glaubte so felsenfest, daß heute abend der richtige Zeitpunkt war, denn es war alles für die Vollmondnacht geplant. Die Reiter waren verständigt, die sollten hier warten...«

»Flora!« unterbrach Arnold sie scharf. «Ich weiß nicht, wie du so grausam gegen einen hilflosen alten Mann sein kannst, den du angeblich gern hast. Es *ist* nämlich grausam – weil du ihn damit lächerlich machst, wenn du bei diesem ganzen Unfug mitspielst und tust, als glaubtest du daran. Kränkend ist das. Ihn wie ein Kind zu behandeln und solche Verstellungsspielchen mit ihm zu treiben!«

Flora schien von dieser Kritik erstaunlich unbeeindruckt; sie schien es nicht einmal direkt als Kritik zu verstehen.

»Ja«, meinte sie, »ein bißchen ist das schon so. Die totale, nichtlineare, vieldimensionale Wirklichkeit, die ein Kind erfährt – das ist etwas, was man als Erwachsener verliert. Die meisten Erwachsenen jedenfalls. Eine bestimmte Art ganzheitlichen Bewußtseins ohne Scheuklappen geht verloren, wenn man älter wird, und ist nicht mehr zurückzuholen. Aber Sir Humphrey *hat* sie zurückgeholt, und darum ist es so wunderschön, mit ihm zusammenzusein. Er ist in einer anderen Welt, die Luft, die er atmet, ist vierhundert Jahre jünger als unsere, und wenn ich mit ihm zusammen bin, kann ich sie auch atmen. Es ist wie ein frischer Wind, der direkt aus der Vergangenheit weht. Die Vergangenheit ist nämlich noch hier, an diesem Ort. Sie ist überall. Manchmal kann man sie sogar hören, wenn man das Ohr auf den Boden legt. Versuch's nur mal, Arnold, versuch's. Leg dich flach hin, drück dein Ohr ganz fest auf den Boden und verhalte dich ganz still, und nach einer Minute kannst du sie hören... das Klopf-klopf-klopf der Pferdehufe aus grauer Vorzeit, das immer näher kommt. Versuch's mal. *Versuch's* doch nur mal!«

Arnold hatte nicht die Absicht, es zu versuchen. Schon das Dasitzen war feucht und unbequem genug. Es war überhaupt so kalt und naß hier im Mondlicht.

»Das ist nur das Blut, das in den Ohren pulsiert«, wagte er einzuwenden. »Das, und die Phantasie.«

»Ich wußte schon, daß du so was sagen würdest«, erklärte Flora überheblich. »Und ich wußte auch, daß du es nicht ausprobieren würdest, du wirst es also nie erfahren. Aber ich hab's ausprobiert. Sir Humphrey hat mir gesagt, wie ich es machen soll, und – ja, o ja, da hörte ich die Reiter kommen. Jedesmal. Und jedesmal waren sie etwas näher. Da haben wir angefangen, unsere Pläne zu machen. Und Charlie wollten wir auch hierher mitbringen, als Schutz gegen böse Geister. Der Schädel eines Schafs hat ganz besondere Kräfte, weil das Schaf ja ein Sinnbild der

Unschuld ist. Und dann natürlich allein schon, weil es ein Schädel ist. Alle haben Angst vor Schädeln – weißt du noch, wie *du* erschrocken warst, Arnold, als du ihn zum erstenmal gesehen hast? – Nun, und die bösen Geister erschreckt er genauso.«

»Flora!« fiel Arnold ihr wieder scharf ins Wort. »Du weißt ganz genau, was für ein Unsinn das alles ist. Einen Irren aufzumuntern ist ja schön und gut, aber wenn es so weit geht, daß ...«

»Ich muntere keine Irren auf. Er *ist* nicht irre! So was wie Irresein gibt es gar nicht. Es gibt nur verschiedene Realitätsebenen, und was man ›normal‹ nennt, ist nur eine von ...«

Sie unterbrach sich. Ihre Augen wurden groß, ihr Körper spannte sich, und sie schien angestrengt und furchtsam irgendeinem fernen Ton zu lauschen. Hoffentlich nicht vierhundert Jahre alten Hufschlägen ...?

Und dann hörte er es auch; von weit, weit fort, von jenseits der Bäume, jenseits des mondbeschienenen Parks ertönte, schwach wie ein Vogelruf, ein ferner Schrei ... und noch einer ... und noch einer ...

»Das ist Mama!« rief Flora im Aufspringen. Und noch ehe Arnold richtig begriffen hatte, was vor sich ging, war sie schon auf und davon über die mondhelle Lichtung und stürzte sich in die Dunkelheit des überwucherten Weges. Er hörte Zweige unter ihren rennenden Füßen knacken und wußte, daß er sie nie einholen würde, obwohl er sich natürlich bemühte.

27

Floras Fehlgeburt war nicht mehr aufzuhalten gewesen, obwohl sie im Krankenhaus alles versucht hatten. Jetzt saß sie im Bett, bleich und bekümmert und so geläutert und still, daß ihre Eltern, die rechts und links von ihrem Bett saßen, sie kaum wiedererkannten und erst recht nicht wußten, was sie sagen sollten. Sie waren so sehr daran gewöhnt, jedesmal Widerworte zu bekommen und in einen Disput verwickelt zu werden, wenn sie auch nur den Mund öffneten, daß sie mit Floras gegenwärtigem, ganz unkomplizierten Trostbedürfnis gar nichts Rechtes anfangen konnten.

Dazu kam noch Mildreds schlechtes Gewissen. Ihre Schreie waren schuld daran gewesen, daß ihre schwangere Tochter so durch die Nacht gerannt war, über Baumwurzeln gestolpert und schließlich kopfüber die Treppe zum Verlies hinuntergestürzt war, deren Stufen von Nachttau und herabgefallenen Blättern ganz glitschig waren. So unnötige Schreie auch, denn sie war in Wirklichkeit nie in der allermindesten Gefahr gewesen. Noch ehe Flora überhaupt die tückische Treppe erreicht hatte, war Mildred bereits aus ihrer Todesangst erlöst worden, und zwar – war es zu glauben? – von ihrem neuesten ständigen Begleiter, der nun auch noch ihr fahrender Ritter war.

Auf dem Weg zum Parkplatz war Gordon, wie er erklärte, am Hauptgebäude vorbeigekommen und hatte bemerkt, daß im Verlies irgend etwas vor sich ging. Da das Verlies seines Wissens schon vor Stunden für die Öffentlichkeit geschlossen worden war, hatte er geglaubt, nach dem Rechten sehen zu müssen. Die Haupttür war verschlossen, und so hatte er die Schilder GEFAHR und KEIN ZUTRITT einfach ignoriert und war die gefährliche Wendeltreppe hinuntergegangen, die zu der nicht mehr benutzten Tür in der Ostwand führte. Nachdem es ihm unter Mühen gelungen war, die völlig eingerosteten Riegel zurückzuschieben, war er in die Folterkammer gelangt, gerade als Sir Humphreys imaginärer Schwertkampf mit einem imaginären Widersacher seinen Höhepunkt erreichte. Gordon war hingeeilt, um einzugreifen, aber ach, da war es schon zu spät gewesen. Der alte Mann war gestolpert, mit dem Kopf gegen den ehernen Sockel der Streckbank geschlagen und hatte sich den Schädel gebrochen. Und in diesem Moment, sagte Gordon, habe Mildred zu schreien angefangen. Bis dahin habe er gar nicht geahnt, daß sie da war, daß sie sich im Schatten versteckt hielt. Er könne verstehen, wie verängstigt die Gute gewesen sei, und er habe sie nach besten Kräften beruhigt und schnell weggebracht von diesem Schreckensort, sich aber auch beeilt, einen Arzt und einen Rettungswagen herbeizurufen. Er hatte damit eigentlich alles getan, was ihm möglich war, jedoch vergebens. Sir Humphrey war bereits tot, er mußte bei seinem Sturz augenblicklich gestorben sein.

Es schien klar, daß Gordon sich in dieser ebenso gefahrvollen wie beängstigenden Situation sehr umsichtig und geistesgegenwärtig verhalten hatte; und Mildred, die sich über einige Details in seinem Bericht zwar ein wenig wunderte, war ihm dennoch dankbar für seine Freundlichkeit und Besorgnis um ihre Person.

Dankbar ja, aber nicht sehr getröstet. Von alledem war nichts dazu angetan, ihre Trauer um das verlorene Enkelkind zu lindern oder ihre Schuldgefühle wegen ihrer eigenen Rolle in diesem zweifachen Unglück zu dämpfen. Wenn sie doch nur nicht die Beherrschung verloren und derart geschrien hätte...

Flora war natürlich diejenige, die sich an Sir Humphreys Tod hätte schuldig fühlen müssen. Sie war es gewesen, die dafür gesorgt hatte, daß er die vom Arzt verordneten Beruhigungspillen nicht nahm. Sie hatte ihn in seinen Wahnvorstellungen bestärkt und zu wilden Eskapaden angetrieben, die seine schwachen, schwindenden Kräfte überstiegen. Sie hatte an seinen verschwommenen, unsteten Phantasien mitgesponnen und ihnen dadurch ein Leben, einen Sinn, eine Pseudorealität gegeben, die weit über alles hinausgingen, was er sich selbst hätte zusammenträumen können, wenn er allein in seinem Sessel vor sich hindöste und wie im Halbtraum Selbstgespräche führte. Unter ihrer Anleitung hatte er begonnen, diese Phantasien immer realistischer auszuleben, immer gefährlicher, was unweigerlich in irgendeiner Katastrophe enden mußte.

Jetzt war nicht der Augenblick, ihr mit einem »Ich hab's dir ja gesagt« zu kommen, obwohl Arnold nicht umhin konnte, sich an die vielen Male zu erinnern, da er es ihr wirklich gesagt und sie davor gewarnt hatte, in welches Unheil sie ihren betagten Schützling stürzen könne, wenn sie so vorbehaltlos auf jede seiner Launen einging. »Ist dir nicht klar, daß du sein Leben in Gefahr bringst?« hatte er dann zu ihr gesagt, das wußte er noch gut.

»Na und?« hatte sie erwidert. »Wenn er stirbt, während er seinen Spaß hat, sich amüsiert, seinen eigenen Weg geht, ist das nicht besser, als wenn er mit Schläuchen in allen Körperöffnungen auf einer geriatrischen Station endet, wo sie ihm ein Bein nach dem anderen amputieren? Nein?«

Natürlich war das besser, da hatte sie recht, und jeder würde das bestätigen. Andererseits war die Art ihres Zutuns (wie ebenfalls jeder bestätigen würde) unrecht gewesen.

Was waren nun also, nachdem alles vorüber, alles eingetreten war, die richtigen Worte? Er hatte das Gefühl, daß sie bei dieser Gelegenheit, wo sie echten Kummer hatte und unter Schock stand, nicht jedesmal gleich auf ihn losgehen würde, wenn er den Mund aufmachte. Sie würde ihm zuhören. Es stand sogar in seiner Macht, sie bis zu einem gewissen Grad zu trösten. Zu trösten über den Verlust ihres Babys und den gleichzeitigen Verlust dieses alten Gelehrten, der auf so geheimnisvolle Weise zu ihrem engen Freund geworden war. Oft hatte Arnold sich gefragt, wieviel ihr wohl wirklich an dem alten Mann lag, oder wie sehr sie nur alle anderen ins Unrecht setzen und die Experten als lauter Idioten brandmarken wollte. Vielleicht war es ein bißchen von beidem; aber jetzt war ihre Trauer um ihn durchaus echt und schien unentwirrbar mit der Trauer um ihr verlorenes Baby verknüpft.

»Er hat mich geliebt«, sagte sie zu Arnold, als Mildred einmal nach unten gegangen war, um eine Tasse Tee zu trinken. »Es war so eine wunderbare, zauberhafte Liebe ohne jeden Sex. Ich war nämlich die Königin, und nur deswegen hat er mich geliebt und verehrt, nicht weil ich hübsch oder klug oder sexy oder sonstwas gewesen wäre. So bin ich noch nie geliebt worden, und so werde ich auch nie mehr geliebt werden, weil es so etwas heutzutage nicht mehr gibt. Heutzutage ist Liebe ohne Sex irgendwie bekloppt, aber damals nicht. Ich habe etwas gehabt, was in meiner Generation noch keine gehabt hat oder jemals haben wird.«

Sie machte eine Pause, und in ihren Augen schimmerten Tränen. Dann fuhr sie fort: »Der wunderbarste Moment von allen war, als er erfuhr, daß ich schwanger war. Ich hab's ihm nicht gesagt, es wäre mir irgendwie peinlich gewesen, aber ich nehme an, er hat gehört, wie ich mit Joyce darüber gesprochen habe – jedenfalls war er ganz außer sich vor Freude, er war überzeugt, daß ich den Thronerben in mir trug, und das machte mich zum wichtigsten Menschen auf der Welt. So wichtig werde ich nie wieder sein, nie. Und komm mir jetzt nicht mit diesen Sachen, das wäre ja alles nicht real gewesen, denn es *war* real. Unsere *Gefühle* waren real, seine *und* meine. Du hast diese Gefühle nicht gehabt, also kannst du sie auch nicht verstehen.«

Das konnte er nicht, da hatte sie völlig recht. Aber wieder schwieg er und wartete ab, und sie sprach weiter – verträumt jetzt, vielleicht weil das Beruhigungsmittel, das man ihr gegeben hatte, zu wirken begann.

»Manchmal dachte er, ich hätte das Baby schon, und manchmal nicht. Sein Verstand war so frei beweglich in der Zeitdimension, verstehst du, daß er mühelos mal in die eine Richtung wandern konnte, mal in die andere, und immer war er zu Hause in der Zeit, in der er sich wiederfand. Deswegen habt ihr ihn verrückt genannt. Menschen, die eine kreative, fortdauernde Beziehung zur Zeit herstellen können – Wahrsager und Propheten und so weiter –, erscheinen denen, die das nicht können, immer verrückt.

Und jetzt ist er weg... und mein Baby ist weg. Sie sind zusammen fortgegangen. Vielleicht ist das gut? Vielleicht ist es richtig, daß sie auf diese Weise zusammen gegangen sind...?«

Vielleicht. Aber es verhinderte nicht, daß Flora jetzt in bittere, von Herzen kommende Tränen ausbrach.

Bald kam Mildred zurück, und nun war Arnold an der Reihe, in die Kantine zu gehen. Mildreds kurzer, freudvoller Ausflug ins Großmutterdasein, mit allen Hoffnungen und Träumen, war zu Ende, und die Enttäuschung machte sie fast so tränenselig wie ihre Tochter. Auf wundersame Weise lagen die beiden sich zum erstenmal seit langer Zeit wieder in den Armen und betrauerten gemeinsam ihren Verlust.

Das heißt, bis die Schwester kam, Floras Fieberkurve ansah und mit einem einzigen resignierten, erfahrenen Blick die kleine Szene erfaßte.

»So, kommen Sie jetzt, Mrs. Walters«, mahnte sie. »Wir wollen unsere Patientin doch nicht aufregen?« Und als Mildred sich daraufhin eilig erhob, fügte sie freundlich und mit leiserer Stimme hinzu: »Nun machen Sie sich keine Sorgen, Mrs. Walters. Am zweiten Tag sind sie immer ein bißchen weinerlich. Sie werden sehen, bis zum Wochenende ist sie wieder obenauf.«

So war es dann wirklich. Und mit dem Wochenende kam, völlig unerwartet, der ungeratene Trev, ganz wider seine Natur gewaschen und gekämmt; er hatte sogar einen Anzug an und fühlte sich entsprechend unwohl in seiner Haut. Er stellte sich Arnold und Mildred als »Trevor« vor, und das klang aus seinem Mund so ungewohnt, als wäre es sein Künstlername. Arnold redete er sogar mit »Sir« an.

Es kam alles sehr plötzlich. Hätte er denn nicht einfach anrufen können? dachte Arnold. Aber der Junge schien so aufrichtig besorgt zu sein. Immerhin hatte er den weiten Weg auf sich genommen, und dann hatte er sich sogar noch für seine Begriffe derart verkleidet, nur um – vermutlich – auf diese beiden Vertreter der gefürchteten Gattung »Eltern« einen guten Eindruck zu machen. Nachdem die etwas gezwungene Vorstellerei bewerkstelligt und der junge Mann entlassen worden war, damit er Flora in ihrem Zimmer aufsuchen konnte, kamen Arnold doch ernsthafte Zweifel an Floras hingeworfener Behauptung, das Kind sei gar nicht von Trevor, und – noch unglaubhafter in Arnolds Augen – ihr Liebhaber werde es sogar begrüßen, daß es nicht sein Kind sei. Hatte sie nur wieder einmal Sprüche geklopft, um ihren spießigen, rückständigen Vater zu schockieren?

Er würde es nie wissen. Es gab ja auch gar kein Baby mehr; und als das Paar endlich engumschlungen wieder auf der Bildfläche erschien, konnte man deutlich sehen, daß zwischen ihnen irgend etwas geklärt worden war, und zwar zu beider Zufriedenheit.

Aber was? Zum erstenmal seit Wochen sah Arnold sich wieder voll mit dem Problem konfrontiert, das in regelmäßigen Abständen in seinem Kopf herumgegeistert war, seit Flora sich in der Teestube als so tüchtig gezeigt hatte. Eines Tages würde sie gehen. Natürlich würde sie gehen; und welcher liebende und sorgende Vater würde etwas anderes hoffen? Daß eine hübsche, intelligente Zwanzigjährige sich damit zufriedengeben könnte, für immer bei so einer schlechtbezahlten Arbeit zu bleiben, war lächerlich. Es wäre eine sträfliche Vergeudung ihrer Gaben, und kein liebender und sorgender Vater würde sich doch so etwas wünschen.

Dennoch stürzte diese neue Entwicklung ihn in ein Dilemma. Das Problem lauerte nicht mehr verschwommen irgendwo in einer fernen Zukunft, es stellte sich hier und jetzt. Jeden Tag konnten Flora und ihr neuerdings so aufmerksamer Freund jetzt ihre Abreise ankündigen – vielleicht wieder zurück in die WG, vielleicht woandershin –, und dann müßte er allein mit der Teestube fertigwerden, einschließlich dieser launischen beiden Mädchen Pauline und Tracey.

Verschiedene Möglichkeiten gingen ihm während dieser ungemütlichen Tage vor Floras unweigerlicher Abreise durch den Kopf. Als erstes spielte er mit dem Gedanken, Joyce zu fragen, ob sie ihn heiraten und ihren Teil des Ehepaares spielen wolle, als das er hier angestellt war. Nachdem ihr Vater jetzt tot und sie ein freier Mensch war – und sich womöglich einsam fühlte –, würde sie so einen Vorschlag vielleicht ganz gern annehmen. Ein Versuch tat nicht weh. Ihm konnte nichts Schlimmeres passieren, als daß sie nein sagte.

Aber halt: Das schlimmste wäre, wie ihm plötzlich und sehr unangenehm klar wurde, daß sie *ja* sagen könnte. Wie ihm bei dieser Vorstellung das Herz sank, war wirklich sehr beunruhigend, und er versuchte dahinterzukommen, warum das so war. Sicher spielten da alle diese Zweifel und Unsicherheiten mit, die jeder vor einem solchen Sprung ins Ungewisse durchmacht; aber über dem allen stand die Erkenntnis, wie schmerzlich er seine regelmäßigen Kurzbesuche zum Elfuhrkaffee im Kiosk vermissen würde. Voll Vorfreude unter dem Baldachin der hohen Bäume die Hauptallee hinunterzugehen, an grauen, nebligen Vormittagen ebenso wie an den sonnigen, wenn die Vögel sangen, war inzwischen zu einem festen Bestandteil seines Lebens geworden. Warum eine so verläßliche und beständige Quelle der Freude für ein so riskantes und zeitraubendes Unternehmen wie die Ehe opfern?

Außerdem müßte er sich zuerst von Mildred scheiden lassen, und was das erst für ein Theater wäre! Rechtsanwälte – Tränen – Möbel – Briefe; es würde sich über Monate und Monate hinziehen, wenn man die Scheidungen seiner diversen Bekannten zum Maßstab nahm… Nein!

Also, und wie stand es um die einzige verbleibende Möglichkeit – Mildred zu bitten, zu ihm zurückzukommen? Das würde immerhin die Scheidung ersparen; und diesmal konnte es vielleicht klappen, wenn sie sich beide sehr bemühten. Aber wieder sank ihm bei dieser Vorstellung das Herz. Alle diese Umstände, um dann am Ende nur wieder mit Mildred verheiratet zu sein? Ein entmutigender Gedanke. Aber immerhin war es eine Möglichkeit, und man durfte sie nicht von vornherein ausschließen. Immer wieder ließ er sie sich durch den Kopf gehen, manchmal voller Optimismus; öfter aber mit immer tieferer Schwermut.

In Wirklichkeit hätte er sich alle diese quälenden Gedanken sparen können, denn wie sich herausstellte, bestand nicht die allerkleinste Chance, daß Mildred sich auf ein solches Projekt einlassen würde. Sie hatte einen anderen Fisch in der Pfanne, wie Joyce wohl sagen würde – und dann auch wirklich sagte, als sie schließlich davon erfuhr, aber da waren (wie sie weiter bemerkte) die Würfel schon gefallen.

Inzwischen galt es Sir Humphrey zu beerdigen; und nachdem die anderen Trauergäste fort waren (nicht viele, denn Sir Humphrey hatte seine Zeitgenossen alle überlebt; und von seinen Studenten, die einstmals in den Hörsälen gesessen und an den Lippen des großen Mannes gehangen hatten, fiel etlichen auch schon das Reisen schwer mit ihrer Arthritis, ihren Herzbeschwerden und Staroperationen), nachdem also alles vorbei war, begaben Arnold, Joyce und Flora sich zu Joyces Cottage, um ihre müden Geister und durchfrorenen Glieder mit heißem Kaffee wiederzubeleben. Es war kalt gewesen am Grab, wo ein böiger Nordostwind Schauer von Regen und nassen gelben Blättern auf die umgegrabene Erde hatte niedergehen lassen.

Erst als sie in Joyces kleinem Häuschen im Trockenen saßen, kam die Unterhaltung wieder in Fluß. Anekdötchen, Erinnerungen und vorläufige Zukunftspläne wechselten hin und her, und im Verlauf dieses Gesprächs gab Flora ihre Absicht bekannt, Emmerton Hall Ende der nächsten Woche zu verlassen. Sie werde sich wieder mit Trev zusammentun, sagte sie. Nein, nicht in der WG, mit so etwas seien sie fertig. Sie wollten beide eine richtige Arbeit aufnehmen und in eine eigene Wohnung ziehen. Arnold konnte beim Zuhören nur beten, daß aus alledem auch etwas wurde und die »richtige Arbeit«, von der Flora sprach, eine entfernte Ähnlichkeit mit dem haben würde, was ihr Vater sich als passende Karriere für seine Tochter hätte vorstellen können.

Joyce hatte im Moment noch keine Pläne. Sie hatte natürlich begriffen, daß sie von jetzt an frei wäre, nur wußte sie noch nicht, wie Freiheit schmeckte, und war darum verständlicherweise vorsichtig. Außerdem war sie tief getroffen vom Verlust ihres Vaters, mochte es in diesen letzten Jahren auch noch so lästig und anstrengend gewesen sein, ihn zu pflegen. Aber sie hatte ihn natürlich noch so in Erinnerung, wie er in seiner Blütezeit gewesen war, und schon flossen ihre Tränen. Bald weinte auch Flora. Und wie es im Nachgang einer Tragödie oft der Fall ist, begannen die Überlebenden traurig darüber nachzudenken, wie anders alles hätte ausgehen können, wenn sie, die Nächststehenden, sich nur völlig anders verhalten hätten, als sie es getan hatten, als der teure Verblichene noch lebte.

»Wenn ich doch nur besser auf ihn aufgepaßt hätte, wenn

ich ihn doch nur nie aus den Augen gelassen hätte!« schluchzte Joyce, und Flora schniefte: »Wenn doch nur nicht alle die ganze Zeit so auf ihn aufgepaßt hätten, wenn er doch nur frei gewesen wäre, zu tun, was er für richtig hielt!« Und beide schienen nicht zu merken, wie sehr sie einander widersprachen. Was auch gut so war; es wäre schade gewesen, in so einem Augenblick einen Streit anzufangen. Einen so fruchtlosen Streit dazu.

Ein anderer Streit wurde nur mit knapper Not vermieden. Er betraf die Art und Weise, wie Sir Humphrey gestorben war. Flora hatte erwartungsgemäß behauptet, er sei einen Heldentod gestorben, gefallen im Kampf für seine Königin. Arnold hatte alle seine Selbstbeherrschung aufbieten müssen, um sich den Einwand zu verkneifen, daß er keineswegs im Kampf gefallen war; schon gar nicht im Kampf für irgendeine Königin; er hattte sich nur selbst etwas vorgemacht.

Aber (überlegte Arnold später) sind nicht zahllose Helden im Lauf der Geschichte ebenso für eine Wahnidee gestorben? Die frühen christlichen Märtyrer? Antigone? Jeanne d'Arc? War ihr Sterben aus diesem Grund weniger heroisch, weniger bedeutsam? Die Antwort kennt keiner.

Es kam der Tag in der darauffolgenden Woche, an dem Flora schließlich Emmerton Hall verließ. Der wieder zu Würden gekommene Trevor sollte sie kurz nach dem Lunch in einem geliehenen Wagen abholen, und Arnold saß mit seiner Tochter inmitten ihrer Habseligkeiten, die sie in Kartons und einen Rucksack gestopft hatte, und wartete auf das Knirschen von Reifen auf dem Kies. Die Teestube war in diesem Augenblick seine allerletzte Sorge. Schließlich war die Saison so gut wie vorüber. Ab Ende

Oktober würde das Anwesen geschlossen sein, und das Problem mit der Teestube lag in weiter Ferne. Nein, was ihm jetzt auf der Seele lastete, war die Erkenntnis, daß er trotz ihrer anstrengenden Beziehung und endlosen Streitereien – oder vielleicht deswegen? – seine Tochter in ganz überraschendem Maß vermissen würde. Und das traurigste daran war, daß sie trotz der langen Stunden, die sie wohl oder übel miteinander verbracht hatten, noch immer nicht zu echtem gegenseitigem Verstehen gefunden hatten. Ihre Sicht der Welt war für ihn noch immer so unbegreiflich und aufreizend wie eh und je – und vermutlich die seine für sie.

Es war schon ein paar Minuten her, seit das letzte Wort zwischen ihnen gesprochen worden war, abgesehen von ein paar kurzen, rein sachlichen Bemerkungen wie: »Hast du meine Marty-Flanagan-Kassette irgendwo gesehen?«, oder: »Willst du deine Eieruhr nicht mitnehmen?« Aber jetzt, in diesen letzten gequälten Minuten, sah Flora plötzlich auf.

»Soll ich dir mal was sagen, Dad? Es hat mir richtig gefallen hier!« Es lag dabei eine solche Verwunderung in ihrem Ton, als wäre ihr dies eben erst aufgegangen; und dann fuhr sie fort: »Könnte sein, daß ich nächstes Frühjahr wiederkomme. Für die Wochenenden zumindest. Kommt darauf an.« Und dann, nach einer erneuten Pause: »Bis dahin könnte ich ja wieder schwanger sein, wer weiß?« Und sie gab ein kurzes Lachen von sich, aber ein nettes, liebevolles diesmal, nicht dieses harte, höhnische Lachen, mit dem sie ihn so oft bedacht hatte.

Das Knirschen von Autoreifen auf Kies verhinderte weitere Bekenntnisse, und ein paar Minuten später stand Arnold am Haupttor des Anwesens und sah dem verbeulten alten Ford nach, der mit zunehmender Geschwindigkeit auf die Hauptstraße zufuhr und seine einzige Tochter mit sich nahm – wohin? Ins Glück? Ins Unglück? Armut? Reichtum? Herzeleid? Eine stabile, dauerhafte Beziehung?

»Kommt darauf an«, hatte sie gesagt, und: »Bis dahin könnte ich ja wieder schwanger sein.«

Alles konnte auf sie warten. Alles.

War es für Eltern schon immer so gewesen, wenn sie einem geliebten Kind nachschauten, das sich kopfüber in die unsichere, unberechenbare Welt stürzte, offenbar ohne einen Gedanken an deren Gefahren zu verschwenden oder das Bedürfnis nach Orientierung im unvermessenen Irrgarten der Zukunft zu verspüren? Oder war es um so schlimmer für heutige Eltern, weil sie nichts tun konnten? Nachdem sie auf alle Autorität verzichtet, das Wörtchen »Pflicht« zu einem Schimpfwort hatten verkommen lassen und sich aller Rechte, zu verbieten, zu befehlen, auch nur zu raten begeben hatten, standen sie da wie Kassandra, wissend um alles denkbare Unglück, das in der Zukunft lag, doch ohne die Macht, ihren Warnungen Gehör zu verschaffen.

Aber halt. Einmal angenommen, daß er, ein typisch hilfloser moderner Vater, sich plötzlich wie durch Zauber mit all diesen viktorianischen Rechten ausgestattet sähe, zu befehlen, zu verbieten, zu raten – wie würde er davon Gebrauch machen? Was würde er in diesem Augenblick Flora zu tun befehlen? Ihn schauderte bei dem Gedanken. Die Verantwortung, die schreckliche Bürde, recht behalten zu müssen, würde ihn am Boden zerstören.

Nein, es wäre nicht leichter. Es wäre nur auf andere Weise schwer. Vielleicht gab es ja gar keinen leichten Weg. Warum sollte es ihn geben? Wenn man ein Kind in die Welt setzte, gab es keine Zufriedenheitsgarantie mit Rückgaberecht. Man brauchte einfach Glück. Und das wußte man von vornherein.

Ach ja. Und jetzt mußte er erst einmal hingehen und in der Wohnung wieder Ordnung schaffen, nachdem Floras hastige und impulsive Reisevorbereitungen überall ein Chaos hinterlassen hatten. Aber sie hatte in diesen letzten Minuten wenigstens »Dad« zu ihm gesagt. Und gesagt, daß es ihr »hier gefallen« habe. Schön durchgewärmt von diesen letzten Worten drehte er sich um und überquerte den Hof, wo die Oktobersonne noch auf die Südwand schien und die Steine sich noch warm anfühlten; und wo das Wasser des Springbrunnens in den goldenen Strahlen tanzte.

Auf Flora konnte alles warten. O ja. Aber das hatte ja auch für ihn gegolten. Nun war er hier, heute, an dem Ort, den er liebte, und tat die Arbeit, die er liebte. Das Glück war mit ihm gewesen, weit über seine kühnsten Hoffnungen hinaus.

Er blieb einen Augenblick stehen und ließ es alles auf sich einwirken: die Zinnen des Ostflügels schwarz vor dem glänzenden Blau... die Sprossenfenster... die alten Pflastersteine unter seinen Füßen. Und wieder umfing ihn der Zauber dieses Ortes. Probleme mit der Teestube? In diesen Mauern waren schon schwierigere Probleme angegangen worden. Die Macht und Dauerhaftigkeit von Jahrhunderten waren eingebettet in diese Steine, und er war Teil davon, einfach weil er hier lebte. Ja, lebte. Das Wunder war eingetreten. Er war hier, in Emmerton Hall, es war sein Zuhause. Hier unter dem großen Tudorbogen, unter den Tudorlöwen hindurch ging er nach Hause.

28

Gordon zog ein neues Bündel vergilbter Papiere aus Sir Humphreys Schreibtisch und knotete die Schnur auf, die es zusammenhielt. Es war sehr nett von Sir Humphreys Tochter Joyce, daß sie ihm so völlig unbeschränkten Zugriff auf die Unterlagen ihres verstorbenen Vaters gewährte – es lag sogar eine gewisse Ironie darin, denn sie schien zu glauben, *er* tue *ihr* einen Gefallen, indem er es auf sich nahm, diese einschüchternden Mengen an Material zu sichten, die gelehrte Hinterlassenschaft eines so langen und produktiven Lebens. Eine gigantische Aufgabe würde das in der Tat sein – und Joyce ahnte natürlich nicht, daß er ein persönliches Motiv dafür hatte, sie zu übernehmen. Sie wußte nicht – und er hatte es vorgezogen, sie nicht darüber aufzuklären –, daß er, Gordon, derselbe war, der vor einiger Zeit brieflich und telefonisch so vehement um ebendiesen Einblick in die Unterlagen nachgesucht hatte; was sie ihm seinerzeit ebenso vehement verweigert hatte. »Wenn mein Vater einmal nicht mehr ist, sieht die Sache anders aus«, hatte sie gesagt, »aber solange er noch unter uns ist, kann ich Ihnen eine solche Erlaubnis unmöglich geben; und das ist mein letztes Wort.«

Und dabei war es zu seinem großen Verdruß auch geblieben. Gordon hatte zähneknirschend mit ansehen müssen, wie seine eigene, vor langer Zeit formulierte These Wort für Wort in einer angesehenen amerikanischen Historikerzeitschrift abgedruckt wurde, und zwar unter Sir Humphreys Namen. Und der Artikel hatte in akademischen Kreisen ein durchaus erfreuliches Aufsehen erregt.

Eine lebhafte Kontroverse war entbrannt über dieser beispiellosen Zusammenstellung bisher unbeachteter Hinweise darauf, daß die unselige Maria Tudor, in Geschichtsbüchern »die Blutige« genannt, vielleicht wirklich einen Sohn zur Welt gebracht hatte, dessen Existenz von den aufkommenden protestantischen Mächten, die nichts so sehr fürchteten wie einen katholischen Thronerben, mit fieberhafter Eile vertuscht worden war. Frustriert und verbittert dachte Gordon über die Jahrzehnte hinweg an diesen eifrigen, hingebungsvollen Studenten zurück, der er einmal gewesen war. Er erinnerte sich noch daran, mit welch wachsender Erregung er an seiner Bakkalaureusarbeit gesessen und aus obskuren, kaum bekannten zeitgenössischen Quellen die Informationsbröckchen zusammengeklaubt hatte, die zusammengenommen seiner ausgefallenen Theorie über das angeblich nichtvorhandene Kind der Maria Tudor einige Glaubwürdigkeit verliehen. Ganz besonders erinnerte er sich dieses unvorstellbaren Triumphgefühls, mit dem er irgendwelche alten Aufzeichnungen in dem Dörfchen Heddington entziffert hatte, in denen kurz von einer gewissen Susan Snape die Rede war, der kinderlosen Frau eines armen Getreidehändlers, die plötzlich einen Knaben gebar, »ein groß Wunder, da sie in keinen gesegneten Umständen zuvor sich befunden«. Das Datum stimmte; und der plötzliche Wohlstand dieser vormals bitterarmen Familie sprach sehr stark für die Möglichkeit einer Bestechung aus höchsten Kreisen.

Solches und vieles andere hatte der junge Student zur Untermauerung seiner Theorie zusammengetragen. Trunken vor Aufregung hatte er die überraschend originelle These seinem hochverehrten Betreuer unterbreitet, dem berühmten Humphrey Penrose; und entsprechend niedergeschmettert war er gewesen, als der große Mann, alles andere als beeindruckt, die ganze Sache für Quatsch erklärte: »Kindischer, nichtswürdiger Unsinn«, hatte er gesagt, Und: »Ich weiß nicht, woher ein ernsthafter Bakkalaureat die Stirn nimmt, solch dummes Geschwätz einzureichen. Und das auf Kosten des Steuerzahlers! Sie sollten sich schämen!«

Und geschämt hatte er sich. Niedergeschmettert, gedemütigt, fast in Selbstmordstimmung hatte er seine Arbeit mitsamt den Notizen in Rauch und Flammen aufgehen lassen; und dabei angenommen, Sir Humphrey habe dies auch getan.

Hatte er aber nicht. Er konnte es nicht getan haben, wenn jetzt, rund dreißig Jahre später, dieselbe geschmähte und verworfene These nahezu wortwörtlich unter Sir Humphreys angesehenem Namen in einer angesehenen Historikerzeitschrift erschien.

Als Gordon vor ein paar Wochen zum erstenmal auf diesen Artikel gestoßen war, hatte er zunächst mit Ungläubigkeit reagiert; doch als ihm dann allmählich dämmerte, was da passiert sein mußte, war an die Stelle der Ungläubigkeit Wut getreten, Enttäuschung und ein Gefühl himmelschreiender Ungerechtigkeit, die auch nicht dadurch gemildert wurde, daß er den Aufsatz schon vor so vielen Jahren geschrieben hatte. Er konnte sich denken, wie es zu dieser Verzögerung gekommen war. Die Brisanz des Artikels hatte irgendeinen früheren Redakteur erschreckt, weshalb er ihn auf Eis gelegt hatte, von wo ihn sein Nachfolger wieder heruntergeholt hatte, einer, der mutiger und unternehmungslustiger war und Geschmack an ausgefallenen Ideen und Gelehrtenstreit hatte – dazu auch einen Blick für solche ausgefallenen Ideen, die das Interesse der

Medien wecken würden, wie diese es schon tat. Und alles unter dem Namen Sir Humphrey Penrose, ohne den kleinsten Hinweis auf die Arbeit des vor langer Zeit dafür geschmähten Bakkalaureaten.

Ruhm, Ansehen, Gerechtigkeit, alles glitt ihm durch die Finger... Gordon mußte beinahe laut aufstöhnen, wenn er die Berge von Papier betrachtete, die Dutzende – vielleicht Hunderte – von Ordnern, die noch durchzusehen waren. Irgendwo mußte darin der Briefwechsel zwischen Sir Humphrey und einem Redakteur stecken. Und irgendwo wäre dort auch ein Durchschlag von Gordons Originalarbeit, mit eingestreuten Korrekturen von seiner Hand sowie seiner Unterschrift. Drei Durchschläge mußten eingereicht werden, soweit er sich erinnerte; und wenn Sir Humphrey diese Gemeinheit von Anfang an geplant hatte, würde er mit Sicherheit mindestens einen dieser Durchschläge aufbewahrt haben, um erforderlichenfalls heimlich darin nachzuschlagen.

Aber hatte sich das wirklich alles so kalten Blutes abgespielt? War es nicht ebenso wahrscheinlich, daß Sir Humphrey zu einem viel späteren Zeitpunkt wieder auf diese ärgerliche Schrift gestoßen war und zum erstenmal erkannt hatte, wie originell sie war, von welch kühner Genialität und faszinierender Plausibilität einige der darin vorgelegten Beweise? Das alles natürlich lange, nachdem der unwürdige Bakkalaureat von der akademischen Bühne verschwunden war und folglich getrost ignoriert werden konnte.

Wie war es gewesen? Das Gehirn, das als einziges einmal die Antwort gekannt hatte, lag jetzt tief unter der feuchten Wintererde des Friedhofs von Emmerton.

Gordon war nicht zur Beerdigung gegangen und vermutete, daß Joyce noch ein bißchen sauer auf ihn war, weil er »sich nicht die Mühe gemacht« hatte hinzugehen. Sie konnte natürlich nicht wissen, daß es in Wirklichkeit keine Frage der »Mühe« war. Die Gründe für sein Fernbleiben waren verwickelter und schwieriger zu erklären.

Aus seiner Sicht war Sir Humphreys Tod nämlich kein Grund zur Trauer, sondern zur Freude. Hatte er sich etwa nicht zum genau richtigen Zeitpunkt und in genau der richtigen Weise ereignet: schmerzlos, schnell und (wenn auch nur vermeintlich) glorreich? Was für einen schöneren Tod hätte der alte Mann sich wünschen können? Wie hätte denn, wenn er am Leben geblieben wäre, seine Zukunft ausgesehen? Immer weiter fortschreitende Entkräftung, zunehmender körperlicher Verfall, immer stärkere geistige Umnachtung mit immer verrückteren Wahnvorstellungen, ein abwärts gerichteter Strudel, endend in einem letzten finsteren Alptraum, aus dem es kein Erwachen mehr gab.

Wie hätte Gordon also zu dieser Beerdigung gehen und Trauer vorspielen können? Nichts als Gutes war aus dem Tod des Alten erwachsen; Gutes für seine Tochter Joyce, die jetzt endlich frei wäre, ihr eigenes Leben zu führen; und überaus Gutes für den Alten selbst.

Ein guter Tod, wenn es ihn je gab. Gut und richtig und absolut zu aller Vorteil.

Aller, das heißt mit Ausnahme der armen kleinen Mildred, die einen so häßlichen Schrecken bekommen hatte. Als er, Gordon, ins Verlies eingedrungen war, um in diese lächerliche Phantasieschlacht entscheidend einzugreifen, hatte er überhaupt nicht geahnt, daß Mildred auch da war. Es war der Schock seines Lebens gewesen. Nun ja, aber auch sie hatte den Schock ihres Lebens abbekommen, die

Arme, und wenn er auch alles getan hatte, um sie wieder zu beruhigen, es war und blieb ein schreckliches Erlebnis.

Trotzdem würde sie darüber hinwegkommen, das war keine Frage, und er würde ihr nach Kräften helfen, die Lebendigkeit dieser angst machenden Erinnerungen abzuschwächen. Irgendwie würde er es an ihr gutzumachen versuchen.

Und sogar für sie könnte letzten Endes alles zum Besten gewesen sein. Zu jedermanns Bestem. Nichts als Gutes war aus Sir Humphreys Tod erwachsen. Das war eine Tatsache, die er sich nicht oft genug wiederholen konnte.

Der Knauf der Pistole aus dem achtzehnten Jahrhundert, den er auf Sir Humphreys Schädel hatte niedersausen lassen, war in der Tat die Mordwaffe gewesen, aber irgendwie hatte Gordon sich nicht als Mörder gefühlt, nicht einmal in dem Moment, als er den Schlag führte. Er war sich eher wie ein Engel der Barmherzigkeit vorgekommen, der eine gute Tat vollbrachte.

Gut, gut, gut.

29

Also, beklag dich hinterher nur ja nicht, daß ich dich nicht gewarnt hätte«, sagte Val, und Mildred versprach, sich nicht zu beklagen. Seit Gordon ihr überraschend das leere Zimmer oben in seinem Haus angeboten hatte, mietfrei, nur gegen Mithilfe bei seinen Forschungen, hatte sie sich Rat bei Gott und der Welt geholt, sogar bei Joyce in Emmerton Hall.

»Was man hat, das hat man«, war Joyces Rat gewesen; aber Mildred hatte das nicht so ganz überzeugt. In dieser Welt konnte es zu leicht passieren, daß man etwas zu haben glaubte, und dann war es eben doch nichts. Das hatte sie ja schon erlebt.

»Er ist nur im Moment so furchtbar in Hetze«, erklärte sie jetzt Val. »Er arbeitet an seinem Buch über Tapisserien, und jetzt ist irgendwas Wichtiges mit so einer amerikanischen Zeitschrift dazwischengekommen, mit der er zu tun hat; er braucht darum wirklich Hilfe. Und es ist nichts dabei, was ich nicht kann, keine Arbeit am Computer und dergleichen. Nur Sachen ordnen und ablegen. Und Anrufe annehmen. Und beim Register helfen – es in eine alphabetische Ordnung bringen, du weißt schon. Und das Alphabet kenne ich!« endete sie mit trotzig zurückgeworfenem Kopf.

»Schade, daß du nicht auch die Männer kennst«, warnte Val. »›Forschungsassistentin‹! Von wegen! Du weißt doch, wie das weitergehen wird, oder? Wenn du erst einmal dort wohnst, bei ihm im Haus, machst du bald alles: einkaufen, putzen, kochen, Knöpfe annähen, Blumen gießen …«

Das hörte sich wunderbar an – ein Leben, wie Mildred es am liebsten mochte; aber das wagte sie nicht so deutlich zu sagen.

»Und dann Sex«, fuhr Val unnachsichtig fort. »Entweder will er, oder er will nicht, und so oder so ist es für dich entsetzlich peinlich. Ich kenne dich doch. Es ist schließlich nicht so, daß er in dich verliebt wäre.«

Nein, das war er wahrscheinlich nicht. Aber mußte das unbedingt bedeuten, zu allem nein zu sagen? Es war offensichtlich, daß Gordon sie mochte – irgendwie ihre Gesellschaft schätzte, sie gern um sich hatte. Wenn man nicht gerade eine *femme fatale* war, auch nie gewesen, sollte man dann nicht von Herzen dankbar sein auch für den lauesten Sturm, den man entfachen konnte? Aber wie wollte sie das Val mit all ihren Theorien über »man selbst sein« und »sich nicht benutzen lassen« und so weiter erklären?

Am Ende bedurfte es keiner Erklärung. Nach langer, ergebnisloser Debatte über das Für und Wider dieses Vorhabens nahm Val ihre Freundin plötzlich und unerwartet ganz fest in die Arme und wünschte ihr jede Menge Glück für ihr neues Abenteuer.

»Ich finde es verrückt«, versicherte sie kopfschüttelnd, wenn auch lächelnd. »Aber wenn du so wild entschlossen bist, wirst du es wohl versuchen müssen, Mills. Und wenn alles schiefgeht, kannst du ja immer noch hierher zurückkommen und dich an Tante Vals Schulter ausweinen, ja?«

Das war nett gesagt. Allerdings rechnete Mildred nicht im Ernst damit, daß ihr neues Abenteuer in Tränen enden könnte. Sie wußte schon, daß sie alle Schwierigkeiten – und wahrscheinlich auch Tränen – ganz einfach vermeiden würde, indem sie alles mitmachte, was von ihr erwartet wurde.

Aber das konnte sie gegenüber Val wohl nicht zugeben. Warum sich einen so herzlichen, liebevollen Abschied von der Freundin dadurch verderben, daß sie einen erneuten Vortrag über Selbstbehauptung provozierte?

Und da gab es ja noch etwas, was sie gegenüber Val nicht gut zugeben konnte. Sie hatte es sich selbst erst vor kurzem und nach langem Zögern eingestanden. Es betraf den Augenblick im Verlies, als sie es endlich gewagt hatte, die Augen zu öffnen. In diesem Bruchteil einer Sekunde, bevor die Lichter ausgingen, hatte sie Sir Humphrey am Boden liegen sehen, und zwar mit dem Gesicht nach unten und ein gutes Stück von der Streckbank entfernt. Aber als er dann offiziell gefunden wurde, hatte er mit dem Gesicht nach oben und mit dem Hinterkopf unmittelbar am Sockel der Streckbank gelegen, ein deutliches Indiz dafür, daß er unglücklich gestürzt und sich so seine Verletzung zugezogen hatte.

Nur Mildred wußte als einziger Mensch auf der Welt, daß dem nicht so war; und warum sollte sie etwas darüber verlauten lassen? Geschehen war geschehen, warum also Ärger suchen? Wer Ärger suchte, fand ihn auch; das war eines der Dinge, die sie im Laufe ihres stillen, ereignisarmen Lebens gelernt hatte.

Irgendwo hatte sie einmal gelesen – oder vielleicht im Radio gehört –, daß nicht einmal ein Drittel aller Morde je aufgeklärt werde. Das mußte doch heißen, daß mindestens zwei Drittel aller Mörder jetzt, in dieser Minute, ein ganz normales, unauffälliges Leben führten. Hunderte und Aberhunderte. Sie konnten auch nicht alle ein Einsiedlerdasein fristen; die meisten hatten gewiß eine Frau an ihrer Seite; und das wieder mußte heißen, daß Hunderte und Aberhunderte von Frauen unbemerkt und wahrscheinlich ganz behaglich mit irgendeinem Mörder zusammenlebten. Warum sollte Mildred nicht eine von ihnen sein?

Mildred mußte an all das denken, was sie nicht konnte: maschineschreiben, Auto fahren, Computer programmieren, mit Textverarbeitungsgeräten umgehen. Aber hier war nun etwas, das konnte sie ganz gewiß – behaglich, unkritisch und friedlich mit einem Mann zusammenleben, der einmal einen Mord begangen hatte.

Celia Fremlin im Diogenes Verlag

»Celia Fremlin ist neben Margaret Millar und Patricia Highsmith als wichtigste Vertreterin des modernen Psychothrillers hierzulande noch zu entdecken.«
Frankfurter Rundschau

Klimax
oder Außerordentliches Beispiel von Mutterliebe. Roman. Aus dem Englischen von Dietrich Stössel

Wer hat Angst vorm schwarzen Mann?
Roman. Deutsch von Otto Bayer

Die Stunden vor Morgengrauen
Roman. Deutsch von Isabella Nadolny

Rendezvous mit Gestern
Roman. Deutsch von Karin Polz

Die Spinnen-Orchidee
Roman. Deutsch von Isabella Nadolny

Onkel Paul
Roman. Deutsch von Isabella Nadolny

Ein schöner Tag zum Sterben
Erzählungen. Deutsch von Ursula Kösters-Roth

Gibt's ein Baby, das nicht schreit?
Roman. Deutsch von Isabella Nadolny

Parasiten-Person
Roman. Deutsch von Monika Elwenspoek

Zwielicht
Roman. Deutsch von Ursula Kösters-Roth

Die Eifersüchtige
Roman. Deutsch von Barbara Rojahn-Deyk

Unruhestifter
Roman. Deutsch von Monika Elwenspoek

Der lange Schatten
Roman. Deutsch von Peter Naujack

Wetterumschwung
Geschichten. Deutsch von Barbara Rojahn-Deyk, Ursula Kösters-Roth und Isabella Nadolny

Gefährliche Gedanken
Roman. Deutsch von Irene Holicki

Sieben magere Jahre
Roman. Deutsch von Monika Elwenspoek